琼 瑶

作 品 大 全 集

还珠格格

第三部

天上人间 1

琼瑶 著

作家出版社

琼瑶，本名陈喆，作家、编剧、作词人、影视制作人。原籍湖南衡阳，1938年生于四川成都，1949年随父母由大陆赴台生活。16岁时以笔名心如发表小说《云影》，25岁时出版首部长篇小说《窗外》。多年来笔耕不辍，代表作包括《烟雨蒙蒙》《几度夕阳红》《彩云飞》《海鸥飞处》《心有千千结》《一帘幽梦》《在水一方》《我是一片云》《庭院深深》等。

多部作品先后改编成为电影及电视剧，琼瑶也因此步入影视产业。《六个梦》系列、《梅花三弄》系列、《还珠格格》系列等，影响至深，成为几代读者与观众共同的记忆。

琼瑶以流畅优美的文笔，编织了众多曲折动人的故事。其作品以对于梦的憧憬和爱的执着，与大众流行文化紧密结合，风靡半个多世纪，成为华文世界中极重要的文学经典。

我为爱而生，我为爱而写

文字里度过多少春夏秋冬

文字里留下多少青春浪漫

人世间皆知没有天长地久

故事里火花燃烧爱也依旧

夏祥

第一章

幸福的时光总是匆匆。

日升日落，春去秋来，小燕子和紫薇，嫁给永琪和尔康，转眼就过四年了。这四年中，对两位格格来说，生活里有意外，也有惊喜；有挑战，也有挫折……但是，绝大多数的日子，是甜蜜的、温馨的。

紫薇和尔康，初婚的生活甜如蜜。学士府里的岁月，是由无数深情堆积起来的。婚后第二年，紫薇就生了一个儿子，取名霈东，小名东儿。从此，紫薇身兼媳妇、妻子和母亲的三重身份，感受了三种不同的爱，不同的责任，不同的负担，不同的欢乐。紫薇只有两个字可以形容自己的感觉：幸福。被满满的爱包围着，这，就是幸福！当然，在学士府里的生活，逐渐也走上了一定的格式，尔康每天去上朝，她在家里忙着照看东儿，忙着和福晋学习照顾家务，随时进宫小住，陪伴小燕子，跟乾隆做伴。这种生活有些规律化，比起以前的惊涛骇浪，好像缺少了些刺激，紫薇却非常享受这种安定。每晚，和尔康、东儿依偎在庭院里，看着月亮，数着星星，就像杜牧的诗句："银烛秋光冷画屏，轻罗小扇扑流萤。天阶夜色凉如水，卧看牵牛织女星。"生活中，处处都是诗意。

她和小燕子，几乎每隔三四天就要见一次面，姊妹二人，越来越亲。相形之下，金琐逐渐远离她的生活了。金琐自从嫁给柳青，连续生了两个孩子，柳红又远嫁到天津去了，整个会宾楼的工作，全落在柳青夫妇的肩上。有了孩子，有了家庭，有了生意兴隆的会宾楼，他们夫妇忙得不亦乐乎。会宾楼在北京闹市区，客人三教九流都有，紫薇和小燕子婚后，都不方便常常去那儿，免得让太后不悦。这样，只有逢年过节，大家才会找个日子团聚一下，谈谈过去，谈谈现在，谈谈未来。

紫薇的岁月，就这样甜蜜地、单纯地、顺利地、满足地流过去。

小燕子比起紫薇来，就没有那么顺利和单纯了。

宫中的岁月，对于活泼好动的小燕子，实在是规矩太多，拘束太多。假若不是为了永琪，她大概早就不耐烦了。永琪，这个名字不知不觉间，已经成为她生命中的主题。他实在太好，好得小燕子没有办法再挑剔，就算对生活有些不耐烦，每次都在永琪的宠爱和笑语中，融解成一片温柔。"温柔"，这两个字对小燕子几乎是陌生的，是与她无关的。却在这四年中，逐渐浸入她的心灵。就像河床中的顽石，经过日积月累流水的浸透琢磨，都会变成没有棱角的鹅卵石。小燕子是顽石，永琪就是那条河，把她紧紧地包裹，细细地雕琢，轻轻地冲击……一点一滴，一日一月，让这深刻的爱，化解了小燕子的戾气。当初乾隆一心一意要让小燕子"化力气为糨糊"，永琪终于做到了。她的尖锐和叛逆，她的嚣张和跋扈，都被永琪治得差不多了。但是，小燕子还是小燕子，她的迷糊依旧，她的乐观依旧，她的不求甚解也依旧，至于她的大而化之和沉不住气，仍然是她不变的个性。

这四年里，小燕子有两件无法完成的大事，让她时时刻刻都在揪心中。

第一件，是萧剑和晴儿。

萧剑和晴儿的第一次见面，是在小燕子的婚礼上。在灯烛辉煌下，在人影缤纷中，两人蓦然相见，恍如再世重逢。从此，萧剑心里有了晴儿，晴儿心里也有了萧剑。因为乾隆说过一句"萧剑可以随时进宫探视小燕子"，萧剑进宫，就有了堂而皇之的理由。没多久，他再度进宫，在永琪的景阳宫里，和晴儿又见面了。这次，两人谈了很多，萧剑谈他的江湖经验，晴儿谈她的宫中见闻，两人惊怔在对方那不可思议的世界里，迷失在对方那闪亮的眼神下。第三次，第四次，第五次……两人见面的机会越来越多，那种电光石火的感觉，就把两人深深地攫住了，就像千古的魔咒，无从挣扎，无从抛躲。

两人在灯节时抢答灯谜，在节庆时共赏烟花。一个是江湖奇男子，一个是深宫奇女子，终于陷进"才下眉头，却上心头"的境界。在这四年里，太后屡次要给晴儿指婚，都在晴儿近乎拼命的拒绝下，只得作罢。年复一年，这婚事拖得太久，指婚的对象也就越来越难。晴儿的年岁渐渐大了，过了宫里指婚的年龄，太后开始认为她是一心一意要陪伴自己，度过天年，也就不再热心地给她找对象。但是，小燕子、永琪、尔康和紫薇四个人，却心知肚明，有意无意间，四人总是给他们两个制造机会。大家心里也明白，这种机会，实际上是把晴儿和萧剑推进苦海，因为这是一段毫无希望的感情，爱得越深，爱得越苦。不过，紫薇和尔康，永琪和小燕子，谁没经过这样的煎熬？受苦，好像是相爱的必经之路，是逃不过的宿命。受苦，也是达到幸福境界的基石。"若非一番寒彻骨，焉得梅花扑鼻香？"这样想着，大家几乎是"众志成城"地"完成"着这种宿命。

萧剑是非常矛盾和苦恼的。在这四年里，他拼命隐忍着，没有让小燕子知道他们兄妹身上的"血海深仇"，也不敢让永琪知道。他以为，只要他认定乾隆是个仁君，就可以摆脱这种仇恨了。但是，事实却不是这样。在这四年之中，他常常进宫，和乾隆见面次数不多。生活里，却处处都有乾隆的影子，几乎每天，都在考验他的忍耐。多年来根深蒂固的"杀父之仇"，早已铭刻在心，挥之不去，他从来没有忘记过惨死的父母。每次见到乾隆，他这种矛盾就更加尖锐，像一把利剑，一次又一次地刺进内心深处。心里一直有个声音在说："离开北京，离开晴儿；离开皇宫，离开小燕子……"但是，他却力不从心。晴儿和小燕子，是两股强大的力量，把他锁在北京，他走不了。小燕子总说，他应该向老佛爷摊牌，要求娶晴儿。他能吗？老佛爷会允许吗？这几乎是不可能的事！就算太阳打西边出来，老佛爷应允了，他能给晴儿幸福吗？看到紫薇的生活，看到小燕子的生活，他就裹足不前了。自己的身世，自己的悲哀，又怎么是养在深宫的晴儿，可以体会和了解的呢？

萧剑和晴儿，就这样陷进痛苦和煎熬里。

第二件，是结婚四年，小燕子居然还没有为永琪生下一男半女。

在宫里，这可是一件大事，是她许多缺点之外，更大的一项"罪过"。连宠爱她的皇阿玛，对这一点也耿耿于怀。当太后埋怨小燕子的时候，乾隆再也无法护着她，帮着她说话。尤其，小燕子并不是不能怀孕，在新婚第一年，她就莫名其妙地失去了一个孩子。

失去那个孩子的经过也很稀奇。

那时，小燕子和永琪正在新婚，她的身份是"福晋"了。宫里，因为习惯使然，大家还是称呼她和紫薇为"格格"。这位新婚的小燕子，努力要适应宫里的生活，努力要学习怎样当一个福晋。那天，是宫里的"晒书日"，宫里的嫔妃们，会忙着把藏书楼里的藏书，搬到楼外的广场上来曝晒。这个工作，本来是令妃领导着完成的。但是，小燕子自告奋勇，毛遂自荐，信心满满地接下了这个工作。

"晒书有什么难？我带着明月、彩霞、小卓子、小邓子去做，包管把每本书都晒得透透的！"小燕子拍着胸脯，精神抖擞地说，"这事就包在我身上了！"永琪对于小燕子"晒书"，是相当不放心的，曾经想阻止，乾隆却大为高兴："就让小燕子去做吧！她也该学学宫里的事务了！"永琪看看不知天高地厚的小燕子，心想，晒书是个大工程，必须帮她找些帮手，赶紧接口：

"晒书也挺好玩的，我让尔康、紫薇、萧剑、晴儿都来帮忙，大家七手八脚，人多好做事！你顺便还可以学一学书名，藏书楼有好多古书呢！"小燕子瞪了永琪一眼，嚷着："哎呀，晒书就晒书，别把它当成'教书'，要不然，我宁可不要你帮忙！整天教我成语，我已经快要烦死了！"

"哈哈哈哈！小燕子，你还是看到书就害怕啊？"乾隆不禁大笑起来，一点头，"嗯，永琪倒提醒了朕，小燕子，朕还要交一个工作给你，藏书楼的书晒好了，你仔细登录每一本书的名字，做一个目录出来！"

"啊？还要做目录啊？"小燕子大惊，推了推永琪，"看吧，都是你！真会帮倒忙！害我又有功课了！"乾隆一听，忍不住又大笑起来。教育小燕子，其实，带给他很大的乐趣。永琪没料到给小燕子找了麻烦，看着她傻笑。于是，那天，几十张又大又长的桌子，摆在藏书楼外的广场上。小燕子忙忙碌碌，带着明月、彩霞、小邓子、小卓子和众多宫女、太监，搬着一沓一沓的古书，摊在桌上曝晒。永琪、尔康、箫剑、晴儿、紫薇都来帮忙。永琪不住提醒小燕子："你不能把各种书混起来晒，这样会搅乱，连复原都复原不了！第一张桌子专门晒历史方面的书，第二张桌子专门晒诗词方面的书……以此类推，要分门别类才行！万一搅乱了，我们弄几天都弄不完！""我知道！我知道！"小燕子拿起一本书来看，看得糊里糊涂，"可是，这书上是外国字，我看不懂！"紫薇伸头一看，叹了口气说："那不是外国字，是西藏文！"小燕子一惊，瞪着那本书嚷嚷："怎么连西藏文都有？应该让塞娅来分类！"箫剑看看这个妹妹，知道要让她来分类，恐怕是个不可能的任务，还是少说话、多做事为妙，就跑过来揽下这个最困难的工作。"好了好了,这分门别类的工作,我来做!"

晴儿看了箫剑一眼,心里像小鹿一般乱跳着。怎么也没想到,晒书会带给她这么好的机会,又能看到箫剑了。即使到处都是宫女太监,即使无法和他说上任何知心话,但是,只要能够看到他,已经是她梦寐以求的事了。她跟了过来,轻声说:

"我来帮你忙!"小燕子眼珠一转,就欣喜地把晴儿往箫剑身边一推,"就这样就这样,晴儿,你和我哥来分门别类,我来搬书!用体力的事我来做,用脑筋的事,你们做!"晴儿被小燕子一推,差点撞到箫剑身上,和箫剑目光一接,脸就红了。箫剑拿着书,看着她,见她脸颊飞红,眼光如醉,就看得出神了。尔康和紫薇,交换了会心的一笑。尔康看看天色,着急起来,说:"我们必须快一点!要不然,晒好几天都晒不完!"小燕子被提醒了,看了看桌上乱七八糟的书籍,眉头一皱,计上心来:"这样不行,我们的进度太慢了!永琪,我们必须把武功拿出来,那个藏书楼里,还有好多好多的书,我们施展功夫,先把它们都搬运出来再说!"

小燕子说着,看看高高的藏书楼,用脚一挑,把桌子一张张地挑起来,搭成一个大高台,她就腾身而起,脚尖在每张桌上蜻蜓点水般一点,就一层一层地蹿上了最高点,然后,她一飞身,从藏书楼的窗口飞跃进去,动作真是干净利落。原来,小燕子的成语进步不大,这些年,跟着箫剑练功夫,倒真的练出一身好功夫。

大家抬头看着窗子,转眼间,就看到小燕子捧着一摞书,出现在窗口。"是我扔下来,还是你们接过去?"她在窗口喊。"别扔！别扔！那些书装订都不牢，一扔就散了！"永琪急忙喊，一跃而上，飞身接书，再跃回桌子，把书放好。这样一表演，宫女和太监们，见所未见，全部鼓掌叫好。

小燕子好得意，又捧出第二摞书。

这次是尔康飞身上去接书。接着，是箫剑接书。小燕子来不及搬运，明月、彩霞、小邓子、小卓子，和宫女太监们，都跑进藏书楼里去帮忙。大家轮番出现在窗口，运出一摞一摞的书，速度越来越快。永琪、尔康、箫剑三个，简直接不完。小燕子看得心花怒放，大笑说：

"这个好玩！看样子，你们忙不过来了，我也来帮忙接书！"小燕子一个筋斗翻回广场，也加入了接书的工作。太监们赶紧再搬出许多桌子来，因为原来的桌子成了大高台，剩下的桌子不够用了。

顿时间，广场上人起人落，煞是好看。书本一沓一沓地堆积在桌上，晴儿和紫薇，带着一批宫女太监，忙忙碌碌地把书本摊开曝晒。小燕子和三位公子，上上下下地接书运书，像几只大鸟那样飞来飞去，来往穿梭，真是热闹非凡。

一会儿，晴儿和紫薇，已经弄得手忙脚乱了。晴儿喊着："一下子送来这么多，我来不及分类呀！"紫薇紧张起来，跟着叫："小燕子！你把所有的书都弄混了！你看，这史记是一套，怎么东一本西一本？晴儿，我们赶快来分！"尔康看看几张桌子，都堆满了书，有些担心了，怀疑地问：

"我们是不是太快了？我记得以前晒书，都是分三四天才晒完，一次只晒一种书！"小燕子神勇地一抬头，得意地接口："我们表现给大家看看，他们要做好几天的工作，我们就一天做完！让皇阿玛和老佛爷，惊喜一下！对于我的工作能力，他们从来没有肯定过！""慢一点慢一点，书要摊开晒，这样一摞一摞地放着不行！里面都晒不到，我们还是慢慢来吧！"永琪招呼着太监们，"小顺子，你带着大伙儿，把书本一本一本摊开，知道吗？"

"喳！奴才遵命！"许多太监和宫女，就忙着翻开书本去曝晒。小燕子管不了这么多，也没想这么多，只想赶快把工作做完。她马不停蹄，依然跳上跳下地搬运着书籍。广场上，人来人往，上上下下，送书，接书，放书，翻书……转眼间，几张大桌子，全部堆满了书，宫女太监们从来没有这样"玩"过，忙得不亦乐乎，个个兴高采烈。

终于，全部的书，都搬出来了，每个人都是满身大汗，小燕子乐得大笑，"我们做到了，一个时辰都不到，我们搬出了所有的书！"紫薇和晴儿忙着分类，尔康、永琪、箫剑累得汗流浃背。"哎！陪小燕子晒书，比陪小燕子练剑还辛苦！"永琪瞪着小燕子，做挥汗状，"总算大功告成，大家可以休息一会儿了！"

几个人累得筋疲力尽，全部瘫倒在一旁的椅子里。晴儿笑着，看看几个人："你们现在高兴，等会儿收书的时候，就麻烦了！这样乱搬一气，全体都搅混了！等下子，有没有'武功'可以帮忙'分门别类'呢？"永琪、箫剑、尔康都一怔，发呆了，面面相觑。小燕子乐观地说："哎！你们不要发愁，这'分门别类'嘛，找几个认得字的宫女太监来分，分好了，我们再搬上书架，不就行了！""可是，那些书名，有的是草书，有的是隶书，有的是篆书……还包括满文、蒙古文，别说宫女太监，就是我们几个，也不见得每个字都认得！"尔康说。"紫薇总认得！"小燕子有恃无恐。"我也有很多都不认得，那些蒙古文，我从来没有念过！更别说西藏文了！"紫薇赶紧声明。"啊？那要怎么办？"小燕子这才觉得事态严重，"皇阿玛还要我做目录呢，这不是有意刁难我吗？"正在这时，太阳没有了，空中，一道闪电划过，隐隐有雷声响起。这雷声，可把广场里的阿哥、额驸、大侠、格格、宫女、太监……全部吓得惊跳起来。"是闪电吗？不可能吧？难道会下雨？"永琪不相信地惊喊。

永琪话才说完，空中，再一道闪电划过，雷声大作，乌云密布，接着，大颗大颗的雨点，就哗啦啦地直落下来。大家跳起身子，永琪大喊："赶快把书搬进房间里去，这下子，才真需要'功夫'！快快快！"小燕子大惊失色，这一怒非同小可，睁大了眼睛，对天空伸着拳头，大叫："下雨了？哪有这个道理？老天！为什么要跟我作对？今天是'晒书日'，不是'淋书记'呀！我辛辛苦苦把书搬出来，居然给我下雨……""你别忙着跟老天吵架！"永琪着急地拉拉她，"赶快来搬书，这些都是珍藏本，全是无价之宝，淋坏了我们会倒大霉的！"紫薇抱了一堆书，就往藏书楼里跑，尔康一看，大急，冲过来护着她："紫薇，拜托你去藏书楼里坐着，不要搬书，也不要淋雨！小心肚子里的孩子呀！赶快去，不要出来了！"那时紫薇已经怀有身孕，再过几个月就要生产了。早有宫女们，拿着伞奔来。尔康抢了一把伞，遮着紫薇，搀着她进房去。永琪急得跳脚，招呼着宫女太监：

"小邓子！小卓子！小顺子……大家都来帮忙呀！赶快把书搬进房去！"一时间，整个广场，乱成一团，大家在大雨中，疯狂般地搬书进房。小燕子、尔康、永琪、箫剑全部施展轻功运书，个个在雨中忙得团团转。但是，那些书哪儿搬运得完？箫剑急喊："有没有油布？来不及搬了！赶快拿一块大油布遮起来！"太监宫女们，拿油布的拿油布，拿伞的拿伞，搬书的搬书，狼狈得一塌糊涂。小燕子听到永琪说"珍藏本""无价之宝"这些话，心里知道大事不妙，再也神勇不起来了，着急地捧着一摞书，往房里飞奔。这个"飞奔"简直是名副其实，就差脚不沾地。但是，她毕竟没有那么好的功夫，脚非沾地不可。地上都是积水，一个不小心，就滑了一大跤，手中的书本，跌进雨水里。

"糟糕，书弄脏了怎么办？"小燕子喊，想跳起身，去抢救那些书。忽然肚子里一阵绞痛，她居然站不起来。那阵剧痛，排山倒海而来，是她从来没有经历过的。她捂着肚子呻吟："哎哟……哎哟……肚子好痛……"

永琪冲过来扶，明月、彩霞也奔过来。尔康、晴儿、箫剑都顾不得遮书了，急急忙忙跑过来看。太监宫女赶紧为大家撑伞。尔康回头，对太监们挥手大喊："不要管我们，赶快用油布去保护那些书！"

永琪弯腰扶住小燕子，着急地问："小燕子，摔了哪儿？起来我看看！""不要管我！赶快去救那些书！快呀……"小燕子一面爬向那些书，一面痛喊着，"哎哟！我摔到肚子了，好痛好痛……救书！救书……"

永琪看看小燕子，大雨中，只见小燕子脸色惨白，一急，就抱起她："你不要吓我，不过是摔一跤，怎么会这样痛？你到底摔了哪里？"小燕子虽然糊涂，也觉得这番痛楚，实在是不比寻常。"我想……我不大好，哎哟……你快传太医！我不对劲了！"永琪脸色大变，抱着小燕子就往景阳宫跑去，再也顾不得那些书了。

当天，小燕子失去了她的第一个孩子。问题是，她根本就不知道自己怀了孕。

这件事，成为宫里一件不可思议的大事。别提那些珍藏本弄得乱七八糟，事后，尔康和永琪，用了将近一年的时间才把藏书楼的书恢复旧观。以后，谁也不敢再让小燕子晒书。珍藏本就算了，小燕子会让永琪这么珍贵的"龙种"，莫名其妙地失去了，简直是"不可原谅"的大错。太后几乎把脑袋都摇掉了。

"哪有晒书，会把孩子晒掉了的？肚子里有孩子，她居然去跳窗子，翻上翻下，什么用'武功'晒书！哪有这么糊涂的娘呢！"

太后气呼呼，乾隆跟着扼腕。皇后、令妃和娘娘们，都叹息不已。当然，箫剑、晴儿、紫薇、尔康个个难受，就连景阳宫里的太监宫女，小邓子、小卓子、明月、彩霞等人，也都充满了"犯罪感"。

至于永琪，那晚守着小燕子，除了心痛，还是心痛。

"你怎么不告诉我？有了身孕是大事，你怎么可以不说呢？如果我知道你肚子里有孩子，我无论如何都不会让你又晒太阳又淋雨，又搬东西又摔跤……"

"我真的不知道，我不骗你，我自己一点感觉都没有！"小燕子懊恼地说。

"这不是有感觉还是没有感觉的事，这是有没有常识的事，身子是你自己的，你怎么可能不知道？"

"我就是糊涂嘛！谁知道这样就是有小孩？从来没有人教过我，如果我有娘，我就知道了……永琪，你不要骂我了，我也很难过呀……对不起嘛！我没有经验嘛，下次我就懂了，你不要生气嘛……"小燕子可怜兮兮地看着永琪，心里是充满歉意的。

永琪听了，想到小燕子无父无母，一句"没有人教过"，多少辛酸！他心里更痛，着急地说："我不是骂你，我也不是生气，你已经这样了，我怎么还会生气呢？我是着急心痛，丢了一个孩子，太可惜了！我也很自责，天天跟你在一起，感情那么好，怎么没有注意这个问题！"

小燕子勉强地笑着说：

"我还没准备好当娘呢！你一天到晚说我长不大，想想也是。我自己都是一个孩子，怎么当娘？老天一定知道我不会当娘，才收回了这个孩子！"她说着，眼里就漾着泪，"我好笨！我真的好笨！"一阵心痛，忍不住伸手噼里啪啦地敲脑袋。

永琪急忙拉住她的手，放在脸上熨帖着。

"干吗这样？肚子痛还没好，还要把脑袋打痛吗？"说着，就深深凝视她，"谢天谢地，幸好你没事……我们都不要难过，也不要自责了，小事一件嘛，生孩子有什么难？我们继续努力就是了！"小燕子十分感动地点点头，忽然坐起身子大叫："糟糕！那些书……那些书都是'珍藏本'，是'无价之宝'，被我弄坏了怎么办？我吹了半天牛，结果弄得乱七八糟，皇阿玛一定气死了！"

永琪急忙扶住她，情真意切地说：

"躺下来！躺下来！不要激动，不要管那些书了！再多的珍藏本，也抵不上你这个'珍藏本'！再多的无价之宝，也抵不上你这个'无价之宝'！"

第二章

乾隆三十年来临了。小燕子和紫薇，在这一年的年初，都绝对没有想到，她们那温柔的幸福，那平静的岁月，要在这一年面临最大的考验。无数的"狂风暴雨"，将要席卷着她们的世界。以前的种种经历，和这番狂风暴雨比起来，不过是一些微风而已。

这年的春节，小燕子依然精神抖擞。尽管身上一直没有喜讯，萧剑和晴儿也都陷在挣扎和痛苦里。她都不操心，认为"船到桥头自然直"。她对自己怀孕这种事，也不放在心上，她有太多要忙的事。春节的时候，她挖空心思，想的仍然是怎样别出心裁，设计一些节目，让皇阿玛和宫里的妃嫔、阿哥、格格们，大家乐一乐。大年初三，宫里举行了一年一度的"跳驼比赛"。跳驼比赛！这是皇宫里各种表演中，最最刺激的一项。这本来是蒙古武士的一种竞技赛，因为乾隆喜欢观赏，逐渐变成一种表演。到了这天，蒙古武士个个盛装前来表演"跳驼"。宫里所有的亲王福晋、阿哥格格都来观赏，热闹非凡。小燕子对这个比赛的热爱，绝对不输给热衷武术的乾隆。比赛是在皇宫竞技场举行的。乾隆带着妃嫔坐在观众席上，华盖重重，嘉宾云集。竞技场两旁，站满了卫队，旗帜迎风飞舞。乾隆居中而坐，永琪陪着乾隆，坐在乾隆左边，太后坐在右边。晴儿坐在太后身边，依次是皇后、令妃和其他妃嫔。永琪旁边，是紫薇及其他阿哥和格格。比赛开始前，照例有蒙古美女跳舞助兴。舞者服装艳丽，舞步神奇，看得皇室成员个个目不暇接。

乾隆左顾右盼，见场面浩大，正龙心大悦时，忽然发现少了一个人，惊奇地问永琪："怎么没有看到小燕子？""回皇阿玛，小燕子今天有些不舒服，恐怕不能来了！""不舒服？她连这种热闹都会错过？太不可思议了！是不是很严重？""不不不，不严重，不严重。"永琪一迭连声说。

太后眼睛一亮，看看永琪说："是不是有好消息了？有好消息可要告诉我！"又来了！太后最关心的，就是小燕子有没有"好消息"。永琪听到这个题目就头痛，赶快顾左右而言他："什么什么？风太大，听不清楚！""听不清楚吗？我帮老佛爷再问你一次，是不是你要当阿玛了？"令妃笑了。"也该有消息了，两个格格同时成亲的，紫薇的儿子东儿，都三岁了！小燕子上次那个，又晒书给晒掉了！真是天下奇谈！"太后嘟囔着。紫薇不好意思地微笑了一下，永琪有点坐立不安了。幸好这时，比武开始了。主持比赛的是尔康，他骑着一匹骏马，雄赳赳、气昂昂地奔进比武场，许多蒙古武士，穿着蒙古服饰，跟着尔康的马，跑步进场。到了乾隆面前，尔康翻身下马，甩袖跪倒，朗声说："儿臣福尔康带领蒙古武士十二名，叩见皇阿玛，老佛爷，皇额娘，各位娘娘，皇伯皇叔！"蒙古武士全部匍匐于地，声震四野地喊："皇上万岁万岁万万岁！老佛爷千岁千岁千千岁！各位娘娘千岁千岁千千岁！各位阿哥格格千岁千岁千千岁！"乾隆兴高采烈地说："蒙古武士免礼！今天这个跳驼比赛，希望你们拿出蒙古的看家本领来！得到第一名的武士，朕有重赏！"

"谢皇上恩典！"蒙古武士齐声说着。

尔康站起身子，打开名单，朗声报名：

"蒙古武士腾尔丹上场！"

只见一名蒙古武士，牵着三只骆驼进场。骆驼身上，满身披挂，戴着驼铃，头上插着羽毛，煞是好看。三只骆驼在看台前站定，武士站在骆驼一边，摩拳擦掌，跃跃欲试。原来"跳驼"是让骆驼排成一排站着，武士要一个筋斗跳越过这几只骆驼，有人一次可以翻过四五只骆驼，甚至有跳过八只骆驼的纪录。当然跳越得越多，就是功夫越好。武士们通常跳越过骆驼之后，还会跳上骆驼的驼峰，做一些个人精彩的表演。这个比赛最好玩的地方，是那些骆驼，它们毕竟是动物，不会乖乖地站在那儿让你跳，何况骆驼的坏脾气是有名的，常常在表演中，骆驼会有各种状况发生，出人意料。这些武士，不仅要考验武术，还要考验应变能力，是个集武术、特技、表演和趣味于一体的比赛。难怪乾隆和宫中诸人，都对这个比赛着迷。当然，有时骆驼出奇地听话，让每个武士都能尽兴表演，那也是很好看的。

这时，那个腾尔丹一个空翻，利落地跳过了三只骆驼，大家掌声雷动。武士在掌声中，飞身上了一只骆驼的背，然后，又一个空翻下地，然后，连续地空翻，上骆驼，下骆驼，上下自如，身手灵活，看得人目不转睛。

"好！太好了！"乾隆忍不住大喊。

看台上掌声雷动，欢呼不断。

一个人表演完了，尔康再度报名：

"第二位武士，穆沙格上场！"

第二个牵出了四只骆驼，大家屏息以待。只见武士也是一跃而过，再在四只骆驼的驼峰上，脚步轻盈地跳来跳去，从这个驼峰，跳到那个驼峰上，跳了半天，不曾落地。大家看得叹为观止。

乾隆鼓掌叫好，大家跟着鼓掌。

第三位武士牵出五只骆驼，跳跃之后，也开始跳上跳下，在骆驼背上施展各种绝技。有时站在骆驼背上，有时又倒吊在骆驼的肚子下面，有时正面骑着骆驼，有时又倒着骑着骆驼，看得大家眼花缭乱，乾隆更是心花怒放。这样一个一个武士出场，个个都身怀绝技，表演得精彩万分。然后，尔康声音一扬，朗声再报：

"第六位武士，是戈戈紫宴晓！"

场上出现的，是一位体形瘦小的武士，身上穿着黑红相间的蒙古服，头上戴着黑色武士头巾，彩色的条纹裙子，打扮非常亮眼。这个武士一出场，就引起了大家一阵惊呼，因为，他居然牵出了十只骆驼！

"十只骆驼！"乾隆嚷着，"难道他想创纪录？从来没有人跳越过十只骆驼！"武士一翻身，先给乾隆一跪。这个武士十分年轻，却留着两撇大胡子，头巾戴得很低，乾隆看不清楚他的面貌，觉得他貌不惊人，个子矮小，有股滑稽相。

"叽叽哇哇底哩吐噜吱吱嘎嘎……"戈戈紫宴晓口齿不清地叽咕着，说了一句谁都听不清楚的蒙古话。乾隆摇摇头，发表意见："这个武士个儿太小，话都说不清楚，看样子就不行！十只骆驼，哼！"永琪和紫薇交换了一个视线，两人忍不住悄悄地笑。这个武士不是别人，正是古灵精怪的小燕子！所有的嫔妃亲王阿哥格格都被蒙在鼓里，谁也没有看出来。

只见小燕子站在一排骆驼的左边，先上上下下审察一番，再摩拳擦掌一番，再吐气扬眉一番，再装腔作势一番……终于，鼓足勇气，对着骆驼冲去，谁知，该跃起时算错了时间，没有跃起，反而一头撞在骆驼的肚子上，顿时撞得仰天一摔，摔了个四仰八叉。

乾隆哪儿见过这样离谱的表演，笑得上气不接下气。众人也是笑得前俯后仰，嫔妃娘娘们个个花枝乱颤。只见武士爬起身子，再度摩拳擦掌，装腔作势……又对骆驼冲去，谁知，这次他没有从骆驼背上飞越过去，却哧溜一声，从十只骆驼的肚子下面，钻过去了。

看台上一片笑声。乾隆揉着肚子，笑得差点岔了气。永琪又笑又摇头，这个小燕子，临时加了这么多动作，真是亏了她！她大概是大清开国以来，第一个表演"跳驼"的福晋吧！

在大家的大笑声中，小燕子放弃"跳越"这个动作了。她一个倒翻，上了一只骆驼的背。接着，就从一只骆驼背上，一个筋斗翻到另一只骆驼背上，再一个筋斗又翻到另一只背上，就这样连续翻了十只骆驼，身子不曾落地。

乾隆大喜，站起身子拼命拍掌。

"好呀！好功夫！朕从来没有看过这么好的功夫，太好了！"

看台上欢声雷动，全体疯狂地鼓掌。

永琪看到小燕子这么成功，又有"笑果"，又有"功夫"，真是代她骄傲！他站起身子，满脸的笑，鼓掌鼓得手都痛了。紫薇与有荣焉，也满脸的笑，拼命鼓掌。

小燕子翻完，意犹未尽，居然在一只骆驼背上，表演起特技来。忽而伏在驼峰之间，忽而跳上驼峰之巅，忽而用单手倒立在驼峰上，身子打转，忽而站在驼峰上，转动身子，跳起舞来。一只驼峰不够用，她就双脚叉开，分别站在两只骆驼的驼峰上。

大家看得目瞪口呆。永琪却越看越惊，实在代小燕子捏一把冷汗，眼睛越瞪越大。忽然间，两只骆驼开始往两边跑去，小燕子的双腿越拉越开，快要把她撕成两半了，她赶紧用脚兜着骆驼，嘴里叽叽咕咕地对骆驼说："乖骆驼，好骆驼，别走开！靠拢！靠拢……"

她一边说着，一边拼命用脚尖钩着驼峰，把两只骆驼聚拢，大家看得提心吊胆，惊呼不断。好不容易，两只骆驼聚拢了，其中一只，突然发起脾气来，一声狂鸣，就跳了起来，想把小燕子掀落地。

乾隆和众人都发出惊呼。全部站起身子看。只听到小燕子喊了一声：

"哎呀！不好了……"

就看到那只暴怒的骆驼，瞪大了骆驼眼，张大了骆驼鼻，狂端着骆驼蹄，横扫着骆驼尾……然后，骆驼腾身而起。小燕子再也支持不住，空翻下地，拔腿就跑。那只骆驼一转身，追着她跑。小燕子已经顾不得形象了，狼狈奔逃，身上的披披挂挂一路掉落在地，连胡子也掉了一半，只剩下半边贴在嘴唇上。骆驼依然紧追不舍，居然一口咬住她的裙子。小燕子大惊，开始和骆驼抢裙子，只听到刺啦一声，裙子撕破了。小燕子这才领教骆驼的脾气，她拼命逃，骆驼拼命追。这样一来，引起其他骆驼的骚动，全部乱跑起来，场面一团混乱。武士们纷纷下场制伏骆驼，一时之间，驼铃毯子掉满地，武士骆驼满场飞，奔前跑后，好生热闹。

乾隆拊掌大笑：

"哈哈哈哈！朕真是大开眼界！哈哈哈哈……太妙了！"看台上，人人都笑得东倒西歪。小燕子跑着跑着，一回头，和一只骆驼照了面，那只骆驼对着她张开大嘴，就喷了她满脸的口水，这一下，她慌了，看到面前有根旗杆，就抱住旗杆往上爬。谁知，那只骆驼居然在下面撞旗杆，旗杆哪儿禁得住小燕子的重量和骆驼的撞击，顿时，剧烈地摇晃起来。摇了一阵，就砰然一声，倒向看台。还好看台的边缘支撑住旗杆，小燕子双手抱住旗杆，身子悬在看台外面，她大喊：

"救命！救命……"永琪看得心惊胆战，急忙飞奔过去，抓住她的手。小燕子这才危危险险地，拉着永琪爬上看台。"你怎样？"永琪着急地问，"有没有受伤？"小燕子对着永琪嫣然一笑，就冲到乾隆等人的面前，一跪落地。她把下巴一抬，露出半边胡子、满头大汗、眉开眼笑的脸庞，对乾隆嚷着："皇阿玛新春吉祥！小燕子献丑了！小燕子给皇阿玛请安，给老佛爷请安，给皇额娘请安，给各位娘娘伯伯叔叔请安！""小燕子！居然是小燕子！"乾隆睁大眼睛，不敢相信地看着滑稽的小燕子。

永琪笑着站在小燕子身边，对乾隆拱手说："皇阿玛！一点小小的娱乐，希望博得皇阿玛、老佛爷、皇额娘大家一笑！""小燕子，你的功夫练得这么好了，真让朕大为意外呀！"乾隆惊喜地说。

乾隆一夸奖，小燕子就得意起来，起身，对乾隆嚷着：

"皇阿玛！本来应该更好的，我设计了一大堆动作，还来不及表演呢！都是那只骆驼，乱发脾气，突然又抬头又撅屁股，闹得我手忙脚乱，还追着我跑，吃我的裙子，对我喷口水……害我都没有表演出水准来！"

太后一听，小燕子把"撅屁股"此等不雅的句子都说出口，不禁一叹。

"唉！以为当了几年福晋，总有一些进步，怎么说话还是这样子？没规没矩！"兴冲冲的小燕子不禁一呆。乾隆急忙接口：

"老佛爷，看在她这么卖命的演出上，就别跟她计较那些小毛病了！"他看着小燕子笑，"你这个蒙古武士，朕瞧着就有问题，怎么个子那么小？你那个蒙古名字，也怪怪的，什么咯咯吱吱的？""皇阿玛！是戈戈紫宴晓！您倒过来念就明白了！"紫薇忍不住笑。"戈戈紫宴晓，晓宴紫戈戈，哦！"乾隆恍然大悟，"小燕子格格啊！"

大家都恍然大悟，全都笑了起来。只有太后闷闷不乐，自言自语："这样在骆驼背上翻来翻去，大概肚子里不可能有好消息了！"乾隆没注意太后的念念有词，龙心大悦地大笑说："难得你们这些孩子这么有心！表演这么好的节目给朕看！好呀！这个戈戈紫宴晓拿到了比赛第一名！皇阿玛赏你一个吉祥如意锁！"乾隆把自己身上戴的金锁给了小燕子。"哇！皇阿玛万岁！"小燕子欢呼。蒙古武士全部跟着欢呼："胜利！胜利！戈戈紫宴晓胜利！小燕子格格胜利！胜利……"

小燕子手举"吉祥如意锁"，环绕竞技场一周。乾隆笑得好大声。这次的跳驼比赛，在各种"演出失常"的情况下，却获得了空前的成功。

表演结束，乾隆的兴致仍然高昂。和太后妃嫔们，带着众多的阿哥格格，走在御花园里，乾隆的心情好得不得了。看着满面红光的小燕子，乾隆真是爱进心坎儿里。他心血来潮，忽然说：

"戈戈紫宴晓！朕刚刚看到了你的武功，现在，想试试你的文采！今年进入乾隆三十年了，新春大吉，你说两句吉祥话给朕听听！""皇阿玛！"小燕子大惊，"要听吉祥话，紫薇一定比我会说！除了紫薇，晴儿也会说，怎样也轮不到我呀！我还是翻筋斗比较行！""你翻筋斗，朕看够了！现在，就是要听你说吉祥话！""皇阿玛，我看，还是不要让她说吧！"紫薇好担心，生怕小燕子一个失言，把乾隆的好心情赶走了。"就是就是！还是我来说吧！"永琪急急地说。"你们也别老是护着小燕子，难道连几句吉祥话，就把她难住了？"

小燕子被乾隆一激，就忍不住了："说就说嘛！我也会说！皇阿玛……我给您来一段'数来宝'吧！"

小燕子说着，就拿着手里的一串驼铃，摇着打拍子，跳到乾隆面前，开始念："皇阿玛，皇阿玛，相貌堂堂福气大，国有乾隆百姓夸，谷不生虫笑哈哈，老吾老呀幼吾幼，贪官污吏一把抓，万岁万岁万万岁，年年都是……都是……""年年都是什么？"乾隆问。"活菩萨！"永琪赶紧在小燕子耳边提示。

小燕子没听清楚，欢声接口："年年都是泥菩萨！""你说朕是'泥菩萨'？是不是说朕虚有其表，没有用呀？"乾隆眉头一皱。

永琪急死了，在小燕子耳边低声喊："活……活……活……活……！"小燕子点着脑袋，用力地、大声地跟着念：

"活活活活菩萨！"说完，自己也笑了，更正着，"年年都是活菩萨！"乾隆笑开了，紫薇、尔康、晴儿、永琪等人，都跟着松了一口气。小燕子又跳到太后面前，开始念：

"老佛爷，老佛爷，眼光威严看大家，看得燕子就害怕，心里哆嗦头发麻，但愿奶奶时常笑，年年开心像娃娃！""只能给她四个字的评语，'啼笑皆非'呀！"太后笑着摇了摇头。

"还好还好！对小燕子，不能要求太高！"乾隆接口，看着小燕子笑。小燕子又跳到皇后面前，紫薇生怕她胡言乱语，急着帮她解围，赶紧抢着念："皇后皇后变了样，不再让人心慌慌，佛前常常在烧香，见人就笑好慈祥，但愿母仪满天下，阿哥格格都喊娘！"

皇后确实变了样，这几年，皇后吃斋念佛，一心向善。不知道是不是"孽债"已了，皇后完全洗心革面，与世无争，是一个真正的好皇后了。跟着她的容嬷嬷，也改头换面，再也不和大家作对，专心一志地伺候皇后。有时，紫薇和小燕子谈起以前种种，几乎没办法把以前的皇后和容嬷嬷，和今天的二人相提并论。

晴儿听到紫薇念了，就技痒起来，忍不住拍拍紫薇，抢着先念："紫薇紫薇好性情，琴棋书画样样行，山无陵来天地合，感动尔康结婚姻。生活美满样样有，祝你再添小壮丁！""晴儿，你说些什么？"紫薇脸红了。小燕子忽然灵感泉涌，生怕紫薇和晴儿抢着说，飞快地跳到令妃面前，抢着念："令妃令妃心地好，老天保佑不会老，今年更比去年娇，皇上看了哈哈笑！生了格格生阿哥，今年再生小宝宝！"令妃笑着，拼命去打小燕子："听听她这张嘴！都是皇上惯的，要她说什么吉祥话！越说就越不像话了！"

大家都笑，乾隆也笑，太后不禁拉住令妃的手，惊讶地问："是不是你又有了？""哎呀呀！哪有，哪有，大概是紫薇又有了！""不是啦！"紫薇也急，"你们听晴儿胡诌！"

大家笑成一团，尔康看着晴儿，忍不住也想表演一番，跟着念："晴儿晴儿真不差，年年都像一枝花，大家每次出状况，晴儿忙着打哈哈！听说萧郎人品好，今年嫁个好人家！"晴儿听到最后两句，脸色都变了，紧张地回头看太后。幸好太后没有听出玄机。小燕子赶紧跳到尔康面前，再抢着念："尔康尔康好才华，能文能武人人夸，御前侍卫新驸马，就怕命里犯桃花！紫薇紫薇你别怕，他敢不乖，我……"她故意拉长声，"踹死他！""小燕子福晋，"尔康笑着喊，"怎么每个人都说得不错，到了我这儿，就变成这样了！""你不知道，她的'吉祥词'都用完了！"永琪一直笑。"别打断我，轮到说你了！"

小燕子跳到永琪面前，打着拍子，还没说话，永琪飞快地说："你别说，让我自己说吧！"就念着，"永琪有苦说不出，眼睛瞪得圆乎乎，皇上要听吉祥话，永琪心里在打鼓，就怕燕子出个错……"

"一条小命就呜呼！"小燕子抢着大喊，笑得前俯后仰。

一时之间，御花园里全是笑声。太后和众多的娘娘，掩口的掩口，弯腰的弯腰，个个笑得花枝乱颤。阿哥格格们，更是笑得吱吱咯咯。连打着华盖的太监和在一边伺候的宫女们，也都忍俊不禁了。

乾隆看着这样的一群好儿女，大家抢着说"吉祥话"，又听到这样的一片笑声，真是开心极了。"小燕子！朕听你一句句说，虽然还是没什么墨水，也算够'吉祥'了，可是，怎么到了最后一句，又把'呜呼'两个字用出来了，你知道今天是大年初三吗？""大家都'吉祥'，我'呜呼'没有关系！"小燕子笑嘻嘻地说。

就在此时，两个大臣兴冲冲地走来，在乾隆面前甩袖跪倒。"奴才谢元叩见皇上！皇上万岁万岁万万岁！""起来！有什么事这么急，要赶到御花园来？"乾隆惊奇地问。一位大臣双手高举一个锦盒。

"皇上大喜！真是祥瑞之兆呀！请皇上过目！"早有太监上前接过，打开来，只见红丝带打着如意结，下面绑了一个制钱。乾隆拿起制钱，不知道这两位大臣葫芦里卖的是什么药。两位大臣起身，带着一脸奉承的笑，毕恭毕敬地说：

"皇上！这是今年铸币厂第一批的制钱！刚刚出炉的，奴才们检查的时候，发现了这一枚，上面居然有一朵'祥云'，就在这儿！"指给乾隆看，"这是上天的异兆，预兆今年国泰民安，风调雨顺！"

"启禀皇上，这个制钱是个吉祥物儿，戴在身上，会逢凶化吉，遇难成祥，大吉大利，永保平安！请皇上随身佩戴！"另一位大臣接口。乾隆龙心大悦，拿着制钱左看右看。"真的吗？这个制钱是个吉祥物儿？有这么大的好处？"两大臣连连点首称是。

"哈哈哈哈！今年真是'吉祥年'呀！"乾隆果然吃这一套，更加兴高采烈，"朕正在这儿和大家说吉祥话，就来了一个吉祥物，这个制钱，肯定会逢凶化吉，永保平安的！"说着，就环视众人，眼光温柔地停在紫薇脸上，喊："紫薇！"

"皇阿玛！"紫薇急忙上前。

"你这孩子，从小多难，好几次死里逃生，让朕随时都为你担心。这儿既然有个吉祥物，朕就把它赏给你吧！"乾隆说着，就把制钱套在紫薇脖子上，"戴着，算是你的护身符吧！"

紫薇惊喜交集，感动万千，急忙请安："谢谢皇阿玛！"

小燕子高兴地抓着紫薇的手，跳着嚷着："哇！我们今年，一定会好得不得了，我有皇阿玛的吉祥如意锁，你有皇阿玛的吉祥制钱！"永琪和尔康，忍不住互看，都有说不出的欣慰。吉祥如意锁，吉祥制钱，吉祥话……这一年，真的吉祥吗？

第三章

　　乾隆决定正月十六日，灯节之后的第二天，出发南巡，这是乾隆第四次下江南。和前面三次一样，也是"奉皇太后南巡"，去视察民情，勘察河道。既然太后去，乾隆的几位嫔妃，自然也要随行伺候。同行的有皇后、令妃、晴儿、紫薇、小燕子、永琪、尔康、福伦等人，是一支浩浩荡荡的队伍。本来，紫薇是不想去的，到底东儿还小，离不开亲娘。但是她才对乾隆说了一句：

　　"皇阿玛，我这次恐怕不能陪您了，东儿才三岁……"乾隆立刻打断了紫薇，不快地说："有了儿子，你就没有阿玛了吗？"

　　一句话把紫薇吓了一跳，把尔康急得变色，把福伦也惊得魂飞魄散了。"皇阿玛！您言重了！"紫薇惶恐地说。"紫薇，你就不要扫大家的兴了！"小燕子嚷嚷着，"皇阿玛说过，我们两个，是皇阿玛的左右手，哪有人出门不带左右手的道理？""哈哈！"乾隆大笑，"小燕子这话说得有理！哪有人出门把手留在家里的？""皇阿玛，您放心，"尔康赶紧说，"家里又是嬷嬷又是奶娘，还有我额娘亲自照顾，东儿被保护得好好的，实在用不着紫薇管。皇阿玛的这只手，是跟定皇阿玛了！"

"这才像话！"乾隆笑了。紫薇没辙了，只得点头。但她心里，可是千千万万个无可奈何。这晚，从宫里回到学士府，时间已经晚了，东儿偎在福晋的怀里睡着了。紫薇看着熟睡的东儿，离愁就把她紧紧地缠住了。不忍把东儿交给奶娘，她抱着东儿，回到卧房，亲着东儿睡得红通通的脸颊，她几乎是痛苦地说："东儿，对不起，额娘进宫一整天，都没看到你。你有没有想额娘？额娘可是时时刻刻在想你啊！跟皇阿玛去江南，一定很好玩，但是，要跟你分开那么久，不是要我的命吗？"尔康仔细地注视紫薇和东儿，心里有着感动，也有着疑惑："紫薇，东儿在你心里，真的比什么都重要吗？比皇阿玛都重要吗？"紫薇想了想，诚实地回答：

"这是不能比的，东儿还是个婴儿，这么脆弱，这么小，一点生活能力都没有，他需要我！皇阿玛是个大人，又是个皇帝，他身边包围着无数有本领的人，他呼风唤雨，什么都有，缺我一个，只是有些遗憾而已。当然……是东儿重要。""那么，我呢？我和东儿，谁在你心里比较重要？"尔康追问。

"尔康，你总不会跟自己的儿子吃醋吧？"紫薇惊奇地看尔康。

尔康眼中漾着笑意，深深切切地盯着她，煞有介事地说：

"确实会啊！总觉得，自从有了东儿，你就变了。我再也不是你心里的'唯一'了。你整天想的都是孩子，念的都是孩子，抱的都是孩子，牵牵挂挂的，都是孩子……我不知道，我在你和东儿之间，还有没有容身之地？"

紫薇睁大眼睛，不可思议地问：

"你在说笑话吧？"

"不！我说真的！"尔康答得一本正经。

紫薇心中一颤，把孩子放在床上，走到尔康身边，双手放在他的肩上，定定地看着他。

"让我告诉你，我为什么这么爱东儿，因为，他是我和你的！我在他的脸上，看到你的眼睛，你的眼神，你的笑，你的泪……他是另外一个你，这个你好小好小，身上有我们两个的爱，以前总认为爱很抽象，直到有了东儿，这才知道它是有形体有生命的！东儿凝聚了我们两个的爱，是你给我的最最神奇的礼物啊！"

尔康被这样热烈的紫薇，深深地感动了。

"是吗？你爱他，因为你爱我？"

"傻瓜！没有你，哪儿会有他？"紫薇搂住他，"怎么会有像你这样的人，去和儿子吃醋？难道你不爱他吗？"

"我当然爱呀！但你要答应我一件事。"

"什么事？"

"你想着东儿的时候要同时想起我，不可以想着东儿，就忘了我！"

紫薇凝视着尔康，发现他眼里有着一种认真的神色，这种神色，让她惊颤了。或者，他真的会跟东儿吃醋；或者，他真的有失落感；或者，自己确实给东儿太多，疏忽了尔康。她拼命地思索，有些失措，就诚挚地、带着几分急促地说：

"你一直一直在我心上最重要的地方，那里只有你和我，我心里牵牵挂挂的，还是你！我常想，如果世上没有你，我还会快乐吗？如果我只有东儿，没有你，我会满足吗？"她用力地摇摇头，"不会的！你是不能取代的，什么都不能取代的！你是我活下去的动力，我好爱好爱东儿，那是因为他是你的儿子，我真的很爱很爱你。"

尔康听到她这样的话，即使他们已经结婚好几年了，他仍然会心跳加快。他忍不住把她一把抱进怀里，非常恳切地说：

"你带给我的幸福，实在太大了！我是逗你的，我怎么会和东儿吃醋呢？看到你这样爱东儿，让我常常陷在震撼里！我不知道你有多少用不完的爱？你真的让我不能不爱你！也因为我这样爱你，有时，好怕和你分开！我知道，离开东儿，对你是件残忍的事，但是，让我离开你，也是一件残忍的事。所以，你还是勉为其难，跟我们一起下江南吧！"

紫薇感动地点点头。尔康凝视着她，情不自禁，就俯头缠缠绵绵地吻住她。

小燕子完全无法体会紫薇的母爱，她从来没有当母亲的经验，弄不清楚紫薇怎么会把东儿看得比南巡还重要。但是，她了解箫剑对晴儿的相思，在南巡出发前，她忙得很，忙着要帮箫剑的忙，让他有机会参加南巡的队伍，还要安排他在行前，和晴儿见上一面。

因为元宵节是出发南巡的前一日，大家要忙着第二天的出发，无法庆祝灯节。年初十，宫里就提前过节，晚上，御花园里就开始放烟火了。

这晚，萧剑进了宫，在漫天花雨中，和晴儿躲在藏书楼的后院，悄悄地见了面。本来，应该去永琪的景阳宫，但是，永琪和小燕子人缘太好，景阳宫是乾隆、太后和几位小阿哥格格最爱来的地方，实在有些不安全。

永琪早已把侍卫调开了，萧剑独自在院中徘徊了许久，终于看到永琪和小燕子，带着晴儿匆匆忙忙地奔来。"你们赶快说话，把握时间，我们去把风！"小燕子把晴儿往萧剑身边一推，就拉着永琪，跑到后院的门口去把风了。小院中剩下萧剑和晴儿。四目相对，恍如隔世。萧剑凝视着晴儿，见她眼睛闪亮，跑得脸孔发红，气喘吁吁，眼底，又是害怕，又是期待，又是娇羞，又是狂热……晴儿这种能够诉说几千几万种情绪的眼光，每次都会把他所有的壮志雄心，全部融化。他不由得奔上前去，把她的手紧紧一握："晴儿，见你一面，真是难如登天！"

晴儿四面看看，紧张得不得了，被萧剑握住的手，微微震颤着："我觉得这样很不好，给老佛爷发现，我一定活不了！""可是，你还是来了！"

晴儿抬头看他一眼，又低下头去："我明知道不对，还是跟着小燕子跑，自从认识你，我整个人都变了，其实，我……我不是那种姑娘……""不是哪种姑娘？"萧剑紧紧地盯着她。"不是那种随随便便的姑娘……"晴儿讷讷地说，"我是很严肃的，平常连大笑都不敢的，我从来没有做过这么大胆的事……"一朵烟火，在天空散开，无数散落的火星，跌落在晴儿的眼瞳里，闪闪烁烁。萧剑再也无法自持，紧握了她一下，积极地、热烈地说：

"听我说，我要进宫一次，实在不容易！我没有时间慢慢来爱的笑话之一，和她的"一鸟骂人"并列"小燕子语录"里的前几条，她也常常用来自嘲一番。但是，那句"物以类聚"却用得恰当至极。他心里想着，手上不敢松懈，左刺右刺，前刺后刺，一连刺伤了好几个敌人。

"五阿哥！"尔康大喊，"你保护小燕子，我带人去围堵那两辆马车！"尔康就带着几个侍卫，直奔马车，方式舟大惊，对武士们急喊："保护几位夫人和少爷小姐……"萧剑连续摔倒几个围攻的武士，直奔方式舟，大叫："尔康！你去抓那些夫人、小姐、少爷！这个方大人就交给我！"说着，就像大鸟般飞身而起，直扑方式舟，嘴里大喊着："你恶贯满盈，我萧剑来也！"方式舟抬头一看，萧剑像只老鹰般从空中飞扑而下，大惊。正想奔逃，哪儿来得及，萧剑已经落在方式舟的马背上，马儿长嘶，带着二人狂奔。奔了一段，萧剑拉着方式舟的衣领一摔，方式舟落下马背，一翻身，拔剑在手，和萧剑大打。"不得了！原来你还会武功，真是深藏不露！你是何方妖孽……"萧剑嚷。方式舟边打边喊：

"萧大侠！你又不是皇室的人，跟了我，我包你一生吃喝不尽，那个皇帝在宫里，难道不是天天鸡鸭鱼肉吗？灾民跟你非亲非故，中国人这么多，死几个没关系，你何不跟我远走江湖？"

"你想造反！死到临头，还没有丝毫悔意！嘴里说的不是人话，听你这几句话，是非不明，黑白不分，草菅人命……你简直是死有余辜！我萧剑非杀了你不可……你纳命来吧！"萧剑边说边打，招招凶狠，方式舟拼死迎战，越打越是招架不住。至于尔康，带着卫队，直扑马车。虽然武士们围着马车，拼命保护，但治好你的犯罪感，消除你的道德观！自从在小燕子的婚礼上见到你，我就着魔了！以前的洒脱，都不知道跑到哪儿去了。我知道，我们隔着这道宫墙，像是隔了千山万水，未来是最渺茫的梦，但是，我还是不能不想你！我只要你一句话，你对我有没有同样的感觉？如果有，铜墙铁壁我也要闯！你，有没有同样的感觉？"

晴儿情不自禁，抬头热烈地看着他："到了这种时候，你还要问这样的话！""那么，我们两个不能这样拖下去了！我们现在，只有两条路可走，一条是你向老佛爷坦白，要求老佛爷，把你指婚给我！""目前，这条路是走不通的！"晴儿哀恳地看着他，"请你再给我一点时间！""给你多久？一眨眼，就四年了！为了你，我在北京东晃西晃了四年，生活的重心全变了，什么'两脚踏翻尘世路，以天为盖地为庐'，都成了废话！生活里剩下的，只有等待，这……"他痛苦地吸了口气，"实在不是我要的日子！""对不起！""别跟我说对不起！如果你真的对我有心，我们还有一条路！""你说！""这次皇上南巡，尔康千方百计，把我也报在随行队伍里面。这样，我和你在路上有许多机会……"他凝视着她，把她的手往自己怀中紧紧一拉，"你什么都丢下，跟我走！"晴儿整个人惊得一颤。

"你……你要我跟你逃走？""是！尔康、紫薇、永琪和小燕子都会帮我们，我们就远走高飞吧！""可是……可是……这样做，老佛爷会伤心的，我不能伤老佛爷的心！""到底，还是老佛爷在你心里，比我重！"萧剑有些生气了。

晴儿心中一痛，伤心地凝视他，有口难言，眼泪就冲出眼眶。

萧剑顿时后悔了："我不该说这句话，我收回！你有你的立场，你的难处！""我们或者还有机会，我希望老佛爷喜欢你、接受你，老佛爷虽然有些霸气，但她老人家一直将我捧在手心上疼着，只要时机成熟，我就跟老佛爷坦白，好不好？"萧剑沉痛地摇摇头，忽然想起自己的身世，想起和乾隆之间的"杀父之仇"，顿时心烦意乱起来。"你的心我都懂，但是，我有许多事，是连你都不知道的，我一直没有时间跟你好好地谈……你的老佛爷如果明察秋毫，大概永远不会接受我！"晴儿惊怔着，萧剑这话是什么意思？她还来不及细问，院子外面，忽然传来小燕子重重的咳嗽声，接着，就是容嬷嬷那高亢的声音："老佛爷，这儿有个台阶，您走好！绿娥，赶快给老佛爷照着路！灯笼举高一点！老佛爷，这儿黑，您慢慢走……"

晴儿和萧剑的脸立即变色了。

院落外小燕子和永琪，也惊得一身冷汗。只见太后在皇后和容嬷嬷的搀扶下，寻寻觅觅地走了过来。后面跟着一排宫女，提着灯笼，太监再一排，也提着灯笼，照得四周，光亮无比。

"今晚的杂耍没什么意思，难怪老佛爷不爱看！"皇后说着。"奇怪！这晴儿跑到哪里去了？"太后到处看。

小燕子赶紧凑在永琪耳边说："不好！老佛爷过来了！赶快想办法，别让老佛爷撞个正着！""想办法，想什么办法？"永琪急得团团转。

永琪还在"想办法"，太后等一行人已到眼前。情势紧张，小燕子想也不想地冲了出去，一面给太后、皇后请安，一面大声地说："老佛爷吉祥！皇额娘吉祥！大家都吉祥！"

太后被突然从暗处蹿出来的小燕子吓了一大跳，拍着胸脯说："你怎么突然冒了出来？吓我一跳！晴儿呢？有没有跟你在一起？""晴儿……晴儿……"小燕子支支吾吾地说着，眼睛望着树梢，东张西望，忽然大叫：

"什么人？你躲在树上干什么？"小燕子一面大叫，一面飞身就上了树梢。

太后、皇后、容嬷嬷和宫女太监们，全部惊愕地跟着小燕子往树上看。小燕子飞上树梢，不料有只大鸟，正在栖息。被小燕子所惊，发出"呱"的一声大叫，扑棱棱地飞起。小燕子再也想不到树上有这只鸟，惊得"哇"的一声大叫，就从树上摔落在地。"小燕子！"永琪一面喊着，一面奔出来接，已经迟了，小燕子摔在地上，哎哟哎哟地哼哼。永琪赶紧把她拉起来："你怎么了？摔着没有？不是练了好久的轻功吗？在骆驼背上都能翻筋斗，怎么还会摔下地？""哎哟哎哟！"小燕子揉揉这儿，揉揉那儿，惊魂未定，"树上居然有只大鸟，简直是'一鸣惊人'，吓得我差点'一命呜呼'！还轻功呢？哪儿来得及运功……""小燕子，"永琪惊喜地说，"你连说了两句成语耶！用得也恰到好处！"

太后狐疑地看看小燕子和永琪，再看看那棵树。"你不是看到树上有个人吗？"太后问。"有个人？"小燕子想了起来，急忙点头，"是啊是啊！大概就是那只鸟！""你把一只鸟看成一个人？我看，你也该像你皇阿玛一样，配一副西洋眼镜戴戴！"太后盯着小燕子说，语气不太高兴。"嘿嘿！是啊！嘿嘿……"小燕子对着太后傻笑。

太后对着这样的小燕子，真是哭笑不得，一点儿办法都没有。她不以为然地说：

"你这个毛躁脾气一点改进都没有！怪不得连一个孩子都保不住，如果肚子里有消息，这一摔，又摔掉了，你就不能像个福晋的样子吗？这样下去，怎么得了？永琪老大不小了，总得有个儿子，我看，还是早点纳一个侧福晋，再选几个侍妾，为日后选秀立妃做个准备！"

小燕子和永琪一惊，永琪就条件反射一般，冲口而出："什么侧福晋，什么选秀立妃，老佛爷不要开玩笑了！"太后一本正经地直视着两人，郑重地说："我一点也不开玩笑，这事，我和皇上已经商量好久了！"她看看皇后，"你不是在帮忙物色吗？"

皇后赶紧回答："回老佛爷，还在慢慢挑呢！这事也不急，小燕子还年轻，今年一定会有好消息的！"说着，就对小燕子和永琪做了一个眼色，挽住太后。"咱们往那边走！"指指另外一个方向，"说不定，晴儿已经在慈宁宫等您了！"

皇后和容嬷嬷就簇拥着太后而去。箫剑和晴儿的一场私会，总算有惊无险地过关了。但是，这晚，在景阳宫的卧室里面，小燕子却陷进深深的沮丧里。看着永琪，困惑又委屈地问："什么'选秀丽妃'？是嫌我长得不够'秀丽'，要给你再找几个'秀丽'的妃子吗？我虽然长得粗一点，不够秀丽，也是你心甘情愿娶进门的，现在要把我摆在一边，给你再选妃，那我算什么？""是'选秀女''立妃子'的意思，不是嫌你不够秀丽！"永琪赔笑地说，"说'选妃'实在有语病，我只是阿哥，哪有资格选妃？""没资格也是这么一回事，有资格也是这么一回事，反正就是要给你再讨几个老婆，选妃就是选妃嘛，还要啰唆什么？"

小燕子懊恼气愤地说。"好好好,随你怎么说!"永琪苦笑。"老佛爷就是不喜欢我,不管我怎么努力,她就是不喜欢我!我说什么、做什么,全都'不合体统''没规没矩',我真不懂,一定要能背书说成语才合体统、才有规矩吗?"永琪上前拉住她,坚定地看着她。

"你要明白,'规矩'是皇室最基本也是最重要的规范,上自老佛爷、皇后、妃嫔,下至宫女,人人都要遵守,不合礼就是不懂规矩。有时,我也觉得挺受不了,一点自由呼吸的空间都没有。直到你飞入皇宫,什么规矩都不懂,完全照自己的方式过活,你的无拘无束、你的自由奔放、你的直言无惧,都是我最喜欢的地方,说真的,我一点都不希望你改变啊!"

小燕子感动得红了眼眶:"我知道你对我好,我也想为你努力地背诗学成语,希望自己可以像紫薇和晴儿一样四个字地说话,但是,我就是说不惯嘛!老佛爷又总爱挑我的毛病,每次决心要念书了,一气之下又跑去练武功,我真的不是故意的。可是……可是……我再怎么不好,你也不能去娶侧福晋、侍妾、妃子呀!"

"我跟你发誓,我心里除了你之外,再也容纳不下任何人,我也不要侧福晋什么的,我只要你一个。但是,老佛爷是说到做到的,今天又对我们说了一次,看来,这事儿已搁在老佛爷心上很久了。"

小燕子一听,就方寸大乱起来:"那……那要怎么办?"她挣脱永琪的手,在房间里焦急地走来走去,下决心地说:

"那好!我先去背你给我的《成语大全》,我把三千多个成语全背起来，我就一定能够四个字、四个字地说话，到时候，老佛爷心里一喜欢，就不会硬要帮你选妃了。"说着，她就冲到桌子前面，打开抽屉，把永琪写的《成语大全》翻出来，说念就念。四年来，这本成语大全，随时会被她翻一翻，都快翻烂了。

"哼！"她清清嗓子，朗声地念，"不亢不卑，是不抵抗，也不自卑的意思。""后面一半对了，前面不对。"永琪更正着，"这'不亢'的'亢'字是高傲的意思，整句就是：不高傲也不自卑的意思。小燕子，有进步喔！"小燕子被永琪一夸赞，就得意起来，一笑，继续念着："不分青红皂白，意思就是不会分绿色、红色、皂荚和白色。不过，不会分辨颜色和皂荚有什么关系啊？""这'皂'字也是颜色的一种，是黑色之意。"永琪解释。"可是，不会分辨颜色，这句话到底有什么意思？""当然有意思啰！你想想，颜色都分不清楚了，那么，怎么可能分辨其他的事？所以啊，'不分青红皂白'就是不辨是非曲直的意思，如此一来，也就无法理解事情的真相了。""是这样的啊！"小燕子恍然大悟，眼睛一转，像说京剧道白般说着，"老佛爷'不分青红皂白'，小燕子就倒大霉也！"

永琪扑哧一笑。小燕子再翻页："不由自主，就是不可以由自己做主。""意思差不多，往深一层解释就是，由不得自己做主，自己控制不住自己的意思。"

小燕子朝永琪一笑，转动着灵活的眼珠，说："永琪'不由自主'地想选妃，小燕子'不由自主'地想打人。"永琪不禁大笑起来："你这句子既不通顺，意思也不对。应该是：老佛爷'不由自主'要为永琪选妃，永琪'不由自主'地奔向小燕子。

这样才对嘛！""是吗？是吗？我才不信呢！"小燕子噘起嘴。永琪把她拉进怀中，用胳臂拥着她，郑重地说：

"你就是我的一切，什么荣华富贵都比不上一个你来得珍贵。"

他看到她明眸皓齿，巧笑嫣然，三分醋意，七分柔情，就有些意乱情迷。小燕子推开他，继续拿起《成语大全》。

"不要打断我，我要念成语！"她念着，"不亦乐乎、不甘示弱、不可救药、不可思议、不伦不类、不屈不挠……唉！"她瞪着成语大全，自言自语："永琪选妃，不亦乐乎！小燕子不甘示弱，背成语背得不可救药，笨得不可思议，解得不伦不类，还好不屈不挠……"

永琪越听越惊奇，怎能说小燕子毫无进步呢？她非但能够念出这些成语，还能活用这些成语了。这四年，她的努力是有目共睹的，太后却看不出来。他心里感动，忍不住把她一抱。

"小燕子，你真聪明，你让我'不由自主''不能不爱'。别念成语了，我们先恶补另外一项更重要的功课吧！"

"还有更重要的功课？"小燕子一惊。

永琪一低头，吻着她的唇，再在她耳边低语："赶快生个孩子啊！"小燕子又羞又笑，情不自禁地搂住他的脖子，回应着他的吻。然后，两人咪咪笑着，双双滚上床。

第四章

乾隆三十年正月十六，车队、仪队、马队、侍卫队……浩浩荡荡地停在宫门前。太后、乾隆、皇后、令妃、永琪、小燕子、紫薇、尔康、晴儿、箫剑、福伦和众多随行的宫女太监……正上车的上车，上马的上马，宫女嬷嬷太监们还在奔前奔后地为自家主子递上箱笼物品。送行的文武百官，列队在白玉桥上，等着送行。太后嫔妃们，这个掉了钗环，那个掉了帕子，场面又是热闹，又是兴奋，又是紧张。

太后在一群人的前呼后拥下上了一辆车，晴儿跟在后面。箫剑、尔康、永琪都上了马，箫剑忍不住回头看晴儿。晴儿和箫剑四目一接，就闪神了。容嬷嬷扶着皇后，上了另一辆车。乾隆也在众人的簇拥下，准备上车。上车前，他忽然站住，想了想说：

"朕先陪老佛爷坐车，坐一段再换车吧！来！"他嚷着，"小燕子、紫薇，你们两个也来，陪着朕和老佛爷！"小燕子和紫薇刚刚上了另一辆车，听到乾隆的呼唤，急忙下车，奔向前面。

"来了！来了！"两位格格不住口地应着。

小燕子猛然站住，摸摸自己的腰和口袋，忽然掉头就往宫门里面跑，对紫薇喊："糟糕！忘了一件很重要的东西！我回去拿！""不要拿了，大家都在等我们了！"紫薇疾呼。

小燕子早已像箭一般地冲进宫里去了。永琪和尔康在马背上，看得一惊。

"五阿哥，这怎么办？总不能让皇上等她吧！"尔康着急地问。这些年，尔康在皇室众人面前，都喊永琪五阿哥，私下里，才直呼名字。永琪的地位，越来越尊贵，他们两个感情再好，宫里的礼数，还是不能不顾。

"我去把她追回来！"永琪翻身落马，也像箭一般地追去了。小燕子冲进了卧室，一阵翻箱倒柜，永琪跟着冲了进来。明月、彩霞看得发呆。

"忘了什么？不要拿了！快走！"永琪去拉小燕子。"不行！不行！一定要拿！这东西太重要了……我放在哪儿了？"小燕子拼命找，衣服帕子被她抖落了一地。"格格在找什么？我们也来找！"明月和彩霞也急急帮忙，大家翻箱倒柜。

小燕子找到了自己的鞭子，急忙缠在腰间。"鞭子啊？这也值得回来拿！""不是鞭子，还有更重要的东西……"她忽然喜悦地大喊，"找到了！找到了！"她拿出一个锦盒，打开来，原来是乾隆给她的那块金牌令箭！她一把抓起金牌，扬起眉毛说："皇阿玛给我的免死金牌！这一路，会不会掉脑袋，谁都不知道，还是带着比较好！"说着，就把金牌揣进怀里。"哎哟！小燕子……"永琪惊出一身冷汗，"我早晚会被你吓死，到时候连免死金牌都救不了！皇阿玛、老佛爷都在那儿等，你居然在找这个！""呸呸呸！出发第一天，要说吉祥话，懂不懂？"小燕子连声"呸"着，拉着永琪，脚不沾地地奔回队伍。站在广场上送行的文武百官、妃嫔太监宫女们人人侧目。车上、马上……所有的人早已各就各位。大家目瞪口呆地看着永琪和小燕子直冲过来。太后和乾隆从车窗伸头往外看。太后不住地摇头，问乾隆：

"皇帝，你瞧，这小燕子改好了吗？我看她一点都没变！这宫廷礼仪，她到底懂不懂？哪有让长辈在这儿等她的道理？""所谓江山易改本性难移，总要给她时间嘛！"乾隆尽管摇头叹气，语气还是纵容宠爱的。小燕子终于奔到车子前面，众宫女在外面推，许多手在里面拉，小燕子跳上车。一面喘着气，一面对太后、乾隆打躬作揖带请安："皇阿玛，老佛爷！对不起！对不起……""好了！好了！赶快坐定吧！"

小燕子挤到紫薇和晴儿的中间坐下。紫薇拍着胸口，晴儿摇着头，小燕子讪讪地笑。永琪回到前面，飞身上马。萧剑对他摇摇头，眼里带着无奈的笑意，这个妹妹，真亏永琪受得了她！尔康策马，前前后后地巡视，再看向乾隆。乾隆举手示意。尔康见一切就位，就快马上前，对永琪说道："五阿哥！可以出发了！"永琪举手，大声说道："出发！"

浩浩荡荡的队伍，往前动了起来。大殿前，文武百官全部躬身，朗声高呼：

"臣恭送皇上、老佛爷，一路平安！"

无数的太监宫女妃嫔，全部跪了下去，惊天动地地喊着："皇上一路吉祥！老佛爷一路吉祥！各位娘娘一路吉祥！各位阿哥格格一路吉祥……"就在这"一路吉祥"声中，马蹄声、车轮声、脚步声响起。仪队、车队、马队、卫队，浩浩荡荡地前进。

旗帜飘扬，马蹄杂沓，车轮辘辘，脚步匆匆……乾隆的队伍绵延不断，煞是壮观。出了城，郊外那扑鼻的青草和泥土味，就给大家带来一阵清新的感觉。还是正月，大地还没从隆冬中复苏，景致有些萧条。但是，许多青草已经挣扎着想冒出头来，枯黄的大地上，散播着东一片西一片的早绿，给"野火烧不尽，春风吹又生"的唐诗，写下最清楚的注解。

太后看着窗外，忍不住高兴起来："出了城，空气闻起来都不一样了！""老佛爷不知道，今年出门比较早，如果是三月出来，到处都能闻到花香呢！"紫薇笑着说，想起上次和乾隆"微服出巡"的经过。

晴儿不住伸头往车子外面看，萧剑骑马在外，也不住回头往里看。不知不觉，萧剑的马，就傍着乾隆的马车而行。紫薇和小燕子发现这个，两人互视一眼，就赶快换位子，把晴儿换到窗边去。

"不要这样子，我坐那边就好！"晴儿紧张地低声说。

晴儿要躲，小燕子拼命推，三个姑娘推来推去。"晴儿，你今天怎么啦？坐立不安的？"太后奇怪地问。"回老佛爷，是……小燕子……"晴儿哼哼着。"小燕子，你又怎么了？"乾隆奇怪地问。"我……我……"小燕子笑着说，"我们在看，有没有蜜蜂蝴蝶……""我记得，你们有一首歌……"乾隆想了起来。"什么蝴蝶儿忙，蜜蜂也忙的，唱来听听！"乾隆说道。三个姑娘彼此互看，开始唱歌。车外，尔康、永琪、萧剑听到车内的歌声，依稀回到往日，不禁相视而笑。但是，萧剑的笑容带着苦涩。尔康就催马过去，和他并行。"你跟晴儿谈出结论了吗？这次南巡，如果有机会，要不要行动？"尔康低问。萧剑沮丧地摇摇头。

"晴儿不肯，她心地太善良，责任感太重，从小受着宫里的教育，传统的道德观，早把她牢牢地锁住了！她不像紫薇也不像小燕子，她是一个'囚犯'，是她自己的囚犯，除非她愿意挣脱枷锁，否则，永远不能自由！"

尔康点头，对于晴儿，他是深深了解的。萧剑说得不错，晴儿是自己的囚犯！他暗中叹息，不行！他不能坐视晴儿老死在皇宫里，除非晴儿获得幸福，他和紫薇才会没有遗憾。

三位格格的歌声清脆悠扬，传进了皇后和容嬷嬷的车里。皇后看看窗外，听着歌声，觉得这一切都好不真实。这是自己吗？往日种种，还在心底烧灼着。"容嬷嬷，我不是在做梦吧！"她轻声问。"皇后娘娘，咱们早晚一炷香，总算感动了菩萨。您不是做梦，奴才给您贺喜了！多少年的等待，等到了今天，又可以和皇上一起出门！奴才会每天为皇上烧香，为娘娘烧香……还为那两位格格烧香！"

"容嬷嬷，你知道吗？"皇后诚心诚意地说，"我已经一点也不为自己着想，我只想着皇上！但愿皇上一路平平安安，福体健康，精神愉快，为老百姓多做一些事，成为众望所归的好皇上！至于我和十二阿哥，我都不在意了！"

容嬷嬷含泪，感动而了解地拍着皇后的手，拼命点头："奴才懂！奴才都懂！"皇后不再是以前的皇后，她重生了。容嬷嬷跟着她，也重生了。

　　乾隆南巡，主要是从运河直下江南。但是，水路与水路之间，都要车车马马来接驳。这一路，实在是劳师动众。队伍所经之地，地方官都会带着百姓，夹道欢呼。这天，队伍进入了山东境内，马车外的景致有些荒凉。大队人马正在前进，就看到一队马队，举着旗帜，迎面而来。身先士卒的官员，身穿正二品官服，长得人高马大，带着武士，飞马迎来。"前面是什么人？"福伦赶紧喊，伸手让乾隆的队伍停下。来人带着官兵和武士，全部滚鞍落马，匍匐于地。"卑职山东巡抚方式舟迎驾来迟！"官员谦卑地朗声说道。"原来我们已经到了山东境内了。方巡抚，请起！我带你参见皇上！"尔康说。尔康就带着方式舟到了乾隆面前。方式舟行礼如仪："卑职方式舟参见皇上，参见老佛爷，接驾来迟，罪该万死！""起来！起来！"乾隆心情良好地说，"刚刚才入境，你们就到了，怎么还说'来迟'呢？不迟不迟，你带路！咱们赶快上路吧！""喳！卑职遵命！"方式舟起身，上马，带着精锐武士们前行。整个队伍跟着方式舟的队伍前进。队伍进入小村庄，只见百姓们衣着光鲜，匍匐于地，夹道欢呼："皇上万岁万岁万万岁！老佛爷千岁千岁千千岁！皇后娘娘千岁千岁千千岁！阿哥格格千岁千岁千千岁……"乾隆向百姓挥手，百姓更是欢呼雷动。蓦然间，在百姓群中，有一个中年人，冲出人群，对着乾隆的车子，飞奔而来，手里高举一份奏折，是个长长的纸卷，没命地大喊："皇上！请明察秋毫……为老百姓做主啊……皇上……"永琪、尔康、福伦、箫剑全部大惊。永琪大吼："什么人？快保护皇上！"四人赶紧策马过来，保护着乾隆的马车。同时，方式舟一声大喝："居然敢拦皇上的路，杀了他！"方式舟的手下，几个身手不凡的武士就飞身而起，直扑拦路人。尔康急忙阻止，大喊："慢着！不能杀……"永琪也大喊："审问清楚，再杀不迟！"说时迟，那时快，武士们已经捉住了拦路人，拦路人凄厉地喊着："皇上！百姓苦……百姓苦……百姓苦苦苦……"只见一个武士，干净利落地手起刀落，咔嚓一声，拦路人的脑袋已经滚落在地。随着鲜血的四溅，百姓们发出惊呼。乾隆的车队，也个个震惊。太后惊呼，皇后惊呼，令妃惊呼，小燕子惊呼……晴儿急忙把太后抱进怀里，吓得脸色发白。紫薇捂住脸不敢看。

乾隆骤然变色。小燕子再也忍不住，摸了摸腰间的鞭子，就从车窗里飞了出去，喊着："大胆！老佛爷在此，你们居然敢当着老佛爷的面杀人！"小燕子一面喊着，一面拔出腰间的鞭子，一鞭打向那个武士。武士大惊之下，仓促应战，舞着长剑还击。这样一来，永琪真是怒不可遏，大叫：

"好呀，你敢和格格动手！"永琪一剑劈了过去，其他几个武士仓促应战。箫剑一看不对，方式舟的武士，居然敢和阿哥格格动手，岂不是反了？而且个个身手不凡！擒贼要擒王，他拔剑在手，直奔方式舟。岂料，方式舟的武士，把他围在中间，竟然和他也打了起来。刹那间，大家已经打成一团。这样一场混乱，惊得乾隆目瞪口呆。地上，风吹着那张奏折，一路卷走。一个方式舟的武士，迅速地冲上前去，弯腰去捡那张奏折。尔康眼观六路，耳听八方，忽然长剑出手，直射向那张奏折，把奏折钉在地上。武士大惊，慌忙站起身子。"额驸大人！属下正要给皇上呈上去！""不用了！我来！"

尔康飞驰过去，拾起长剑和奏折。这时，萧剑一番猛攻，把武士们纷纷打退，一剑直指方式舟的咽喉。"方大人！你到底在做什么？你看看清楚，你的手下，在和谁动手？"方式舟如梦初醒，这才反应过来，对武士们大喊："怎么敢跟五阿哥和还珠格格动手，你们疯了吗？不要脑袋了？停止！停止！"武士们长剑乒乒乓乓落了一地，全部跪倒在地，齐声大喊："五阿哥饶命！还珠格格饶命！"方式舟扑奔乾隆面前，一跪落地，颤声说道："臣罪该万死！没有调教好手下，他们经验不够，这是第一次接驾，生怕皇上有闪失，全心全意护驾……臣杀了他们，给万岁爷压惊……"

乾隆恼怒地大声说："还要杀人吗？还没杀够？""是是是！"方式舟磕头如捣蒜，想想不对，赶紧改口，"不是不是不是！臣不杀人……臣不敢了！万岁爷息怒！"

乾隆皱皱眉头，十分不悦："起来！不要再吓到老佛爷！""是是是是是是……"

尔康已经拾起那张奏折，策马过来，把奏折递给乾隆：

"皇阿玛！奏折在这儿！不管那个人是什么来路，为这张奏折已经送了命！看看奏折，说不定真有冤屈呢！"乾隆接过奏折，方式舟忍不住抬头看。晴儿、紫薇、太后和车外的福伦、尔康、小燕子、永琪、萧剑等人，也都围过来看。

乾隆打开奏折。不料，奏折竟是一张白纸，什么字都没有。"一张白纸？"乾隆瞪大眼睛。"啊？一张白纸！"大家都惊奇不已。

方式舟赶紧奏道："启禀皇上！奏折显然是假，皇上这次南巡，路线早就拟定，如果有人存心不良，拦路喊冤再下手，是最可能的办法，卑职不能不防！"

乾隆看看方式舟，看看跪了一地的武士和老百姓，想到竟有刺客，心里一寒，游兴全消，黯然地说：

"大家不要跪了，继续向前走吧！"方式舟和众武士急忙谢恩起身。方式舟一个手势，老百姓又夹道欢呼起来："皇上万岁万岁万万岁！老佛爷千岁千岁千千岁！各位娘娘千岁千岁千千岁……"

乾隆不动声色，把那份奏折收进了衣袖里。

这天，大家在方式舟的隆重接待下，住进了一栋画栋雕梁的客栈里。大家几乎没有休息，几个小辈和福伦等，全部聚集在乾隆房里，研究那张白纸奏折。

乾隆背负着手，在书桌前走来走去，不时看着那张白纸沉思。

"皇上！臣觉得，这件事从头到尾，都透着一股邪气！怎么有人拦路上书，准备的奏折是一张白纸，这实在太奇怪了！"福伦忍不住说。

乾隆迟疑地看着众人，问：

"你们觉得，那人真的是刺客吗？""皇阿玛，这事一定有问题！方式舟下手的时候，我距离最近，那个人手上什么武器都没有！哪有刺客不带武器的！"永琪满心的怀疑。

"就是！"尔康接口，"别说没带武器，他转眼间就被抓住了，连抵抗都不会！如果是刺客，总应该有一身武功吧！所以，这绝对不是刺客！"

"皇阿玛！这事要好好调查，那个拦路人，大概真的有冤屈，就这么莫名其妙送掉一条命！我们把方式舟抓起来，审问一下看看！"小燕子急匆匆地建议。

"小燕子就是沉不住气！"乾隆瞪了小燕子一眼，"哪能这么莽撞？又没证据，怎么抓人？万一方式舟忠心耿耿，一心就是保护朕的安全，难道朕就这样不分青红皂白，把一个忠臣给抓来审问？以后，还有谁敢对朕效忠？"

"对对！皇上考虑得确实有道理！"福伦说，众大臣也忙不迭地点头称是。这时，紫薇上前，拿起那张奏折细看："如果有人想写一篇奏折，又知道自身难保，很怕奏折落进坏人手里，牵连更多无辜的生命，他会怎么办？"大家都看紫薇。"我听说，有一种药水，写了字看不出来，要浸在水里才看得出来！还有一种药水，写了字要用火烤才看得出来！"紫薇继续说。小燕子一拍手喊着："对呀！赶快……先拿到火盆上试试，再拿到水盆里试试！我来！"小燕子拿了奏折就走，永琪赶紧把奏折抢了过来："还是我来，交给你，说不定就烧成灰了！"大家想着小燕子的莽撞个性，都不禁失笑了。永琪就急急忙忙把白纸拿到火上去烤，烤了半天，什么字迹都没有。大家又对着那张白纸洒水，洒了半天，紫薇小心地拿起半湿的纸张，也是什么字迹都没有。"火烤也没用，水浸也没用，真的是一张无字天书呢！"永琪失望地说。"其实，这张白纸严格说起来，根本不是一份奏折，只是一张白纸卷……"紫薇深思地看着那张奏折，"我看那个拦路人的样子，也不是什么有学问的人，要他写一篇奏折，大概也不容易吧！或者，这本来就是一张白纸，拦路人只是要用它引起皇阿玛的注意，真正的目的，是要见到皇阿玛，再说出心里的话！"

"如果是这样，那就死无对证了！"乾隆怅然若失。尔康深邃的眼神，一直看着那张纸，眼前掠过方式舟的武士，飞身上前，弯腰去捡奏折的画面，不禁点头说："还有一个可能，就是我钉住这张白纸的时候，奏折已经被调包了！"大家全部点头，都觉得这个可能也很大。"反正，现在，这是一个解不开的疑团了！空白奏折，什么意义都没有！"乾隆背负着手，走来走去。"那也不见得！"紫薇忽然说，就拿着白纸看着，"皇阿玛，我念给您听！"大家都看着紫薇，紫薇就从容地、正色地念了起来："皇上面前呈素封，奏折从头到尾空。应是不平说不尽，悲情全在不言中！"

乾隆惊看紫薇，大家也都惊看着她，全被她的机智和文采折服了。"念得好！朕这才知道，上面写些什么！"乾隆叹赏地说。"还没完呢！这儿还有几句！"紫薇又念，"情长纸短费心神，奏折无言胜有声。万语千言都是恨，两字冤屈写不成！""朕明白了！"乾隆一击掌。"从明天起，大家都注意一点，路上有任何风吹草动，都不要放过！对那个方式舟，尤其要注意！好了，夜深了，大家散会吧！"大家赶紧请安，退出房间。乾隆忽然喊："紫薇！"紫薇站住了，尔康跟着站住。乾隆的眼光，温柔地停驻在紫薇脸庞上。

"你真是朕的好女儿！朕以你为荣。"他顿了顿，深深看她，"自从进了山东境内，你的眼神里就充满了心事，不要以为朕是那么薄情的人，朕已经命令队伍，在进入济南以前，先去千佛山下小住，朕要带着你和尔康，去祭祀你的亲娘！"

紫薇一听，整个脸庞都发光起来，眼里充满了感动，惊喜万状地喊了一声："皇阿玛！"

随着这声喊，紫薇就忘形地扑进乾隆怀里，乾隆怜惜地拍着她，遗憾地说："只是，朕还是没有办法，把你娘迁葬到皇陵去。""我了解，我想，我娘和我，都不会在乎这个。"

尔康站在一边，看着这样的父女，看着冰雪聪明的紫薇，深受感动。

雨荷的坟墓，早已重修过了，十分考究，墓碑上刻着"先母夏雨荷之墓，不孝女紫薇敬立"。

乾隆带着紫薇、尔康、小燕子、萧剑、晴儿、福伦等人，一清早就来祭祀雨荷。墓前，满满的祭品，鸡鸭鱼肉，新鲜水果和无数的鲜花。十几个和尚，手持木鱼，绕着坟墓，不断诵经。

乾隆手持一杯酒，在墓前祭奠。尔康、紫薇站在乾隆身后，小燕子、永琪、萧剑、晴儿站在紫薇身后，大家感动地看着。福伦带着皇家卫队，很小心地在四周巡视。方式舟带着他的精锐武士，也很小心地巡视。和尚诵经告一段落，乾隆就看着坟墓，诚挚地、充满感性地说：

"雨荷，没想到当初跟你匆匆一别，就二十几年了，临别时对你的承诺，都成了空话，现在想要弥补，看到的却是你的坟墓！朕心里的愧疚和遗憾，实在不是几句话可以说完的！谢谢你给了朕一个紫薇，你不知道她带给朕多大的震撼！感谢上苍，我们的一番相遇，在紫薇和小燕子身上，让朕看到了意义！朕一直相信，人间的爱，不会因为死亡而结束，天若有情，不论是天上人间。雨荷，但愿我们有缘再聚！"

　　乾隆祭完酒，紫薇上前烧香。听了乾隆一番话，她早已感动得一塌糊涂。

　　"娘！您的遗言，我都做到了！我认了爹，现在，也成亲做了娘，对于您栽培我、爱我的一份心，有了更深刻的体会。娘！我现在过得很好，什么都不缺了，最遗憾的，就是没有您在……好多贴心的话，没有亲娘可以说……"说着就落泪了。

　　尔康看到紫薇这样，一个激动，捧香上前，诚心诚意地说：

　　"额娘！我是尔康，您生前从来没有认识过我，但是，您是我这一生，最感激的一个人！如果没有您的拉扯和教育，怎么会有一个冰雪聪明的紫薇？额娘，请您放心地安息吧！紫薇以后有我了，我会看着她，守着她，爱着她，一生一世！不，正像皇阿玛说的，爱不会因为死亡而结束，那么，我和紫薇，是生生世世的！"

　　小燕子听得好感动，抬头看永琪。"我太感动了！"她抽抽鼻子说，"永琪，人家尔康说得那么好，你从来没有说那么好听的话给我听！""是！我现在说，我跟你，也是生生世世的！"永琪赶紧接口。"你学尔康，难道你自己就没有句子吗？"

　　萧剑看看晴儿，心里充满了难言的感慨，一叹，深刻地说："尔康说得太好，对天下有情人而言，什么誓言能够超过'生生世世'呢！一生的承诺都太渺小了，爱到深处，真想超越时空，生生世世在一起！"萧剑说着，眼光看着晴儿。

　　晴儿一震，痛楚地低语："就怕一生一世都是妄想，哪儿敢再奢求生生世世？"萧剑呆住了，深受震撼。小燕子、永琪、尔康和紫薇，深知两人的无奈，都跟着沉重同情起来。这时，那十几个和尚又开始绕着坟墓念经，越念经越逼近乾隆，其中一个老和尚，就在走到乾隆面前时，突然大喊出声："皇上！你的百姓都快饿死了！活人都没有东西吃，皇上还在这儿大鱼大肉祭死人！你知不知道邹县、平阴、兰山的老百姓都在吃草根树皮？"和尚这样一喊，大家全被惊动，乾隆大惊："什么？老百姓在吃草根树皮？"方式舟一听不对，冲上前来，大喊："这个该死的秃驴！妖言惑众！一派胡言乱语，把他抓起来！"

几个武士，就近一把抓住了和尚，死命地拖走。和尚大喊："皇上！老百姓民不聊生，皇上还有兴致游山玩水吗？""该死！你敢对皇上不敬！"

武士一拳打过去，尔康早有防备，立刻飞身而起，冲上前去挡住和尚，接住这一拳，按住了武士的手：

"住手！你们干什么？又想杀人灭口吗？"和尚不顾一切，凄厉地喊着："皇上！皇上！看看你的老百姓，救救你的老百姓……"几个武士，蠢蠢欲动，都去摸腰上的佩剑。永琪给了箫剑一个眼光，两人也飞身上前，挡在众武士面前。永琪大喊："皇上没有命令，谁也不许动手！"尔康把武士摔倒在地，直冲到方式舟的面前，抢剑一拦，义正词严地喊："方大人！皇阿玛这次南巡，目的就是和老百姓接近，要听听百姓的声音，你三番两次，拦住百姓，到底是为了什么？"方式舟一听，不胜惶恐，急促地喊："额驸大人言重了，卑职冤枉啊！"小燕子和福伦，就护在乾隆、紫薇、晴儿身前。乾隆对和尚喊道："有什么话，快说清楚！谁也不许拦他！"和尚立刻匍匐于地，哀声喊："皇上！老百姓苦啊！多少爹娘在卖孩子，多少老人饿死在家，山东在闹旱灾，难道皇上不知道吗？"顿时间，所有的和尚也都匍匐于地，对乾隆不住磕头。

"旱灾？旱灾不是去年的事吗？福伦！"乾隆惊喊。"臣在！"福伦急忙上前。"去年，朝廷不是拨了大笔款项赈灾吗？"乾隆问。"是！确实拨了大笔款项赈灾，还拨了几万石的粮食，数字臣记不清了！"

这时，方式舟往前一冲，对着乾隆跪下了，恳切地、热泪盈眶地说："皇上请息怒！邹县、平阴一带，确实在闹旱灾，卑职已经发放了粮食在赈灾，皇上这次是带着老佛爷出门，卑职怎样也不敢让这样的消息，破坏了老佛爷和皇上的心情，这才没有奏明皇上！但是，请皇上相信卑职，邹县一带，灾情并不严重！现在还没开春，天寒地冻，农作物当然没收成。等到开春了，一切都会好转。请皇上放心，千万不要惊扰到老佛爷！"

方式舟说得诚诚恳恳，合情合理，乾隆怔住了。紫薇把乾隆拉到一边，低声说：

"皇阿玛！方巡抚说得有理，如果事情不严重，千万不要惊扰到老佛爷！我想，让方巡抚先回客栈，去陪着老佛爷，我们有车有马，不妨到附近走走！我们虽然没办法去邹县，但是，这山东的土地，都连在一块儿，总不会这一块闹旱灾，那一块大丰收吧！"

乾隆明白了，大声吩咐："福伦，你陪方大人一起回去照顾老佛爷！让孩子们陪着朕，朕还要在这儿和雨荷说说话！"

"是！"福伦心领神会，大声应着，"臣会'陪着'方大人，保护老佛爷和娘娘，皇上放心！"方式舟一脸的不安，却只得拱手说："臣遵旨！"

　　乾隆这一趟名副其实的"微服私访"，把这个整天生活在锦衣玉食中的皇帝，陷进了空前的震惊里。在宫里，几乎年年得到有关水灾和旱灾的信息，不过，他却从来没有亲眼看过真实的情形。这次，在箫剑、尔康的寻访下，大家骑着马，到了一处又一处的灾区。原野上，土地都已龟裂，所有树木，只剩下了枯枝，但是，却有许多衣不蔽体、拖儿带女的灾民，在那儿挖着寸草不生的荒地，不知道在找寻什么。乾隆身不由己，去看一个究竟。只见灾民们身前放着篮子，篮子里盛着一些枯草和灰白色的泥块。

　　"你们在挖什么东西？篮子里是什么？"紫薇惊愕地问一个形容枯槁的母亲。

　　"挖不到草根，孩子快要饿死了，大家说，这种白色的泥块煮一煮，也可以吃……不知道行不行？总比饿死好，先挖一点回去试试！"骨瘦如柴的母亲，抱着骨瘦如柴的孩子，毫无表情地说，对于这群衣着光鲜的陌生人，也无动于衷。

　　紫薇低头看了看篮子里的泥块，惊喊出声："不行啊！这种泥块里大概有石灰，吃了会没命的！赶快丢掉！"

　　小燕子一听紫薇这样说，赶紧拿起篮子，就把泥块倒掉。泥块一落地，许多灾民，就扑了过来抢泥块。同时，那个母亲大惊，发狂一般，抓住小燕子衣服的下摆，就大哭大闹："我挖了半天，才挖到这么一点点，你给我倒掉了！我的孩子吃什么？还给我……还给我……"母亲身边的孩子放声大哭，喊爹喊娘，场面惨烈。永琪急忙说:"你不要哭,不要吵!我们车上还有几个馒头,我去拿来!"晴儿、萧剑、尔康、永琪就全部奔到马车那儿,拿了馒头、点心和祭祀用的鸡鸭鱼肉奔来,边奔边喊:"来了来了!这儿有吃的!大家过来分一分,先吃一点!"刹那间,灾民全部聚集过来,你争我夺,一片混乱。大家七嘴八舌地吆喝着同伴,一边抢一边喊:"有东西吃了!阿牛,阿土……老伴儿……爷爷……奶奶……爹……娘……快来吃啊!快来啊……有鸡啊……鸭啊……菩萨来了啊……吃啊……快吃啊……"乾隆、永琪、尔康、萧剑看得目瞪口呆。这时,有一个妇人,抱着一个婴儿,脚步蹒跚不稳,跌跌撞撞地走来,大概浑身无力,走了一半,就跌倒在地。婴儿大哭,只见妇人用力咬破手指,把手指塞进婴儿嘴里。

乾隆走过去,惊愕地看着:"你给孩子吃什么?"妇人凄惨地回答:"没有奶水啊!我咬破手指,让他吸我的血,可是……血也快没有了……"妇人就在地上磕头,哀求地颤声喊,"菩萨……请赏一点东西吃……谢谢谢谢……"乾隆大震,跟在乾隆身后的尔康、永琪也大惊失色,看着惨不忍睹。尔康当机立断地说:

"皇阿玛!我快马回客栈,把我们的粮食运来!五阿哥,萧剑,保护皇阿玛!"

那天,乾隆忙到近中午,才赶回客栈,要陪老佛爷吃中膳。永琪、尔康和萧剑把乾隆送回客栈,就匆匆忙忙地离去了,他们还有事情要办。到了晌午,永琪等人还没回来,太后早就饿了,大家就走进餐厅用膳。方巡抚不在，派了另外一位大臣作陪。在餐桌上坐定，乾隆就呆了呆，只见满桌子山珍海味、鸡鸭鱼肉。无数侍者，川流不息地上菜，乳猪、烤鸭、炸鸽子、富贵鸡……一一送上桌。乾隆瞪着餐桌，面无表情。小燕子和紫薇坐在一起，小燕子用手托着腮，瞪着桌上的山珍海味生大气，碍着太后在场，不好发作。晴儿陪在太后身边，脸色凝肃。太后完全没有进入状态，心情良好地看着大家说："大家多吃一点呀！难得方大人弄了这么丰盛的酒席！"

乾隆哼了一声，举着筷子，食不知味。令妃拿着碗，给乾隆盛汤："皇上，这香菇鸡汤，还算清淡，您尝尝！""皇上，累了一天，也该饿了，怎么胃口不好啊？有没有哪儿不舒服？"皇后关心地看乾隆。乾隆一肚子气，被皇后这样一问，就按捺不住，愤愤地接口："朕是不舒服！哪儿都不舒服，心里不舒服，胃里不舒服，眼里不舒服，全身上下，处处不舒服！""啊？这还得了？容嬷嬷，赶快宣太医！"太后疾呼。"喳！"容嬷嬷转身就要走。"回来！"乾隆喊。"喳！"容嬷嬷又赶快站住。"老佛爷不要着急，儿子没事！随便说说而已……来！大家吃饭吧！"乾隆看看四周。

"那位方巡抚到哪儿去了？""回皇上，方大人还在张罗皇上的点心，说是等会儿就来，他好像忙得不得了！"福伦禀告。乾隆哼了一声，拿起饭碗，食不知味地扒了一口饭。大家有的了解，有的不解，吃得战战兢兢。紫薇看着桌上的菜，感慨万千，就忍不住说："这么多的菜，鸡鸭鱼肉全都有！"放下饭碗，难过地说："我吃不下！"紫薇这样一来，小燕子更是情绪激动，碗筷竟然砰的一声落在桌上："我也吃不下！"

太后、皇后、令妃、容嬷嬷等人都一惊，莫名其妙地看着这两位格格。"晴儿，她们两个是怎么了？"太后就问晴儿。"是……是……"晴儿想着灾民，满脸不忍之色，"是有感而发吧！""有感？有什么感？"太后想想，自以为了解了，看看乾隆又看看紫薇，"我明白了！紫薇，今天你去上坟了，是不是？想着娘也算是有孝心，但是，这会儿，一家子都在吃饭，你那些多愁善感，就暂时收起来吧！""老佛爷教训得是！紫薇知错了！"紫薇赶紧端起饭碗，紫薇低头吃饭，小燕子却仍然情绪激动，看着那些山珍海味，就是无法下筷。"小燕子，你怎么了？"令妃着急地问，"别这样呀！是不是想起自己没娘，跟着紫薇难过呢？老佛爷在，你不要闹别扭，快吃吧！"小燕子瞪着餐桌，冲口而出：

"这些菜……我看着这些菜就伤心、就痛心、就恶心……跟皇阿玛一样，浑身不舒服！"那位作陪的大臣一听，就惶恐地起身，赶紧对乾隆和小燕子躬身说："皇上、格格请息怒！方大人知道今天的菜色不好，和皇宫里的酒席不能比……还在想办法，臣马上吩咐厨房，再去添几个菜……"

这一下，乾隆再也无法控制，一拍桌子，愤然起立，怒喊："福伦！你去把那位方大人请来，朕要问问清楚！""皇上……"福伦看看太后，"是不是先用膳，只怕惊吓到老佛爷……"

太后和皇后等人，看到乾隆发怒，个个惊疑不定。乾隆掉头看着太后，严肃地说：

"老佛爷，朕不能再瞒您了，朕是皇帝，您是太后，老百姓的苦，就是咱们的苦！您知道吗？我们这儿正在大鱼大肉，老百姓却在用自己的鲜血喂孩子！去年赈灾的粮食，不知道发放到哪儿去了！"乾隆越说越气，"快去把方式舟找来！"

"喳！臣去请！臣马上去！"大臣慌忙躬身说。福伦一个箭步上前，把大臣一把拉住："你不用去！我去！"正在这个时候，永琪和尔康回来了，两人行色匆匆，脸色凝重，双双大步进门来。永琪也顾不得太后在场，连请安都没请，就激动地说：

"皇阿玛！我们回来了，全城的灾民，没有人知道发放粮食的事，旱灾从去年闹到今年，早已民不聊生，城外郑家村，几乎全村的人都饿死了！"太后、皇后等人大惊失色，乾隆更是怒不可遏。尔康接着大声禀告：

"皇阿玛！我们带了很多人回来，他们的说服力，比我们强！只怕惊扰了老佛爷！""带进来！带进来！"乾隆嚷着，"老佛爷和朕一样，要知道事情的真相！"

尔康就把房门打开。只见门外，箫剑带着许多骨瘦如柴、衣不蔽体的灾民，在那儿守候。灾民们看到满桌酒菜，闻到香味扑鼻，全部如疯如狂，喊叫着冲进门来。有的老者，见乾隆等人衣着光鲜，不敢造次，就扑跪于地，哀号着：

"各位老爷、太太……赏口饭吃，我们都要饿死了！好久都没吃过东西了……"有的忍受不了菜香的诱惑，什么都顾不得了，直奔那张餐桌，喊着叫着：

"有东西吃！哇……哇……有鸡有鸭……天啊！菩萨啊……"就有灾民扑上桌，二话不说，用手抓着饭菜，狼吞虎咽地塞进嘴里。太后、皇后、令妃吓得挤在一块儿，容嬷嬷护着三人，惊心动魄地看着。

"吃吃吃！大家尽管吃，慢慢吃，别噎着……"太后颤巍巍地说，她从来没有见过这样的场面，震撼已极。箫剑昂首进房，义愤填膺地看着乾隆说：

"皇上！我们都弄清楚了！原来，自从进了山东境内，咱们走过的路，都经过方大人的'清场'，小村庄也都经过方大人的'整容'！就连这儿，也是一样！"箫剑说着，一抬头，没看到方式舟，急忙大声问，"那个方大人在哪儿？"

小燕子跳了起来，惊喊："不好！他一定看到苗头不对，跑掉了！怪不得没来吃饭……这种该死的贪官，不能让他逃掉，我去追他！"

小燕子说着，就如箭一般，冲出门去。永琪转身就追，叫着："你到哪儿去追？他家住在东山路……我跟你一起去！""小燕子！我去，你回来！"箫剑一面喊，一面跟着飞奔而去。"阿玛，这儿交给您了！您保护皇阿玛，我去帮忙逮捕那个方大人！"尔康急忙对福伦说，跟着小燕子等人，也冲出了餐厅。转眼间，四个人全部跑了，剩下乾隆等人看着灾民狼吞虎咽。

第六章

确实，方式舟跑了。

在雨荷坟前，方式舟已经知道大事不妙。乾隆凌厉的眼光，五阿哥、尔康等人的敏锐，连那个文弱的紫薇格格，都不是省油的灯。所有做贼的人，都有心虚的地方。方式舟不是一般的小人物，他很工于心计，是经过大阵仗，经过斗争倾轧，不择手段，才有今天的地位。像他这样的人，是不会仓促逃亡的。可是，这次接驾，从拦路人现身，小燕子等人动手开始，他就感到背脊发冷，寒毛直竖。他深知乾隆的厉害，也早就有"三十六计，走为上计"的打算。所以，当乾隆用膳时，他已经带着两辆马车，里面是他的家小和财物，再带着一群武士，亡命天涯。那些武士，都有把柄捏在他的手里，不能不从。

一行人向前疾奔。忽然，后面烟尘大作，小燕子、永琪、箫剑在前，策马狂奔。尔康带着一队卫队在后，大家飞快地追了上来。箫剑大喊：

"方式舟！你果然是个大贪官，居然畏罪潜逃！我箫剑来也，看你往哪儿跑？赶快投降！""方式舟！"小燕子追在最前面，大叫："我皇阿玛已经布下天罗地网捉拿你！你还敢逃？我小燕子要为所有饿死的老百姓，向你讨命！""不要再逃了！"永琪也喊着，"你跑不掉的，赶快跟我们去见皇上！""皇家侍卫在这儿，全是最好的高手，你作恶多端，死期已到，还不下马认罪！"尔康更是威风凛凛，带着的卫队，个个精悍。方式舟回头一看，对武士们大喊："大家挡住他们！快上！"

那些武士，就挥舞着武器，掉头对箫剑等人直冲过来。"把那个假格格捉住带走！"方式舟下令，"想捉住我，你试试看！"

小燕子怒不可遏，一鞭子挥向方式舟，早有武士围攻而来，她只好先和武士交手。虽然她这些年，功夫练得不错，要和训练有素的武士交手，还是有些捉襟见肘，何况寡不敌众，几下子，她在马背上就坐不住了，只得翻身下马，和武士奋战。

永琪生怕小燕子有失，飞跃到小燕子身边，保护着她，和几个武士打得天翻地覆。永琪看到那些武士，居然再一次胆敢和阿哥格格动手，实在太可疑了，大声问：

"你们都不要命了吗？我是五阿哥，这是还珠格格，你们为什么不效忠皇上，要效忠这个大贪官？赶快投降，或者可以饶你们死罪！"永琪喊话中，一个武士长剑直逼他的面门，竟然武功了得。永琪大惊，不敢分心了，急忙应战。小燕子大喊："不要跟他们讲理了，全是'一兵之猫'，物以类聚！打呀！"

永琪手里的长剑，舞得密不透风，心里仍然一喜。小燕子的成语，确实进步了，把"一丘之貉"念成"一兵之猫"是大家最

是尔康勇不可当，侍卫又个个都是高手，武士们哪儿打得过。只见尔康连续打倒几个武士，忽然拔地而起，大喊："夫人！小姐！少爷……你们的好日子结束了！"

尔康手中的剑，用力地劈向马车的车顶，回手再一剑刺向马车夫，车夫落地，尔康扬剑再一劈，砍断了马车的套绳，马儿长嘶狂奔而去。那辆马车怎么禁得起这样的折腾，顿时倾倒崩塌，方式舟的妻妻妾妾和孩子们全部滚落在地上，一片惨叫声。

"式舟！快救我们呀！救命呀……"方妻尖声哭喊。

方式舟听到声音，回头一看，魂飞魄散，手里的长剑落地，对萧剑一跪："萧大侠请饶命，我一人做事一人当！请不要杀我的老婆和孩子，他们什么都不知道！"萧剑看到方式舟投降了，就把长剑一收，回头急喊："小燕子！永琪！不要再打了！我们把这个方大人押解回去吧！"小燕子和永琪，已经把一群武士打得东倒西歪。永琪就对一地的武士厉声说："你们再不投降，难道要我一个一个杀了你们吗？"

一个武士，这才跪地磕头，哀声说："我们都有把柄在方大人的手上，方大人会诛我们九族……""诛九族？岂有此理！天下只有一个人才能下令诛九族，他有什么权力？"

小燕子抬头一看，忽然大喊："哥！当心那个方式舟啊……"原来，方式舟是诈降，乘萧剑收剑不防，忽然拾起地上的剑，闪电般直刺萧剑，嘴里大喊：

"姓萧的，我跟你冤有头债有主，总有一天会跟你算账……"方式舟说着，乘萧剑闪避，竟然飞跃上一匹马，策马疾奔，舍妻子儿女而去。方式舟的妻妻妾妾，一片尖叫：

"老爷……老爷……你不要我们了吗？"

"爹！爹……"孩子们也呼天抢地。方式舟却头也不回地策马疾奔，边跑边喊："夫人……大难来时各自飞，我管不着你们了！"小燕子简直不敢相信，大喊："这个人狼心狗肺，居然连老婆和孩子的死活都不顾！"

小燕子从来没有遇到过这么狠心的人，太生气了，不知道从哪儿生出一股力量，奋不顾身地向前飞蹿，居然一蹿就蹿到了方式舟的马后，想也没想，她长鞭一挥，一鞭缠上马腿，再奋力一拉，马儿哀号着扑跪在地，把方式舟掀在地上。

等到方式舟狼狈地爬起身，只见萧剑的长剑抵在自己的咽喉上，永琪的长剑抵在自己的脑门上，尔康的长剑抵在自己的鼻梁上。那个"假格格"小燕子，正横握着鞭子，威风凛凛地站在他前面，四周侍卫环侍。

方式舟这才知道插翅难飞，长剑落地，顿时磕头如捣蒜，一迭声地喊："五阿哥饶命！还珠格格饶命！额驸大人饶命！萧大侠饶命……"萧剑和永琪、尔康、小燕子互视，怎么会有这样没人品也没格调的人呢？"杀了这个人，会污了我的剑！我们把他交给皇上发落吧！"萧剑说。当方式舟被捉拿到乾隆面前时，乾隆早已严审了当地所有官员，把方式舟的罪行都调查得一清二楚了，看到五花大绑、磕头不止的方式舟，乾隆震怒已极地宣判：

"方式舟！你所有的罪行，朕已经一条一条地调查清楚了！你在山东据地为王，奸淫掳掠，无恶不作！还陷人于罪，逼迫武士为你卖命！贪污赈灾的银子粮食，害死无数的百姓，你把朕都陷于不仁不义的境地！今天你死有余辜！福伦、尔康，把他押出去，立刻砍头！就地正法！杀无赦！"

"臣遵旨！"福伦和尔康，就押解着方式舟出门去，方式舟一路喊着："皇上，冤枉啊！皇上，饶命啊……皇上，臣也是有过大功的人，当初除过乱党，抓过叛徒……也有功劳啊……"

两天后，方式舟就伏法了。那天，在城门口，真是热闹极了。老百姓连饥荒也忘了，大家都赶到城门口来看方式舟的人头落地。这真是一次大快人心的行刑。方式舟跪在断头台上，群众万头攒动，聚集在台前，纷纷拿起石块，丢向方式舟。大家群情激愤，喊声震天："你这个贪官，给你一刀太便宜你！还我儿子的命来……""为我们死去的亲人讨命呀……打死他！打死他！打死他……"

无数的石头、泥块、瓦片……向方式舟扔去。

小燕子、永琪、萧剑、紫薇、尔康五个人，也在人群的一隅观看着。紫薇本来是怎么也不敢看的，小燕子却兴奋得不得了，一定要亲眼看到这恶贯满盈的人，得到报应。萧剑和永琪，也想目睹一次行刑，结果，五个人都来了。

"我从来没有觉得死刑是正确的，只有这一次，我觉得这个方式舟，死一百次都太便宜了！"萧剑瞪着那个方式舟说。"我也第一次，觉得皇阿玛那一句'杀无赦'实在过瘾！好高兴是我们把他抓住的！没有让他卷款逃走！"小燕子说。"听说，"尔康说，"这济南还有一个童谣，街头巷尾都在唱，里面有这样两句'金满仓，银满仓，瘦了百姓肥了方！'""现在，"永琪接口，"总算是'金也空，银也空，赔了脑袋事事空'！"终于，行刑官高举令旗，鼓声大作。"时辰到！准备行刑！"群情激昂，个个伸长脑袋观望。大家狂喊着："杀了他！杀了他！杀了他……"方式舟的脑袋被按进凹槽里。他兀自在那儿哀号："皇上！皇上！饶命啊……饶命啊……各位大人，赶快去问皇上，有没有特赦令？饶命呀……我也建过功勋啊……"

"这个人还口口声声说他建过功勋，不知道是不是践踏着别人的血来立自己的功？"萧剑沉吟着说，目不转睛地看着那个方式舟。

"皇上有令，杀无赦！行刑！"行刑官的旗子一挥而下。只见刽子手高举的斧头，对着方式舟的脖子直劈而下。紫薇急忙转头，不敢看，尔康赶快把她的眼睛捂住。方式舟的人头落地，群众激动到了极点，简直是沸腾状态，大家跳着叫着，把帽子扔在空中，高呼"皇上万岁万岁万万岁"。萧剑心里一抽，忽然想着，不知道当初乾隆处死自己的父亲时，是不是也有这样热闹的场面？老百姓是庆幸，还是悲哀呢？这样想着，他的心就一路沉进了地底。这几年来，他虽然拼命想忘掉自己和乾隆的血海深仇，只是力不从心。每次想到身世，都不免在脑海里勾画父亲被砍头的场面，直到这次亲眼看到砍头，才了解刑场是怎么一回事。他一方面为那个因"文字狱"送命的父亲，陷进深深的悲哀里；另一方面，也为这个贪赃枉法的大奸臣方式舟的送命，感到大快人心。对于这次帮着乾隆"除恶"，还颇有一份荣誉感。如果乾隆不曾杀掉自己的父亲，说不定，他会效忠这个皇帝吧！但是，对于已经发生过的事，人生没有"如果"。

处死方式舟，这是乾隆这次南巡的第一件大事。这件事，给了乾隆很大的冲击，也给了永琪、尔康、小燕子、紫薇、晴儿等人很大的冲击。给箫剑的冲击，尤其巨大。他看着一路上相亲相爱的永琪和小燕子，心里充满了矛盾的痛楚；看着不知情的晴儿，只觉得自己越陷越深，前途也越来越渺茫。接下来的一路，乾隆的队伍，几乎是一次"赈灾之旅"。所有地方官都接到命令，把"迎驾"的排场省下来，把省下的银子发放给灾民。至于沿路的粮仓，都为山东百姓大开，江浙几省，全部运了粮食来救急。乾隆的船队，更是走走停停，随时上岸察看民情，再把船上准备的粮食，送给沿途的灾民。

这样，一直到了江苏境内，终于看到山明水秀、绿野平畴的景象，水田里，春耕的秧苗迎风招展，农民们一面工作，一面唱歌。这样的景致，才让乾隆有了笑容。为了太后，他振作起来，把赈灾的事，一一交代，就开始游山玩水，陪着太后到处参观。太后笃信佛教，几乎逢庙必进，为百姓祈福。至于小燕子，生性活泼乐观，很快就把方式舟的事抛开了，又恢复了她的嘻嘻哈哈，沿途为乾隆"制造"笑料，让乾隆心境大开。

这天，乾隆等一行人，到了海宁境内。下船上岸，乾隆心情开朗了，和太后、晴儿、小燕子、紫薇同坐一车。小燕子看到车窗外，箫剑不时地看进来，和晴儿眼光一接，又默默地掉头而去。晴儿怅然若失，箫剑愁眉不展，小燕子就着急起来。太后觉得有些异状，忍不住也看看车外那个气宇轩昂的箫剑。

"小燕子，你们方家，除了你哥哥，还有什么人？"太后忽然问。"什么人都没有了，只有我们兄妹两个！"小燕子看看晴儿，就急促地坐到太后身边，讨好地说："老佛爷，其实我哥哥好厉害，功夫好，身手好，人品好，学问也好。他还会念诗，会吹奏好美的曲子，那些四个字四个字的成语，他说起来一点也不含糊，是个好能干的人！他是我哥哥，您不要再把他看成外人嘛！"

小燕子说了一大串，晴儿莫名其妙就脸红了。"你那个哥哥不是也很奇怪吗？明明姓方，为什么又叫箫剑呢？这个姓也能改来改去吗？"太后好奇地问。

"老佛爷，箫剑是指他身上那支箫和那把剑，本来只是一个绰号。箫剑和小燕子，家里也是有名的望族，是书香门第，可惜没落了。"晴儿怯怯地接口了，心里有着暗暗的希冀。

"说起来，这个箫剑也有一些怪脾气！"乾隆也看了箫剑一眼，"朕多少次要给他一个官儿做，他说什么都不要！瞧，现在他跟着队伍，也只能用家属的名义，不管怎样，朕也可以给他一个侍卫的头衔呀！"

"哦？不肯给朝廷效力，不要功名，那他想做什么？"太后再问。"我哥哥不是普通的人，他要自由，喜欢到东到西去流浪，他有一句诗'一箫一剑走江湖'，就是他要过的日子！"小燕子解释。不解释还好，越解释，太后越困惑，皱皱眉说："这种生活，怪不得娶不到媳妇！"不禁看着小燕子出神。当初，乾隆一意指婚，太后也被小燕子和紫薇折服了，就不曾细问过小燕子的身世，也没调查过她的出身。反正是孤儿，在江湖中混大的，怎么调查，都不是光彩的事，不如睁一眼、闭一眼、糊涂一点算了。可是，心底还是对于小燕子的身世，放心不下。"小燕子，你家没落了，总还有一些人吧？其他的人呢？"

小燕子冲口而出："死掉了！跟我爹娘一样，统统都被坏人害死了！"太后一惊，紫薇吓了一跳。晴儿闻所未闻，睁大眼睛盯着小燕子看，乾隆也吃惊地看着小燕子。"给坏人害死了？坏人是谁？怎么以前都没人告诉我？"太后惊问。"是啊！小燕子，朕只知道你爹娘都去世了，是被人害死的？怎么害死的？"乾隆也惊问，"告诉朕，你现在是朕的儿媳妇，朕为你做主！"紫薇一听，可急坏了，这事怎能捅出来？这是天大的秘密呀！她急忙去拉小燕子的衣服，示意她不要再说，笑着打岔："其实，小燕子对那些事，也弄不清楚。""是啊是啊！反正都是过去的事了。"小燕子应着，看看紫薇。紫薇既然阻止她说，一定不该说，就机警地打住。太后还想追问，紫薇拍拍小燕子说：

"好不容易，咱们走出灾区了，大家谈一点轻松的不好吗？小燕子，你家那些古老的故事，就不要提了！"紫薇说着，就笑看乾隆说："皇阿玛，到海宁了，我们今晚要住在哪儿？"

乾隆精神一振。

"今晚啊？今晚住在陈家！海宁的陈邦直，是朕的老朋友了！他家那个陈园，比苏州的几家庭园，也差不了多少！"

陈邦直？紫薇精神也一振，这位陈邦直来头不小，是乾隆多年的知交，情同兄弟。江湖中，还一直有个传说，说乾隆本来是汉人，就是陈家的儿子，被太后调包，抱进宫里去抚养长大。当然，这些传言毫无根据，都是街头巷尾的穿凿附会而已。但是，乾隆、太后和陈家的交情，就可想而知了。

果然，太后的精神也来了，兴冲冲地说："是啊，上次南巡咱们也住在他们家！"突然想起什么，看着乾隆，"皇帝！他们那

'琴棋书画'四个女儿，现在应该也长大了吧！我印象深刻呢！"

　　"琴棋书画?"小燕子一怔，怎么有人家刚好有四个女儿，取名"琴棋书画"?

　　这晚，在陈家那画栋雕梁的大厅里，小燕子终于见识了"琴
棋书画"。陈家从海宁城外，就大张旗鼓地迎接了乾隆。进了大
厅，丫头们川流不息，张罗着服侍乾隆等人。大家刚刚坐定，陈
邦直就把四个女儿唤了出来，献宝似的，一排站在太后面前。这
四个姑娘，个个亭亭玉立，长得明眸皓齿，美丽无比，四人站在
那儿，简直有种夺人的气势。就连永琪和尔康，从小在宫廷里长
大，看多了漂亮的姑娘，现在，也不禁对她们多看几眼。不知道
是不是江南的水好，气候好，这四个姑娘，个个都是"眼如秋
水，肤若凝脂"。

　　乾隆和太后、皇后、令妃等人，也看得呆住了。陈邦直呵呵
笑着，一个一个地介绍过去：

　　"老佛爷，这就是我家四个小女，知琴、知棋、知书、知画！"

　　四个少女，一个个给太后请安，每个都十分得体地说一句
"老佛爷吉祥"。

太后眉开眼笑地注视着四个姑娘，赞不绝口："这海宁所有的灵气，都让你们陈家给占尽了。怎么会调教出这样四个闺女来？咱们家的格格，都输给她们了！"小燕子听了，背脊本能地一挺，很不服气，看看紫薇和晴儿。心想，我不如也就算了，这紫薇和晴儿，也不见得会输呀！"谢老佛爷夸奖！"陈邦直笑着道谢，"老佛爷这么说，臣可不敢当！臣看到这次同行的三位格格，每一位都气度高贵、灵气逼人，都是人中之凤呀！"

陈夫人看看小燕子、紫薇和晴儿，也跟着接口："可不是嘛，咱们家的闺女，小家子气，没法比了！""哈哈！"乾隆大笑起来，"紫薇和晴儿还不错，我们这个小燕子格格，要用'灵气逼人'四个字形容，就有些夸张了！老佛爷说得不错，这陈家四位千金，才是凤毛麟角，几万个里也挑不出一个来的！"

小燕子悄悄问紫薇："凤毛麟角是什么东西？""就是凤凰毛麒麟角，非常稀少和珍贵的意思。"紫薇也悄悄回答。

小燕子转动眼珠，对那四个美女横看竖看，看不出她们和"凤凰毛，麒麟角"有什么相似之处。既没看到这个头上有羽毛，也没看到那个头上有犄角，听得糊里糊涂。太后却目不转睛地打量着那四个美女，问陈邦直："你这四位千金，许了人家没有？""回老佛爷，"陈邦直恭敬地回答，"知琴、知棋、知书都有人家了，只有知画，还没婆家！老佛爷是不是想给她说个媒？那就是她的福气了！"太后一听，兴致就来了，伸手拉住知画的手，细细地看："知画，你多少岁啦？"

知画迎视着太后，有些害羞，脸孔红红的，却礼貌而大方地回答："回老佛爷，十七岁了！""平常念些什么书？""回老佛爷，知画念得不多，只念了《列女传》、'四书'、《唐诗三百首》《全宋词》……爹还教了《资治通鉴》和《史记》。爹说，中国人，不能不知道中国的历史！"知画从容不迫地回答。太后惊讶地看着知画，这个姑娘，是四个姊妹里最出色的，真是唇不点而红，眉不画而翠，声音如出谷黄莺。太后上看下看，越看越喜欢。永琪听到一个姑娘家，居然念了这么多书，实在惊奇，就不由自主地看了知画一眼。偏偏小燕子转头过来看永琪，永琪这一眼，就完全看在小燕子眼里。"听听！这才是有家教的女儿。"太后赞叹着，忍不住也看了永琪一眼，情不自禁就脱口而出，"可惜……永琪……"太后想起小燕子在座，猛然咽住了，出起神来。"唔，让我仔细盘算盘算！"就看看陈家夫妇，忽然有些兴奋，"这可是你们自己说的，要让我给她做媒，如果我给她找了婆家，你们不可以赖啊！""老佛爷说哪里话！不管老佛爷说的是哪家人家，都是陈家的光彩！"陈邦直诚心诚意地说。"那么，"太后热心地盯着陈邦直，"我们爱新觉罗家怎样？"乾隆惊愕地看了太后一眼。永琪和小燕子一惊，大家都震动了，陈邦直夫妇更是手足无措起来。"不知道老佛爷指的是谁？"陈邦直问。"再说吧！"太后笑吟吟地说，"当着孩子的面，别让她难为情。这样的好女儿，不能糟蹋了，好歹，要给她一个福晋当当……"说着，就再看了永琪和小燕子一眼，"我心里已有主意了！"小燕子再笨，也了解了太后的意思。她的心，猛然一沉，就沉进了地底。

大厅的见面礼结束之后，小燕子和永琪回到陈家给他们安排的卧室里。小燕子的脸色难看极了，尔康和紫薇不放心，陪着永琪一起进房。进了房间，小燕子就冲到床边，气呼呼地往床上一坐。

"小燕子！你这是跟谁生气？我从头到尾，一句话都没说！"永琪着急地说。

小燕子跳起身子，对永琪委屈地喊：

"你没说，比说了还可恶！老佛爷才说要帮那个知画做媒，你的眼睛就盯着人家看！我知道，自从上次老佛爷说，要给你娶个侧福晋还要选妃，你就心动了！现在，看到这么漂亮，又这么有学问的姑娘，你就'不由自主''不亦乐乎'了！"

"哪有哪有？你少冤枉我了！我坐在那儿，总不能什么都不看，看一眼也错了吗？"永琪心里也急，但是，总不能先被小燕子冤死。"错了！就是错了！你一眼都不能看！"小燕子跳脚，任性地喊。"你怎么这么小心眼，这么不讲理！"永琪有些气了。

小燕子心里翻搅着痛楚和着急，太后那样说，一定会有行动。知画那么优秀，比自己年轻，又比自己有学问，简直是个大威胁！她唯一可以依赖的，就是永琪不变的爱，如果永琪也为知画动了心，她还有什么？她每次都是这样，心里越着急，嘴里越强硬，就对永琪红着眼眶喊：

"我小心眼，我不讲理，我坏，我不会念那个'蜘蛛通通见'，什么'全宋词''全唐诗'我是'通通看不见'！""《资治通鉴》！不是'蜘蛛通通见'！"永琪叹气更正。"我管他什么'通见'不'通见'！我反正'看不见'！我也不是凤凰毛麒麟角，你把我休了算了！你去娶一大堆凤凰毛喜鹊毛乌鸦毛孔雀毛，麒麟角水牛角大象角山羊角好了！""这说的是什么话？"永琪瞪大眼睛喊，听得匪夷所思。"中国话，你听不懂，就去听凤凰话好了！"

尔康听小燕子说得稀奇，想笑，极力忍住，依然插了一句嘴："大象没有角，只有象牙！"小燕子一听，眼泪立刻冲出了眼眶，含泪对尔康喊："我的大象就有角，行不行？"尔康缩缩脖子，慌忙说："行行行！有角有角！"永琪气得脸红脖子粗，瞪着小燕子直呼气。每次都是这样，事情还没弄清楚，她就会敌我不分，乱发脾气，几年了，还是改不好。紫薇再也看不下去了，上前拉住小燕子，婉转地说："小燕子，你实在有点过分耶！老佛爷也没说什么，永琪也没说什么，皇阿玛也没说什么……你就急着吃醋，是不是吃得太早了！"

"就是就是！"尔康接口，"依我看来，这事没有那么简单！你想想，以陈家在海宁的名望和地位，他们家的女儿，怎样也不会轮到当侧室。老佛爷就算有这个心，大概也开不了口！你就不要乱生气乱着急了！"

小燕子跺脚，问到紫薇脸上去："你们不要说得轻松，反正老佛爷不是要给尔康娶侧福晋，如果今天，老佛爷是在动尔康的脑筋，尔康也在客厅和琴棋书画眉来眼去，你受得了还是受不了？"这一下，永琪真的生气了，瞪着小燕子，声音也大了：

"你说我和谁眉来眼去？你把我说得像个大色鬼一样！我以为，这几年的夫妻生活，你对我的人品总该有一些了解，你也该有些进步，不是当初为一个采莲闹得天翻地覆的小燕子了，但是，现在看来，你一点进步都没有，还越来越变本加厉了！"

小燕子气得发抖，眼泪盈眶：

"好好好……好好好……是我没进步，是我越来越坏，变笨又加什么厉鬼的，你这样骂我，这样看不起我！我拼命念成语，拼命学你们说话，拼命讨老佛爷的欢心……到今天，换来你的一句'一点进步都没有'！你变了，你的心已经变了……"说着说着，伤心已极，眼泪就夺眶而出了，"我明白了，我走！"

说完，对着门外冲去。紫薇赶紧过去拉住，着急地说："这是怎么一回事嘛！我们还在人家家里做客，你要到哪里去？如果给老佛爷知道，又要说你的不是……五阿哥，你还不赶快过来拉她！""她爱去哪里去哪里！她不在乎老佛爷的看法，我一个人在乎，有什么用？你们也看到了，到底是我错还是她错？"

"这种时候，以我的经验，不是你错，也算你错，才能大事化小，小事化无！"尔康对永琪笑笑，"你想想看，如果小燕子不在乎你，她会这么着急，这么生气吗？千言万语，不是一个'爱'字吗？想想她的动机，你还有什么理由生气？"

尔康说到了重点，永琪的脸色缓和下来，心里已经柔软了。但是，小燕子却越想越委屈，眼泪就无法控制地往下掉，哽咽着喊：

"尔康！不用你帮我说情了，他看不起我，这也不是第一次了！我看，他巴不得把那些琴棋书画统统娶进门，我这个没进步的小燕子，自己飞掉算了！我那个'正福晋'，也让给她们去！"

小燕子说完，打开房门，就冲出去了。"五阿哥！你去追她！这事不能闹，闹大了，丢脸的还是小燕子！"尔康急喊。"我才不要管她！随她去闹！"

紫薇急坏了，对永琪喊："怎么随她去闹呢？上次跑到翰轩棋社，吃尽苦头的事，你忘了吗？这个海宁，又是个陌生城市！

如果她跑丢了，皇阿玛那儿怎么交代？你真的不要她，不管她了吗？快去快去！"永琪一呆，前情往事，如在目前，他心里一痛，拔脚向门外冲去。

永琪在陈园的湖边，找到了小燕子。她独自一个人坐在那儿，看着湖里的几只鸳鸯发呆，生闷气。永琪急急地赶过来，松了一口气。走到她面前，他定定地看了她一会儿，见她头也不抬，就讪讪地在她身边坐下。

小燕子看到他来了，就把身子一移，坐开去。永琪也把身子一移，再挤过来。小燕子再一移，他也跟着一移。两人移来移去，小燕子退无可退了，只得让他坐着，他就祈谅地看着她，同时，去拉她的手。

"你不要理我！"小燕子色厉内荏。"我不理你我理谁？"永琪苦笑。"你高兴理谁就理谁！""唉！今晚，你这个脾气，发得确实没什么道理！哪有这样冤枉我的嘛！我不是跟你发过好多誓吗？除了你，我心里再也容不下别人。"永琪叹气，声音温柔。"不要听你花言巧语！"小燕子冲口而出。永琪心里一乐，开心地、惊喜地喊："小燕子，你说了一个成语耶！花言巧语，用得对极了！"小燕子听到"成语"二字，更加委屈："我再也不要学成语，我再也不要为你做任何事！我再也不要读那些书，你不要管我，让我自生自灭好了！"

"自生自灭！"永琪又惊喜地嚷，"你进步了！"小燕子瞪大眼睛，跳起身子："我完了！我怎么说话变成这个样子了？"永琪凝视她，四顾无人，就从她身后，一把抱住了她，热情奔放地说：

"小燕子！我真的喜欢你，好喜欢你！不管是当初那个什么成语都不会的你，还是今天这个为了我，已经进步好多的你！我看着你学习，看着你努力，心里是充满感动和感激的……刚刚在房里，实在不应该说你一点进步都没有，那是气话！令晚这场架，吵得好无聊……"想想，不知从何说起，放开小燕子，长叹一声："唉！"

小燕子感动了，心里的火气，早就化成了一片温柔，嘴里却依然倔强："你叹气干吗？反正你还是认为我不对！""你对你对！你都对！"永琪慌忙接口，"今晚都是我不好，人家客厅里站着四个美人，我就应该把眼睛闭起来，我不闭起来，居然还敢看人家！老佛爷要给美人做媒，我就应该把耳朵塞起来，我不塞起来，居然还敢在旁边听！戈戈紫宴晓发脾气了，我就该认错，我又不认错，还敢辩嘴……"

永琪话没说完，小燕子再也忍不住，扑哧一笑。永琪看到她笑了，就轻声说："你'扑哧扑哧'，我是不是就可以'呼噜呼噜'了？"

小燕子想到从前，更是忍不住要笑，转过身子，倚在他怀里，仰头看着他："你不要以为跟我打个马虎眼，我就放过你了！不管怎样，你就要像尔康当初拒绝娥皇女英一样，不可以对那个知画动心！""是！我会跟老佛爷力争，这件事，主权还在我，没有人可以勉强我的！""不管她们是凤凰毛喜鹊毛乌鸦毛孔雀毛，你都不可以要！"她又郑重地叮嘱。

永琪深深地盯着她，这种语言，只有小燕子会说。他爱的，不就是这样的小燕子吗？他凝视她，真是爱之入骨，他郑重地许诺:"是!我只要燕子毛!"

小燕子又扑哧一笑,看到她泪痕未干,笑容已经像盛开的花瓣一样,在唇边绽开,他的心脏一阵急跳,这个"燕子毛",得来非易,他用整颗心来装她都不够了,哪儿还能装下别人?他把她往怀里紧紧一带,就俯头缠缠绵绵地吻住了她。

小燕子是个乐观派,有了永琪的保证,她就放心了,把知画的威胁,暂时抛开。现在,她要操心的,不只自己,箫剑和晴儿才是她心里的大问题。这晚,在暗沉沉的黑夜里,她牵着晴儿的手,穿过花间小路,穿过楼台亭阁,在那陌生的陈园里往一处疾奔。晴儿跑得气喘吁吁,紧张得不得了,低声地说:

"我不要去了,我觉得这样不好,万一老佛爷醒了,找不到我怎么办?我还是回去吧!"

"不行不行!我哥等了好久了,你不要怕这个怕那个嘛!老佛爷已经睡下了,不会再爬起来的!你不利用老佛爷睡觉的时间,你就什么机会都没有了!"小燕子一边说着,一边拉着晴儿,穿花拂柳,拐弯抹角,走过小桥,走过花台水榭,真是"庭院深深深几许"!晴儿越走越害怕:"这是哪儿?等会儿迷路了,这是陈家,不是咱们宫里!小燕子,我不去了,你去跟他说,我实在走不开!""什么话?不行!"小燕子拖着晴儿跑,"跟我来没错!有我保护你,你怕什么?你要让我哥害相思病死掉吗?"

两人拖拖拉拉,往花木扶疏处跑。一个转弯,两人几乎撞在一群人身上,晴儿大惊抬头,只见陈夫人带着琴、棋、书、画四个小姐,几个丫头,提着灯笼,和皇后、容嬷嬷迎面走来。在灯笼的照耀下，两人连闪避的余地都没有。

"晴格格！"容嬷嬷惊喊，赶紧请安，"晴格格吉祥，还珠格格吉祥！""晴格格吉祥！还珠格格吉祥！"陈夫人和小姐们也赶紧请安。"这么晚了，两位格格去哪里？"皇后惊愕地问，看晴儿，"老佛爷睡了吗？"

晴儿狼狈地站在那儿，真恨不得有个地洞可以钻下去。小燕子眼珠一转，顺口胡诌："这花园好漂亮，跟皇宫也差不多，我和晴儿，在这儿逛花园！"

"我们正陪着皇后娘娘，也在逛花园，"陈夫人立刻欢声说，"那我们一路走！天黑，没灯笼容易摔跤！来！丫头，照着路！""不不不！"小燕子急忙说，"你们逛你们的，我们逛我们的……"晴儿看到容嬷嬷和皇后，已经吓坏了，慌张地摆脱掉小燕子，急急地说："不不不！我跟陈夫人一起走！小燕子……我……我不陪你了，我走走，就要回去照顾老佛爷！"

晴儿这样一说，知琴就非常体贴地走过来，挽住晴儿的手："那么，我陪晴格格！我们园子里种了好多牡丹花，都有花苞了，要不要看？""是……是是……"晴儿嗫嚅着，身不由己地跟着知琴走。

小燕子一筹莫展，急得脸红脖子粗，不知是该跟大伙一起走，还是一个人走，正在犹豫中，容嬷嬷走过来，扶着小燕子说："格格一个人，逛什么花园！黑乎乎的，那条小路不好走，又是假山又是石阶的！还是跟我们一起去看牡丹花吧！""是啊是啊！咱们人多，在一块儿比较好！"皇后也说。知画带着满脸真挚的笑，奔过来，热情地把小燕子一挽，嚷着说："格格要单独逛花园，也好！娘，你们去吧！让知画陪着小燕子格格！"小燕子瞪着知画那张美丽纯真的脸庞，心里的醋坛子，一下子就打翻了，酸意直冲脑门。谁要跟你逛花园！她回头看看，想着在亭子里苦等的箫剑，她真是又气又急又无奈，只得一跺脚说：

"算了算了！我们大家一路走！"

大家就嘻嘻哈哈向前走去。小燕子不住回头看。在绿荫深处的"绿漪亭"里，箫剑正靠在柱子上，抬头看着天空。天上的星星不多，月色却非常好。"月明星稀，乌鹊南飞。绕树三匝，何枝可依？"他心里浮起古诗的句子，一叹。看看毫无动静的庭园，知道不会有人来了。小燕子的穿针引线，一定碰到了阻拦。他再一叹，这样被动地等待，在期待和失望中徘徊，四年里，已经不知重复了多少次？这种日子，还要继续下去吗？他坐下，不由自主地拿出箫来，吹着。怕惊扰到陈家和皇室，他吹得很小声，但是，他的箫声婉转清幽，仍然穿墙越户而去。

在太后房里，晴儿倚着窗棂，听着箫声，看着月亮，满脸的震动和痛楚。箫剑吹奏的，是那首"你是风儿我是沙"。跟着小燕子和紫薇，她早已熟背了歌词："你是风儿我是沙，缠缠绵绵绕天涯！"她愿意为他变成风儿变成沙，跟着他，缠缠绵绵绕天涯，但是，她能吗？

第八章

这天，乾隆在连日勘察海堤，听取大臣们的"防潮"计划之后，终于有了一天假期，可以轻松一下了，就带着小燕子、紫薇、晴儿、尔康、永琪、箫剑、知画等年轻小辈，陪着太后去逛海宁的一个以奇石假山闻名的花园，陈邦直当然作陪。

花园里，到处都是天然的太湖石，形形色色，千奇百怪。乾隆最爱这种石头，不禁心花怒放，对年轻一辈解释：

"看！这南方的假山，都很有意境！这儿跟苏州的狮子林异曲同工，叫作'小小狮子林'，不错吧？"

小燕子东张西望，纳闷起来。

"小小狮子林，我一只狮子也没看到！""是啊！我也没看到狮子！"太后难得和小燕子看法一致。

知画立刻拉着太后的手，亲热而热心地东指西指。

"回老佛爷，这儿的'狮子'不是真的狮子，是指这些石头，您看！那块石头像一只睡着的狮子，那块又像一只坐着的狮子，那儿，是两只在打架的狮子！那边，是一只狮子的鼻子，那儿，又像一只狮子的眼睛……"

"哦，原来是这样，知画这样一解释，看起来是有些像了。"太后恍然大悟。小燕子歪着头东看西看，对知画的醋意，又油然而生，不服气地说："我正看反看，前看后看，它们都不像狮子，像另外一种东西！"

永琪走在小燕子身边，为了讨好小燕子，赶紧问："像什么东西？""石头！"小燕子大声地回答，"就是石头！大石头，小石头，长石头，扁石头，高石头，矮石头，胖石头，瘦石头……全是石头！"

众人哄堂大笑。紫薇打了小燕子一下，笑着说："你也发挥一下想象力好不好？这是一种意境，你再看一下，就知道妙不可言了！""就是！"知画接口，"正像陶渊明的诗，'此中有真意，欲辨已忘言'。"

小燕子一愣，瞪着知画说："陶渊明的诗，你脱口就念出来了？这么厉害！""哈哈哈哈！"乾隆大笑。"小燕子，你也见识见识，什么叫作大家闺秀！"

太后宠爱地看着知画，一股喜欢得不得了的样子，说：

"是啊！又一个晴儿。"就看着陈邦直问，"我实在喜欢你家的知画，让我带进宫去，再帮她物色婆家，如何？""老佛爷看得起她，尽管带去调教！就怕她太笨，让老佛爷操心呢！"陈邦直惊喜地回答，一脸受宠若惊的样子。

这还得了：如果知画进宫，岂不成了永久的威胁？小燕子脸色一变，看了永琪一眼。永琪接触到小燕子的眼光，生怕这场莫名其妙的战争再起，赶紧掉头去看风景。尔康看到两人如此，急忙转变太后的话题，就指着山山水水说：

"皇阿玛！您看，这湖光山色，美不胜收！"

乾隆兴致来了，看着年轻一辈说："你们几个，好像个个有文采，来比赛一下，联句作诗如何？""联句作诗？好呀！限韵吗？"尔康问。"就用'东'字韵好了！你们就以这春光烂漫，庭园景致为主题！"乾隆说。

联句作诗？永琪心里一慌，这不是要小燕子的命吗？他看看小燕子，急忙说："不要太难，不要论对仗，我看……这平仄也马马虎虎，如果用现成的诗句也行，好吗？"乾隆知道永琪在帮着小燕子，不禁也看了小燕子一眼，一笑："那还成诗吗？好吧好吧，就马虎一点，现成的诗句也成！"

于是，年轻的一辈、晴儿、萧剑、尔康、紫薇、小燕子、永琪和知画都聚在一起，大家跃跃欲试，只有小燕子愁眉苦脸。"我来开始吧！"尔康看看四周，念道："山色湖光两蒙蒙。""柳浪生烟百卉红。"紫薇立刻接了一句。

晴儿站在紫薇身边，看看四周，从容地接了下去："几处娇莺争碧树。"

萧剑马上接口："满园桃李闹春风！""好句子！接得好！"乾隆忍不住看了萧剑一眼，这个奇人，一身武功，还会联句作诗，实在是个人才啊！小燕子听到萧剑被称赞，得意极了，问乾隆："我就说我哥哥有才华，不是我吹牛吧？"

萧剑带着一股落寞，淡淡一笑，看着晴儿。晴儿也正凝视他，两人眼光一接，晴儿慌忙移开目光，去照顾太后了。萧剑眼神一暗，落寞就飘进了眼底。太后觉得晴儿脸色有异，跟着晴儿的视线，深深地看了萧剑一眼。

永琪很着急，就怕小燕子出丑，拉拉她的衣袖，示意她注意听，念了一句："奇花奇石浑似画。"

小燕子拼命眨巴眼睛，还没想出来，知画就欣然地接口："远山远树有无中！""太好了！好！"乾隆脱口称赞。

小燕子一呆，永琪更急，也不管是不是还该自己接，就抢着再说了一句："粉蝶纷纷过墙去。"说完，就急忙推小燕子，低声说，"快接！"小燕子不得不接，抬头看天，冒出一句："燕子傻傻看天空！"小燕子这句话一出口，大家就忍不住爆发了一阵大笑。"哈哈哈哈！"乾隆笑得最大声，这个小燕子，真是他的开心果！联句作诗，也能作出"笑果"真是出人意料！乾隆边笑边说："小燕子，朕服了你了！"小燕子瞪大眼睛，一脸的挫败感，深吸了一口气，大声地说："皇阿玛，要联句作诗，我是比下去了！不过，我会别的，您今天这么有兴致，我跟您唱一段'蹦蹦戏'吧！""蹦蹦戏？"乾隆惊讶地问，"你还会唱蹦蹦戏？""是啊！当初为了讨生活，什么都得会，除了作诗以外！"

小燕子说着，就对乾隆请了一个安，开始唱做俱佳地唱起"蹦蹦戏"来。这个"蹦蹦戏"到底是哪个地方的戏曲，小燕子也弄不清楚，至于戏词，她也记不住。看着永琪，又看看知画，她只能边唱边编，她意有所指地唱到永琪面前来：

　　"张口啐，呸呸呸，狠心的郎君去不回，说我是鬼，
　我就是鬼，我那个冤家心有不轨！"

唱到这儿，她的眼光在永琪脸上溜了一圈，继续唱：

"张口啐，呸呸呸，你要是狠心我也不回，说我不对，我就不对，谁教你无情无义心儿黑！"

小燕子唱完，大家都闻所未闻，觉得新鲜，爆发了一阵掌声。乾隆听得稀奇极了，想不到这样通俗的句子，也能成歌，想必民间的歌曲，就是这样直率的吧？他欣赏地看小燕子，很开心，夸奖着说：

"蹦蹦戏，朕从来没听过，挺新鲜的！好听，很有意思！"永琪看着小燕子笑，知道她拐着弯在说他，心里可有点冤枉。但是，小燕子被乾隆夸奖，他也感到骄傲。一时之间，不知是高兴还是不高兴，脸色有点尴尬。太后没有鼓掌也没笑，心里在嘀咕着："什么'蹦蹦戏'？还唱得挺乐的，简直不登大雅之堂！"

知画稀奇地看着小燕子，心想，这个格格不简单，来自民间，居然能把乾隆收得服服帖帖。作诗作得乱七八糟，乾隆还会笑；几句蹦蹦戏，是"物以稀为贵"，轻松地收拾了联句作诗的残局。这样想着，她那黑白分明的大眼睛里，就绽放出一抹挑战的光芒，好奇地看着小燕子。

这天午后，乾隆带着所有的家眷，聚在陈家花园，看"琴、棋、书、画"四个姑娘为乾隆准备的一点"小小的节目"。"小小的节目"是知画说的，太后和乾隆兴致勃勃，皇后令妃当然陪着看，至于永琪、尔康、小燕子、紫薇、晴儿、箫剑等小辈，也就全体出席了。

花园里，美妙的丝竹之声，抑扬顿挫地响起，原来是知琴、知书、知棋三个姑娘，抚琴的抚琴，弹琵琶的弹琵琶，拉胡琴的拉胡琴，合奏着一曲天籁之音。小燕子没看到知画，不禁奇怪着，这位"主角"怎么不见了？正在狐疑中，忽然看到丫头们推出四扇裱着白绢的屏风，等距离地放在园内。

"老佛爷，"陈夫人不好意思地对太后说，"您别见笑，四个丫头没事的时候，就自己闹着玩，只是家庭游戏，不登大雅之堂的！""还说什么不登大雅之堂，这音乐就演奏得好听极了！"太后赞美着。

小燕子心里有点怄，紫薇的琴，不会比她们差，箫剑的箫，更是没话说，怎么老佛爷从来不赞美呢？人家说"别人家的饭比较香"，看样子，老佛爷是"别人家的孩子比较强"，未免太偏袒了吧！小燕子正在胡思乱想，音乐突然加强，琴声如行云流水般，迸落出一串清脆的叮咚声，大家的精神都不由自主地一振。

只见音乐袅袅中，知画穿着一身白色有彩绘的纱衣，随着音乐，曼妙地舞蹈而出。几个丫头，身穿绿衣，手捧笔砚颜料，也舞蹈而出，跟在知画的身旁。

大家都瞪大了眼睛，看着那婷婷袅袅的知画。她一身彩绘，穿梭在四片白绢屏风中，像一抹变幻的朝霞，被白云烘托着。她舞动的身姿，忽而疾如闪电，忽而柔如微风，真是衣袂飘飘，如诗如梦。这样的舞蹈，还不算什么，原来，她不只在舞蹈，她竟然一面舞蹈，一面用曼妙的舞姿，拿起丫头手中的笔，在白绢上画画。

　　乾隆、太后、皇后、令妃、福伦等人，个个看得目瞪口呆。永琪、尔康这些小辈，也看得目瞪口呆，连小燕子，也看得目不转睛。只见知画在四扇屏风中，绕来绕去，转眼间，已将四扇屏风，全部画完。当知画在铮然一声的琴韵下，画完最后一笔，退在一旁，大家才看出，那四扇屏风上，竟然画着"梅、兰、竹、菊"四幅画，而且画得好极了。知画把画笔交给丫头，对着乾隆和众人，深深一福，清脆地说："皇上、老佛爷、皇后娘娘、令妃娘娘，还有各位格格阿哥，不要笑我，知画献丑了！"乾隆惊喜莫名，拍着陈邦直的肩膀嚷："贤卿！这样的女儿，你怎么教出来的？"知画走到太后身边，太后爱极了，拉着她的手不放："这个孩子，真让我爱进心坎儿里去了！"顿时间，满园子里响起了赞美的声音，皇后、令妃、福伦个个赞不绝口。就连尔康，也呼出一口气，对紫薇低声说："老早就听说，海宁陈家是个传奇，现在才明白了！跳舞画画，还没什么，难得的，是画得真不赖！""就是！"紫薇心服口服，由衷地回答，"尤其那幅梅花，传神极了！枝干也苍劲有力，不像一个才十七岁的姑娘画的，如果不是我亲眼看到，根本不能相信！"永琪也从小学画，看得叹为观止，忘记小燕子会吃醋，冲口而出："那几枝墨竹，比梅花还好！你看，每片竹叶，都飘向左边，她画出了'风'的感觉！还有那幅兰花……"小燕子瞪了永琪一眼，永琪猛然觉醒，赶紧住口不说了。

　　晴儿看看知画，看看太后，对太后微微一笑，带着撒娇口吻，一语双关地说："老佛爷，晴儿被知画比下去了，老佛爷尽早接知画进宫，晴儿也有人接棒了！"太后就左手握着知画，右手拉住晴儿，开心地说："哈哈！晴儿吃醋了！我看，你们两个都陪着我，皇帝有左右手，是紫薇和小燕子，我也有左右手，是晴儿和知画！"晴儿勉强地笑，不由自主去看萧剑，萧剑脸色更加落寞了。知画低头一笑，抬眼看了小燕子一眼，柔声地说：

"谢谢大家夸奖，这跳舞，还是还珠格格跳得好！"小燕子背脊一挺，听出知画有挑战的意味，一时之间，再也无法控制，也不管自己有几斤几两重，就推着紫薇说："紫薇！你也弹弹琴，唱首歌给陈大人、陈夫人，还有各位琴棋书画听听！这跳舞画画，我不会，可是翻筋斗画画，我会！你来奏乐，我来表演……"紫薇大惊，急忙说："啊？小燕子，这不好……"萧剑也吓了一大跳，眼看这个妹妹又要闹笑话，急忙上前阻止："小燕子，这翻筋斗画画，不成体统！你还是藏拙吧！"永琪更急，人家"琴棋书画"的表演，熔音乐、艺术、舞蹈于一炉，确实不同凡响，而且，显然训练有素。小燕子居然敢挑战，简直是不知天高地厚！他也顾不得小燕子的感觉了，赶紧劝止："这翻筋斗你还行，画画不是那么简单的事，你表演翻筋斗就算了！"知画大眼珠一转，不依了，看看小燕子，对永琪抗议地说："小燕子格格要教一教我们姊妹，你们大家不要太吝啬好不好？我们还没见识过翻筋斗画画呢！"陈夫人更是积极，立刻拍拍手，喊着："丫头们！还不赶快换白绢屏风！文房四宝伺候！"丫头们大声答应，就迅速地把屏风推走，再换了四扇白绢屏风出来。绿衣丫头捧着笔砚伺候，情势已经如箭在弦，不得不发。紫薇、萧剑、永琪、尔康、晴儿都傻眼了，彼此互看。"我看这是'在劫难逃'，大家快想办法吧！"尔康低声说，生平还没碰到更尴尬的事。紫薇就急忙在小燕子耳边，说了几句悄悄话。小燕子拼命点头。

"好吧！箫剑！"紫薇站起身子，说，"我弹琴，你吹箫，我们合奏一曲《浪淘沙》吧！"说着，就看看陈家夫妇和琴棋书画，笑了笑："这也是我们在宫里的'家庭游戏'，没办法和琴棋书画四位小姐比，现在是'赶着鸭子上架'，各位包涵了！"就看着永琪说，"永琪，与其翻筋斗画画，不如比剑画画，如何？"

"比剑画画？"永琪一愣，不知道这个"家庭游戏"从何而来？"是啊！"紫薇提醒着，"记得当初，你们跟小燕子练剑背唐诗吗？现在，来一个练剑画画，你和小燕子一起比剑，一起画画！我们表演一个'文武合一'！"

永琪立刻明白了，要依照当初教小燕子那首"白日登山望烽火，黄昏饮马傍交河"的剑诀来比画，至于这四幅画，小燕子哪儿会画，只能靠自己来完成了。他领会了紫薇的指点，就拼命点头。

"我明白了，就这么办！容嬷嬷！去我房里，把我和小燕子的剑拿来！""喳！"容嬷嬷应着，赶紧奔去拿剑。

剑拿来了，永琪和小燕子就双双持剑，各就各位。紫薇和箫剑也开始弹琴吹箫。紫薇故意让箫剑的箫声，先来一段小小的独奏，再用琴声相和。箫剑的箫，本来就已经出神入化，现在知道要帮小燕子挽回一城，更是用功，吹奏得忽而高亢，忽觉低回，忽而如轻风拂面，忽然如急雨敲窗……真是"此曲只应天上有，人间能得几回闻"！听得大家大气都不敢出，太后听到这样的箫声，不觉惊奇地看箫剑，再看看眼光定定地停留在箫剑脸上的晴儿，心里若有所触、若有所觉。

紫薇开始弹琴了，琴声的琤琮，配合着箫声的凝噎，这首《浪淘沙》竟然演奏出一种悲凉壮烈的意味。知画和几个姐姐面面相觑，这才知道，宫里真是人才济济，对于自己的演出，已经有些自愧不如了。乾隆和皇后，也不禁暗暗颔首。

就在众人凝神细听之际，小燕子一剑刺向永琪。永琪和小燕子就比起剑来，两人都是高手，默契第一流，两把长剑，舞得虎虎生风。只见剑气如虹，闪闪发光，人影绰绰，来往穿梭，两人忽高忽低，煞是好看。陈家夫妇和琴棋书画，这回也是大开眼界，大家从来没有看过这样的表演，忍不住鼓掌叫好。

比剑不难，演奏不难，最难的是画画。永琪抓了一个破绽，对小燕子一剑刺去，乘小燕子腾身跳开之际，飞跃到丫头面前，拿了画笔，在第一幅画绢上，画了一笔水波。不料，小燕子突然被永琪逼退，觉得很没面子，心里一气，就大喝一声，手中长剑，直刺永琪的面门。永琪大惊，只得放下画笔应战，暗暗着急。小燕子看到永琪画了一条貌不惊人的曲线，心里想：

"这样画，有什么难？我也会！不能让永琪一个人画，我也来！"小燕子连续几剑，逼得永琪连连后退，她就拿了画笔，在水波上加了一横。谁知用墨太多，墨汁迅速化开，变成两条横浪，惨不忍睹。永琪大惊，赶快去抢救第二幅画，用淡墨画了天空。小燕子依样画葫芦，用淡墨画了地，画得一片茫茫然，众人全部傻眼。紫薇和箫剑好着急，音乐不禁高亢起来。乾隆有些提心吊胆，睁大眼睛看着。太后、皇后、令妃、尔康等人，更是人人担心。

小燕子听到音乐激昂，手中的剑更是舞得密不透风。永琪急于要去画画，无奈小燕子缠斗不休，永琪一急，急攻数剑，剑剑直奔小燕子面门。小燕子见永琪招招不留情，气坏了，一个筋斗翻了出去。这个筋斗竟不偏不倚地翻在捧笔砚的丫头身上。丫头失声大叫，摔倒下去，同时，手里的砚台笔墨也跟着摔了出去，墨汁飞溅起来，全部洒在第三幅白绢上，滴滴流下来，成为许多黑点和黑线。

　　小燕子和丫头一撞，差点摔跤，及时飞身而起，想抢救砚台，却抢到了一支大笔，她翻身落在第四幅白绢前，谁知踩到了一地的笔墨，身子站不稳，一路骨碌碌地滑了出去，墨笔在第四幅画上，就一笔画了过去，变成一条长长的黑线。

　　永琪看到小燕子像在表演特技，也顾不了画了，伸手一拉，小燕子一个美妙的飞跃，站稳了，双手抱着剑，盈盈而立。永琪赶紧收剑，站在她身边。大家拼命鼓掌，音乐也停止了。大家鼓完掌，都瞪着小燕子的画。乾隆十分尴尬，勉强地笑着：

　　"哈哈！比剑还有一点看头，至于画画嘛……哈哈，咱们这个小燕子格格的画，要用一点想象力！"永琪也尴尬地笑着，说："和那个狮子林里的狮子差不多！大石头，小石头，都是石头！"

　　大家都附和着笑，只见紫薇不慌不忙地站了起来，走到画前，提起笔来说："皇阿玛！你知道的，小燕子画画，一向要我来帮她题画！"就看着尔康说，"题什么词，你说，我写！"尔康一笑，很有默契地走了过去，看着第一幅画，从容不迫地说："第一幅是唐诗两句：'长风几万里，吹度玉门关'。"众人"哦"地惊呼一声，觉得合适极了。紫薇再题第二幅，全是淡墨的。

"第二幅又是唐诗两句：'云青青兮欲雨，水淡淡兮生烟'。"尔康再说。众人再度惊呼，越看越传神。紫薇再题第三幅，全是黑点和黑线的。

"第三幅还是唐诗两句：'野云万里无城郭，雨雪纷纷连大漠'！"尔康说。大家都傻眼了，看着紫薇和尔康，个个惊佩。第四幅画，一条长长的黑线。尔康实在技穷了，看着这条黑线发呆，唐诗宋词全部在脑海里打结。紫薇微微一笑，提笔写下两句话。尔康眼睛一亮，朗声念："这第四幅，是李后主的词：'问君能有几多愁，恰似一江春水向东流'。"紫薇放下笔，拉着小燕子，向大家行礼，说："小燕子和永琪演出失常，紫薇和尔康只好圆场，真的献丑了，要让大家开心而已！别笑话我们就好！"大家呆了片刻，这才不约而同爆出如雷的掌声。乾隆兴高采烈嚷着：

"好！咱们家这两个格格也不差！"陈邦直心悦诚服地恭维："臣总算见识到'文武合一'了！"

陈家的大大小小，全部折服了，就都鼓起掌来。小燕子不禁得意地看知画，知画也看着她，两人都微微一笑。小燕子和知画的第一回合交手，就这样结束了。两人都衡量出对方的力量，小燕子知道，知画是真才实学，自叹不如。知画却知道，小燕子能做到众志成城，自有一套。两人都有些佩服对方。这场较劲，几乎是各有千秋的。

第九章

　　当晚，太后把永琪召进了房间，当着乾隆、皇后、令妃、晴儿的面，开门见山地跟永琪摊牌了："永琪，有件好事要跟你商量！""好事？什么好事？"永琪心里有些明白，就着急起来。"是这样的，"乾隆接口，脸色是柔和喜悦的，"老佛爷有意要把知画指给你当侧福晋，要问问你的意见！"永琪顿时大惊失色，脱口惊呼："老佛爷！皇阿玛！这事万万不可！"

　　又来了！就不知道这些孩子是怎么回事？以前要给尔康娶晴儿，尔康是"万万不可"，现在要给永琪娶知画，又是一个"万万不可"。尔康也就算了，反正紫薇也生了儿子。这个永琪，身为皇子，至今没有子嗣，难道他也不急吗？太后笑容一僵，说："什么叫作'万万不可'！这么好的姑娘，你还要怎样？""就是人家姑娘太好了，给我当侧福晋，实在太委屈她了！不行不行！""委屈？"太后皱皱眉，"只要陈家不觉得委屈，就没有什么委屈！这个，你根本不用担心！你的身份与众不同，皇帝对你特别器重，能够进景阳宫，当侧福晋，也是一种光彩，怎么还会委屈知画呢？"就看着令妃问，"令妃，你当一个妃子，觉得委屈吗？""回老佛爷，这'委屈'两个字，从哪儿说起？能够伺候皇上，是臣妾的光荣啊！"令妃慌忙回答。"永琪，你明白了吗？""就算知画不委屈……小燕子也会委屈！"

太后又回头去看皇后："皇后，皇帝有三宫六院，你觉得委屈吗？"

皇后赶紧回答："当然不会，我还委屈，三宫六院不是人人委屈了？""听到了吧？"太后胜利地看永琪，"这知画进了景阳宫，就跟令妃和皇后一样！谁都不会委屈。我已经向陈夫人试探过，陈家，是一百二十万分地愿意，你皇阿玛也没话可说，现在，就看你的意思了！"永琪大急，知道乾隆宠爱小燕子，就求救地看着乾隆说：

"皇阿玛！这事一定要从长计议，您知道小燕子的，这样做……太狠了！我做不到！"

乾隆想到小燕子，那种眼里揉不进一粒沙的个性，就看了看太后："朕也觉得，这事有点操之过急。老佛爷，大家还是考虑考虑再说吧！""还考虑什么？像知画这样好的姑娘，错过了，哪儿再去找？"

晴儿看永琪满脸着急，实在忍不住了，上前对太后说：

"老佛爷，小燕子和五阿哥，他们从认识到成亲，走了一条非常辛苦的路，好不容易才有今天！我跟他们走得很近，对他们的思想，比任何人都了解。小燕子本来就不是宫里的人，她不受宫里许多规矩的约束，是自由自在的！在她的观念里，夫妻两人是一体的，中间是不容第三者闯入的！"

永琪拼命点头："就是这样！就是这样！""这是什么话？夫妻怎么会变成一体呢？怎么变的？"太后听不懂。"两人一心，就是一体！有了二心，就不是一体了。"永琪急忙解释，"在小燕子心里，男女是平等的，谁都不能负了谁，这是一种尊重，一种完整的爱。尔康跟紫薇的观念也一样，我以为，老佛爷对这种感情，已经深深了解了！""我了解？我从来没有了解过！"太后有些生气了，"你们感情好，我也高兴。但是，小燕子一直这样疯疯癫癫，一会儿跳骆驼，一会儿比剑，我看，是不可能生出儿子来的，难道，你连儿子都不要吗？"这个问题好尴尬，永琪着急，却不知怎样说才好。令妃也忍不住上前帮忙："老佛爷，这事不要急，再给小燕子一点时间，他们年轻夫妻，要孩子不难，为了这个，急急给五阿哥娶侧福晋，一定会让小燕子伤心的！""令妃这话说得是！"乾隆沉吟着接口，毕竟，心里宠着小燕子，不忍让她受到伤害，"别看小燕子大而化之，她比谁都还爱吃醋！这小燕子，朕也观察了好几年，她真的进步了！虽然个性没变，说起话来，比以前得体多了！偶尔，还会用几句成语呢！"永琪拼命点头，激动地说：

"就是就是！老佛爷，您不知道，小燕子常常捧着一本《成语大全》，白日黑夜都在念。她嘴里不说，心里是拼命想配合我，做个好福晋的。如果您也像我一样，看到她的努力，您一定会感动的！"

"不管她怎么努力，她的水准，永远没办法跟知画比！"太后说出心里的话。

"那也不见得！她们两个，是各有各的好！"乾隆说，"这样吧，这事先搁着，过两天，咱们就要动身去杭州了，老佛爷再急，也不能把知画带着走！等到过两年，如果小燕子还没生儿子，咱们再接知画进宫，如何？"

"也不止生儿子这一件事，我就觉得，永琪缺一个'贤内助'！"太后坚持着。"老佛爷，小燕子就是我的'贤内助'！"永琪几乎是痛苦地说，"我不要再娶任何侧福晋，也不要任何妃子，我只要小燕子一个！""永琪！"太后勃然大怒，一拍桌子站起来，"这件事我根本不需要你的同意！小燕子如果反对你娶侧福晋，就是不贤惠！"

太后一凶，永琪也沉不住气了，冲口而出："老佛爷如果勉强去做，娶进门也休想生儿子！""你这是什么话？""我不合作，娶进门也是守空房，哪来的儿子？您何必糟蹋陈家姑娘呢？""你……"太后瞪着永琪，怒不可遏。"老佛爷，"晴儿又急着帮忙，"这不是贤惠不贤惠的问题，尔康以前说的'情有独钟'，老佛爷一定还记忆深刻。这种'情有独钟'的思想，也不是他们发明的。想当年，司马相如要娶二夫人，卓文君曾经作了《白头吟》一首，给司马相如……"晴儿话没说完，太后就恼怒地转向晴儿，声色俱厉地大声说：

"不要提那个司马相如了，所有古人里，我最讨厌司马相如！没事去弹琴挑逗人家的闺女，还带着卓文君私奔，成什么体统？那个卓文君也淫荡无耻，哪有好人家的女儿会被什么琴声箫声所诱惑！"

晴儿一听"琴声箫声"云云，如遭雷击般，顿时变色了。永琪听到这儿，神色也为之一变。大家看到太后发怒了，个个鸦雀无声。太后看到脸色灰败的晴儿，觉得自己言重了，忽然握住晴儿的手，充满感情地说："晴儿，你在我心里的地位，是没有人可以取代的，知画也不能！我这么看重你，希望你也不要辜负我！"晴儿的心脏紧紧一抽，眼里，立刻充满了泪水。

当永琪满怀心事地从太后那儿回到房里，只见满屋子铺天铺地，全是宣纸。一张张宣纸，摊在桌上、床上、茶几上……不只宣纸，还有画册，画册左一本、右一本摊开着。而小燕子，脸上有一团墨迹，手里又是画笔又是画册，她正忙得不可开交，对着画册在临摹。拿着画笔，在这张纸上画画，觉得不好，又在另一张纸上画画。

永琪惊诧地看着这一切。小燕子一看到他，就兴冲冲地喊："永琪！赶快来教我！这画画应该先画什么？怎么我画的树干都像石头，我画石头，又都像树干呢？"原来她在学画画！永琪走过来，闷闷不乐地问："为什么要学画画？"

"总不能老是输给别人嘛！"小燕子羡慕地说，"那个知画，实在太厉害了！我看她画起来好轻松，居然画得那么好！那个风吹竹叶，我也试了，你看！怎么竹叶都像鸟爪子呢？"

小燕子一面说，一面把自己的"鸟爪子"拿给永琪看。永琪注视着她，原来，自己赞美知画的话，她已经记在心里了。他看看那张"鸟爪"，再看看小燕子。小燕子一脸的笑，灿烂明亮，仍然和她刚进宫时一样，但是，眼底却失去了当年的自信和骄傲。学画，那个只想打拳舞剑的小燕子，何时开始，必须被"规矩""成语"锁住，现在，还要学画画？他心里一酸，把画纸抢下，往桌上一放，激动地说：

"不要学画了！没有人是十全十美的，更没有人是什么都会的！你的画，怎么学也不会赶上知画，可是，她不会舞剑，不会翻筋斗，不会唱蹦蹦戏……和你比起来，她远不如你！"

永琪这样一说，小燕子好感动，抽抽鼻子，自卑地说：

"不是的，你不用安慰我，我知道我比不上她……我让大家丢脸了！我愿意为你学画，只要有人教我！"她忽然发现他的脸色不对了，"你怎么了？脸色好难看……"她突然紧张起来，"老佛爷找你去干什么？你挨骂了？"就怯怯地、小声地说："因为我又出了错？我又'成何体统'了？"

永琪怜惜地抚摸她脸上的墨迹，她这样拼命想做一个称职的"福晋"，却不知道无论怎么努力，都赶不上知画，因为在"出身"这一项上，她已经输得一败涂地了。看着她徒劳地努力，他真为她感到难过，默然不语。

"我脸上有什么？你一直盯着我的脸看？"小燕子问。

"有一只小狮子……"永琪勉强地笑了笑，轻声说。

小燕子推开永琪，冲到镜子前面去看。看到自己脸上的墨渍，就笑得嘻嘻哈哈："哎呀哎呀，不是小狮子，是'云青青兮欲雨'！""你记住了这句诗。"永琪惊奇地问，记住这句诗并不容易。"我让紫薇教我的，她一句一句写给我看，我一句一句背！"小燕子笑着，得意地说。

小燕子一面说，一面用手擦着墨迹，不料墨迹晕开，变成了一大片。"哈哈！这一下，变成'水淡淡兮生烟'了！"永琪深深地凝视她，一个激动，把她紧拥入怀。他的双眼，就深深切切地看着她，郑而重之地承诺："小燕子，让我告诉你，如果有一天，我负了你，或是对别的女人动了心，我会被乱刀砍死，而且，死无葬身之地！""为什么要说这么严重的话？"小燕子的笑容收住了，狐疑地看着他。"因为你这么好……因为我这么爱你！"

小燕子揽住他的脖子，感动得一塌糊涂，眼中含泪了，轻声说："我以后再也不会怀疑你，再也不吃乱七八糟的醋，再也不跟你吵架了！"永琪点头，把她紧紧地搂在胸前，心里在辗转地说着：只有你，只有你，只有你……他的胳臂紧紧地缠着她，好像生怕一松手，她就会融化掉消失掉一样。

小燕子和永琪之间，已经涌起了暗潮，知画的威胁，正在悄悄地逼近。尽管两人的深情不变，永琪信誓旦旦、坚定不移，但是，身为皇子，永琪到底对自身的事，能够做主，还是不能做主？在海宁的这段日子里，永琪心烦意乱，他不只为自己和小燕子伤脑筋，也为萧剑和晴儿伤脑筋。

这晚，大伙聚集在尔康房里，小燕子兴冲冲，带了一封晴儿的信给萧剑。小燕子做两人的信差，由来已久。萧剑迫不及待地拆开了信，只见信笺上这样写着：

> 萧剑，这是我给你的最后一封信，我终于明白"相见不如不见，有情不如无情"。我承认，这几年以来，我非常痛苦，有时，会怀念没有认识你的日子。我仔细思量，我是没有办法背叛老佛爷的，我的身上，沉重

地压着我对传统道德的尊重，对老佛爷的敬爱，许多观念，在我心底已经生了根，去不掉。你那天要我在老佛爷和你之间选择，我只能告诉你，我选择了老佛爷！对不起，请忘了我吧！晴儿。

萧剑看完了信，脸色苍白，一语不发。"信里写了些什么？可不可以告诉我们？"紫薇看到萧剑脸色惨淡，赶紧问。萧剑不说话。小燕子急了，一跺脚，喊："哥！你说话呀！晴儿写了什么？"萧剑把那封信，重重地拍在桌子上，简短地说："你们自己看！看完了，把它烧掉！"

萧剑说完，拿起桌上自己的箫，转身就要出门去。尔康觉得不对，冲上前来，拦住了他，诚挚地说："你别走！这些年来，我们每一个人有问题，你都参加，帮我们解决！如果你有问题，我们也不会旁观，让我先看看晴儿的信，我们再一起研究，怎样？"萧剑看着尔康，长长一叹，走到窗前去。紫薇急忙拿起那张信笺，大家都挤过来看。看完，人人神色凝重。

"怎么会这样？为什么晴儿突然写这样一封信？"小燕子困惑地问。"因为老佛爷已经知道了！"永琪回答。"老佛爷怎么会知道？"紫薇不解。"一定是容嬷嬷说的！"小燕子咬牙切齿，"那晚，我要带晴儿去见哥哥，撞到了皇后和容嬷嬷，我还以为她们两个变好了呢！看样子，都是骗我们的！我去找容嬷嬷算账！"说着，往门外就冲。永琪一把拉住她。"你又毛躁了，也不一定是容嬷嬷说的，你去算账，反而弄得尽人皆知，不要去！不能去！"萧剑从窗前回头，冷静而落寞地说："是谁说的根本不重要，老佛爷迟早要知道！就是别人不说，我也准备要亲自告诉老佛爷！"

"对！"尔康深思地说，"谁说的不重要，重要的是晴儿的态度，她怎么可以用这样短短几句话，就把四年的感情给一笔勾销了？"萧剑眉头一皱，转身又向门外冲去。"大家再见！我走了！反正杭州我也不想去！"小燕子大惊，飞快地拦了过去。"什么叫你走了，你要走到哪里去？"萧剑停住，很舍不得地看了小燕子一眼，对她交代着："你跟着永琪，好好地过日子，自己的脾气，要控制一点……"萧剑话没说完，小燕子就又急又伤心地喊了起来："你想离开我们大家，是不是？晴儿写了一封绝交信给你，你就连妹妹也不要了？我怎么这么苦命，好不容易认一个哥哥，他动不动就要走……"小燕子快哭了。紫薇往前一步，站在萧剑面前，盯着他说：

"她没有一笔勾销，她说了，她非常痛苦。我想，这一路南巡，她每天都和你见面，可是，一句话都不能说，真是'相见不如不见，有情不如无情'！这种煎熬，谁都受不了！何况她还要在老佛爷跟前察言观色，如果你连她这种心情，都不能了解、不能体会，晴儿也白爱你一场！"

萧剑愣住了。

尔康就重重地拍了拍他的肩，语重心长地说：

"听紫薇的没错！以前，紫薇也曾经留了一张短短的条子给我，就出走了。但是，我们却冲破了重重困难，结为夫妻。晴儿这封信，不是她的真心，你没有弄清楚她的真心之前，不能走！否则，你会铸成大错！"

永琪也急切地说："箫剑，在陈家一点办法都没有，耳目太多！你不要烦，到了杭州，我一定帮你安排！让你和晴儿好好地谈一次，怎样？"

大家你一言我一语，围着箫剑，不许他走。箫剑的心，有说不出来的痛楚；晴儿，她不了解他身负血海深仇，但是，她起码该了解，他是怎样一个洒脱不羁、四海为家的人，却为了她，放弃了所有的自我，身不由己，跟随着她的脚步走。这样一份感情，怎能轻易说分手？他这么想着，深深地受伤了。

"她写这样的信给我，她不在乎我的感觉吗？""你怎么知道她不在乎？"紫薇沉重地说，"我想，她的痛绝对不比你少！你的身边，还有我们大家包围着，她现在的情形，才是'惨惨惨'呢！"

箫剑一脸恻然地傻住了。是啊，她伺候着老佛爷，无论心里翻腾着多少热情，却丝毫不能流露，身边，连一个可以讲知心话的人都没有，她的日子，是怎样挨过去的呢？他想着，就出神了，走也不是，不走也不是。小燕子挨到他身边，抱住了他的胳臂，歪着头看他，轻声说："哥！好不容易要去杭州了，你怎么也不能离开我，杭州，不是我们的老家吗？不知道爹和娘当初住的房子还在不在？"箫剑如同被利箭穿心，一个踉跄，连退了好几步。杭州，是他们的老家！杭州，也是父母惨死的地方！他悲凉地喊了一声："杭州！我真的不要去杭州！"小燕子赶紧拉住他，自怨自艾地说：

"我又错了嘛！好好地去提爹和娘干什么？哥，你不要难过，爹和娘虽然不在了，你还有我呀！还有我们大家呀！是谁说的名言，我们不能为过去而活，只能为未来而活！到了杭州，我要快快乐乐地游西湖，再也不去想悲伤的事了！"

萧剑被留了下来。与其说是被紫薇等人说服了，不如说是被晴儿那股无形的力量所控制了。晴儿，像是几千几万只蚕，吐出无数的丝，缠绕着他，他被包裹在一个厚厚的茧里，挣扎不出这个茧。奇怪，那么柔软的、脆弱的丝，怎会有这么强大的力量？他悲哀地明白，除非自己停止爱晴儿，否则永远走不出这个茧！

几天之后，乾隆带着众人，离开了海宁，大家动身去杭州。陈家夫妇带着琴棋书画四个姑娘，一直送行到城外。陈家还准备了好几车的礼物，穿的吃的戴的，应有尽有。到了城外，大家不能不分手了，太后拉着知画的手，一直舍不得放开，不住地叮咛："咱们就这么说定了，等我派人来接你的时候，你一定要到北京来，听到了吗？"知画也依依不舍，拼命点头："是！老佛爷一路吉祥！"她附在太后耳边悄悄说，"我做了一些雪片糕，老佛爷最爱吃的，在那个食篮里，是我自己做的，您一定要吃，不要给别人吃了！""我知道了！"太后开心极了，指了指那个食篮，也悄悄问，"那个红色的食篮啊？"知画微笑点头，太后就拥抱了她一下："真是个贴心的孩子，我还真舍不得你呢！"

小燕子看着这一幕，对紫薇说："老佛爷浑身黏着凤凰毛，好像扯都扯不下来了！""只要永琪浑身黏着燕子毛就好了，老佛爷怎样，你就别管了！"紫薇笑着说。

晴儿坐在太后的车上，自从上车，她的眼光都没有和萧剑接触过。尽管萧剑故意走在她的身边，拼命去搜寻她的眼光，她就是目不斜视，抱着太后的衣物披风，径自上车去。萧剑郁闷得不得了，骑在马背上，不知道自己到底在做什么。

尔康策马走在他身边，了解地、同情地、郑重地叮嘱："我们马上要到杭州了，我知道，杭州是你的故乡，也是你父母升天的地方，你一定有很多感触，近乡情怯。但是，我必须警告你，关于你父母的事，千万不要露出痕迹来！知道吗？小燕子现在好幸福！""唉！"箫剑一叹，"总觉得那些往事，早就该埋葬了，但是，它们就会时时刻刻从记忆里钻出来，在你没防备的时候，刺你一剑，捅你一刀！"正讲着，永琪策马而来："你们在谈什么，脸色那么沉重？"看看太后的车，再看看箫剑，明白了，就一本正经地承诺："不必急，到了杭州，我一定帮你安排！"箫剑苦笑。这时，送行的人都退开了，老百姓们挤在道路上看热闹，福伦骑马过来，喊：

"出发！"送行的百姓，全部跪下去，夹道欢呼："皇上万岁万岁万万岁！老佛爷千岁千岁千千岁！皇后娘娘千岁千岁千千岁……"陈邦直、陈夫人带着琴棋书画拼命挥手，也拼命喊着：

"皇上一路吉祥，老佛爷一路吉祥……"就在这一片欢送声中，乾隆的车队马队，继续向前行去。永琪看看还在路边拼命挥手的知画，终于松了一口气，总算离开了这个"是非之地"！

第十章

乾隆到了杭州，惊动了所有的地方官。

乾隆受到欧阳修的影响，对西湖深深迷恋。"轻舟短棹西湖好，绿水逶迤，芳草长堤，隐隐笙歌处处随。无风水面琉璃滑，不觉船移，微动涟漪，惊起沙禽掠岸飞。""画船载酒西湖好，急管繁弦。玉盏催传。稳泛平波任醉眠。行云却在行舟下，空水澄鲜。俯仰留连。疑是湖中别有天。"至于"春深雨过西湖好"，"天容水色西湖好"，"残霞夕照西湖好"……种种歌颂西湖的句子，都在脑中萦绕。

杭州的官员，知道乾隆喜欢游西湖，早在湖边，准备了一条大龙船给乾隆，还有好几条中型龙船给太后、皇后、令妃，再改造了几条大型画舫，给阿哥格格们。每条船都张灯结彩，排成一列，停在码头上，壮观极了。乾隆一看到这个船队，就龙心大悦。上船一看，船上应有尽有，舒服极了，窗外一片湖光山色，美不胜收。乾隆立刻决定，他要住在龙船上，夜里，可以享受西湖的月夜；早晨，可以迎接西湖的朝霞。乾隆这样决定，年轻的一辈，更是兴冲冲地附议。于是，太后皇后和所有的人，都放弃客栈，选择了龙船。这个决定，可忙坏了那些"大人"，安全问题、船只问题、卫队驻扎问题、水面管理问题……一件一件，都要慎重，绝对不能有丝毫疏忽。

还好随行的有福伦和尔康，父子二人，带着侍卫，早就把码头附近，重重防卫。至于水上的游船，在乾隆坚持"不扰民"的原则下，并没有封锁水路。但是，皇上驾到，一般老百姓，谁还敢游湖呢？镇守杭州的孟大人，生怕有闪失，对福伦建议：

"还是暂时封闭西湖比较好，让所有的船只全部禁止出入，比较容易掌控！"

"不行！皇上再三叮咛，不能惊扰百姓，尤其不能因为皇上来了，就不许百姓来，这样太霸道了！皇阿玛喜欢看到西湖上，游船来来往往，看不到会不高兴的！"尔康对乾隆的脾气，已经摸得一清二楚了。

"额驸说得是！卑职知道了！"

"有没有加派武功高手，在岸上巡逻？"福伦问。

"已经把浙江和江苏所有的武功高手，全部调来了！"孟大人指着岸边，"瞧，那些穿着红背心的，都是武功高手！"

尔康看过去，目光所及，都看到三五成群的武士，在来回巡视。看样子，这安全问题，是滴水不漏。但是，如果他们这些格格阿哥和额驸，想要做一些"余兴节目"，大概也不容易。

到了晚上，这支船队真是壮观极了，船上悬挂的大小灯笼，全部点燃了。一片灯烛辉煌。乾隆的龙船上，更有许多美丽的女子，在演奏着音乐，跳着乾隆从来没有看过的艳舞。乾隆和许多大臣，难得这么轻松，暂时放下一切公事，开怀畅饮，享受着"歌舞升平"的滋味。在这一刻，乾隆放松了，不再为山东的旱灾操心，不再为方式舟那种奸臣生气，不再为运河的疏浚劳神，也不再为海宁的堤防担心。他看着那些只穿了一些薄纱的姑娘，露着肚脐，跳着奇怪的舞步，不禁惊奇地问：

"这是什么打扮？""回皇上，"孟大人讨好地说，"是印度打扮！臣想，皇上在宫里，什么表演都看过了，特地准备了一点不一样的！不过，这两个姑娘，不是印度人哟，她们是咱们杭州的姑娘！""啊？长得很漂亮啊！"乾隆看着福伦说，"应该让永琪和尔康也见识见识！"

福伦赶紧回答："他们都在老佛爷船上，陪老佛爷聊天呢！""陪老佛爷……那就别叫他们了！"乾隆看着舞娘拍手，"好！跳得好！"

孟大人惋惜地一叹："其实她们都不怎么样，杭州最出名的姑娘是夏盈盈，她今晚没来！""夏盈盈？为什么没来？"乾隆不在意地问。

孟大人突然发现失言了，小心翼翼地回答："回皇上，她有点别扭……不肯来……""不肯来？"乾隆的好奇心大起，挑起了眉毛，"居然有姑娘不肯来？"

乾隆在这儿喝酒作乐，另外一条船上的皇后倚着船窗，看着乾隆船上的衣香鬓影，听着那歌声曲声，不胜感慨："皇帝也太任性了，这是和老佛爷出门，怎么不收敛一点？""嘘！当心隔墙有耳。"容嬷嬷赶紧四看。一挥手，屏退了宫女们。

皇后和容嬷嬷就倚窗凝望。印度音乐喧嚣地、热闹地传了过来。"山东的旱灾，还在眼前，皇上已经忘了吗？到了杭州，他好像就换了一个人，这样饮酒作乐，会不会太过分了？"皇后说。"娘娘！这儿的地方官，筹备了一年半载，就为了讨好皇上。这江南，又是出产美女的地方，娘娘已经看开了，就睁一只眼、闭一只眼吧！"容嬷嬷说。

"我也这样想啊！我把两只眼睛都闭起来也可以啊！事实上，我早就不问世事了。我绝对不会为了那些女色，去和皇上吃醋的。但是，这次跟着皇上南巡，我就下定决心，奉献我自己，全心全意来帮助皇上！我真怕，皇上这样沉迷女色，会不会让他的名誉和身体，都受到影响呢？是不是应该去提醒他一下？"

容嬷嬷一震，恳切而着急地看着皇后。

"娘娘！万万不可！奴才知道娘娘的一片心，但是，皇上是不能劝的！就算老佛爷，她也听到那些音乐，也看到那些舞娘了，她都不说话，娘娘怎么可以去提醒呢？皇上的弱点，你知道的，碰到绝色美女，他就没办法。娘娘，什么都别说，就当你什么都没看见，明哲保身吧！啊？"

皇后深深地吸了口气，这四年来，她是彻头彻尾地改变了。对于乾隆，她真的只有一片忠心了。"明哲保身？人人都明哲保身，谁为皇上尽忠呢？""只怕娘娘尽了忠，也没有人感激，还给娘娘扣上很多帽子，娘娘的心，除了奴才，再没有第二个人会了解了！"容嬷嬷坦率地说，警告地看着皇后。"我不能为了没人感激，就不尽忠啊！"皇后悲哀地说，"容嬷嬷！帮我把香点燃，我只能为皇上烧香祈福了！"

太后确实听到，也看到乾隆船上的情形了。带着令妃和晴儿，她一面喝茶，一面赏月，一面注意着乾隆船上的情形。西湖太大，水面平静无波，月亮高挂在天上，在水面洒落许多的光点，像是无数的星星，跌落在水面上。

太后打了一个哈欠，令妃赶紧说：

"老佛爷大概困了吧！明儿一早，还要游湖，今晚早些睡吧！晴儿，床铺好了吗？老佛爷睡在船上，会不会不习惯呀？""床早就铺好了，老佛爷，要不要晴儿伺候您去睡觉？""难得这么好的月色，我还想坐一坐！"太后看着乾隆的船，"皇帝还在宴客啊？这么晚了，还不散会？"

"听说，这浙江的地方官，全部到齐，孟大人、李大人、朱大人、田大人都在，大家虽然做官，却难得见到皇上。所以，大概有许多公事，要乘这个机会，跟皇上面谈吧！"令妃帮乾隆掩饰着。

太后深深看了令妃一眼，话中有话地说："令妃，你真是皇帝的心腹，难怪皇帝对你，这么多年了，一直有感情。你对皇上好，我也高兴，可是，也别太偏袒他了！今晚，会和皇帝谈'公事'的大臣，恐怕不多吧！"

令妃一愣，讪讪地说："臣妾也只是推测而已。""不过，"太后叹了口气，"咱们这一路，也够辛苦了！尤其在山东赈灾的那些日子，皇帝又劳心又劳力，到了西湖，就让他放松一下也好！"

忽然间，船头上有一阵骚动，就听到小燕子欢笑的声音，轻快地传了过来："拉我一把，好了！上来了……"

晴儿眼睛一亮，喜悦地喊："是小燕子！她上船了！"

才说着，小燕子就带着一脸欢笑，奔进船舱，嚷着："小燕子上船来向老佛爷、令妃娘娘请安了！""难得你这么有心！永琪和紫薇他们呢？"太后笑着问。

小燕子指指船窗外：

"在那条小船上，又作诗又背诗，把所有关于西湖的诗，背了几百首！我快要被他们闷死了！就不知道那些古人，为什么要作那么多的诗！"她站在太后面前，突然对太后深深地请了一个安，恳求地说，"小燕子有事要请求老佛爷批准！"

"什么事？"太后一愣。"永琪他们在船上比赛背诗，我都不会！我要搬一个救兵去帮我！"

太后明白了，眼珠一转。"你要晴儿去跟你们一块儿玩，是不是？""是！"小燕子拉着太后，走到窗前，"您瞧，就是那条船，只有尔康、紫薇、永琪和我，没有外人！我向您借一借晴儿，大概一个时辰，就送她回来！"太后转头看晴儿，只见晴儿满脸发光，眼神里充满了祈求。"老佛爷，"令妃不忍地说，"让晴儿去吧！他们年轻人，在一块儿有话好谈，这儿，有我伺候您！"

"是呀是呀！"小燕子接口，"我们都是第一次来西湖，下次，也不知道哪一年才会再来，让我们也尽兴地玩一玩，好不好？我们不会做坏事，只是嗑瓜子，吃点心，赏月，背诗，说笑话！"

太后再看晴儿，晴儿就急切地向太后说："我知道老佛爷不放心什么，我向老佛爷保证，不该做的事，我一定不会做！"太后凝视晴儿，摇了摇头。

"你保证不了什么！如果你想做我心里那个晴儿，就留下来陪着我！"太后说着，抬头看小燕子，"你们的赏月背诗，我听起来有很多的不妥当，你和紫薇，好歹是成亲了，晴儿还是闺女，我不放心把她交给你！你那儿没'外人'，我也不大相信！你那位哥哥，怎样都不是'内人'！"

小燕子一怔，看晴儿。晴儿就无奈地说："我还是在这儿伺候老佛爷吧！""算了算了！老佛爷吉祥，令妃娘娘吉祥，我走了！"小燕子懊恼地说，匆匆对太后行礼，转身就走。小燕子钻出船舱，晴儿满肚子的话，一句也出不了口，只能送了出来。小燕子乘大家不注意，飞快地把一张小纸卷塞进晴儿手里，朗声地说："晴儿，再见！"

晴儿一个战栗，握紧了那张纸条。小燕子给了她深深的一瞥，下船去了。

小燕子回到自己的小船上，箫剑、尔康、紫薇、永琪都迎了过来。"怎样？晴儿没有一起来，大路走不通了？"尔康问。"是！"小燕子看着大家，坚定地说，"大路走不通，只好走小路；山路走不通，只好走水路！""纸条给她了吗？"紫薇问。"是！塞给她了！""我们的第一个计划失败，赶快去实行第二个计划吧！"永琪急促地说。

箫剑脸色犹豫，抬头看天："晴儿怎么表示？如果传统道德对她那么重要，她也不会去实行第二个计划的，我看，大家不要白忙了！"小燕子冲到箫剑身边，急切地摇了摇他："你这个慢郎中，要急死我！纸条都塞给她了，到时候，她会等我们的！我们已经是那个什么箭和弦……"想了起来说，"如箭在弦，非做不可了！"箫剑面无表情，尔康一手拍在他左肩上："一切按计划去做，不要三心二意了！"

永琪走过来，一手拍在他右肩上："不到黄河心不死！要知道晴儿有心没有心，就看她今夜来不来！"

结果，这夜，他们做了一件非常冒险的事。当月明星稀，夜色已深，整个船队，都熄了大灯，只燃着几盏小灯。那些侍卫，怕惊扰了乾隆、太后等人的睡眠，都驻守在码头上面，船舱里静悄悄，船舱外也静悄悄。

这时，一条有竹篷的小船，悄无声息地划到太后的龙船旁。

晴儿披着一件斗篷，正紧张地站在甲板上等候，她手心里全是冷汗，心脏扑通扑通地跳，快要从口腔里跳出去了。她紧紧地盯着水面，看着那条小船靠拢。小船贴近，就看到尔康、永琪、箫剑三个人，都穿着老百姓的便服，手里拿着桨，拼命把船划过来。三人看到晴儿，就赶紧跟晴儿做手势。

箫剑纵身一跃，轻得像根羽毛，上了大船，他一伸手，把晴儿一抱，再纵身而起，就把晴儿从大船上接到小船上了。箫剑紧紧地凝视晴儿，晴儿眼里，凝聚着泪，激动得一塌糊涂。来不及说什么，箫剑把晴儿推进船舱，就抓起木桨，拼命划船。小船在神不知鬼不觉的情况下，迅速地离开了。晴儿进了船舱，发现船舱里一片漆黑，然后，紫薇的手摸过来，拉住了她的左手，小燕子的手又摸过去，拉住了她的右手。

"你的手好冷！你浑身都在发抖！"紫薇悄声说。"不要怕！有我们在，我们都安排好了！"小燕子也悄声说。

天啊！怎能不怕？自己到底在做些什么？有了犯罪的心，就有大胆的行为！是对是错，不知道！以后会怎样？不知道！老佛爷发现怎么办？不知道……唯一知道的，是那颗狂跳的心，跳出了一个灵魂深处的渴求：箫剑！箫剑！箫剑！箫剑……

终于，小船来到一个很荒僻的岸边，距离龙船好远好远。一棵大大的垂杨，枝叶都垂在水面上，小船钻进垂杨下面，杨柳成了小船天然的帘幔。箫剑、尔康、永琪三个，忙着把小船停妥，上岸系上绳索。

小燕子伸头对外面看了看，伸伸腰杆，呼出一口气来："好了！到达安全地带，大家放心吧！"尔康、箫剑、永琪停好船，奔进船舱。尔康喊：

"紫薇，我们点灯吧！"船舱里，忽然灯火通明。晴儿四看，顿时惊得目瞪口呆。原来，小船的外表，虽然貌不惊人，但是，船舱里，却经过布置，是浪漫而诗意的。只见，船舱四周，都垂着白色的纱幔，挂着许多红色的小灯笼。船上，有张桌子，桌上，点燃了无数的蜡烛，还有许多鲜花，鲜花之中，放着酒壶和酒菜，两双碗筷。桌边，两张藤椅，一切完美得像个梦境。

晴儿怔着，不敢相信地看着四周。箫剑静静地站着，深深地看着她。尔康、永琪、小燕子、紫薇围绕着她。紫薇就上前，拉住她的手，凝视她。

"晴儿，"紫薇恳切地说，"我一直记得，当我和小燕子陷在水深火热里的时候，你曾经怎样帮助我们！现在，我们易地而处，是你陷在水深火热里了！我诚心地希望，你和我们一样，有勇气冲破你的障碍，追求到你的幸福！"

"你要勇敢一点，不要怕老佛爷，把你心里的话，都告诉我哥，他是闷葫芦，有苦只会往自己肚子里咽，你……不要欺负他！"小燕子说得激动。永琪过来，拉开小燕子："时间不多，你就让他们自己去谈吧！"永琪看了萧剑一眼，叮嘱，"把握时间！我们到外面去把风！""如果听到口哨的声音，就赶快吹灯，懂了吗？你们大概有一个时辰可以说话，四更的时候一定要把晴儿送回到大船上去！好了！紫薇，我们退场了！"尔康说。小燕子、紫薇、永琪、尔康就走出船舱，上岸去把风了。船舱里，萧剑和晴儿相对注视，似乎天地万物，都不存在了。两人就这样痴痴地看着，晴儿眼中逐渐充满泪水。萧剑低喊一声："晴儿！"晴儿一奔，萧剑就把她紧拥在怀里了，在她耳边飞快地说，"你那封信，是你的决定吗？是你心里的话吗？你真的要跟我斩断关系吗？你真的选择了老佛爷吗？这些天以来，我脑子里，全是你那封信！晴儿，你好狠心！"晴儿一听，眼泪不停地落下："我一点办法都没有啊！你不明白，我生长的环境跟你不一样，老佛爷对于我，像一个神一样，我没有办法去背叛我的信仰、我的神灵呀！"

萧剑把她的身子推开了一些，双手握住她的胳臂，眼光紧紧地盯着她。"晴儿，我只要你一句话，告诉我，你心里有没有我？"他有力地说。"如果我心里没有你，我现在会站在这儿吗？我……"晴儿喉咙里哽住了，一边落泪，一边肯定地说，"我心里除了你，就是你！几百个你，几千个你，几万个你！"萧剑眼睛一闭，吸了口气，急促地接口："那么，听我说，现在就跟我走！不要再回到那条龙船上去，我们离开这儿，像含香和蒙丹一样，去过属于我们的生活！"晴儿大震："你说什么？我怎么可能……现在就跟你走？"萧剑积极地，热切地说：

"可能的！晴儿，让我们一起远走高飞吧！我有预感，如果我们一直这样拖拖拉拉，我们就再也没有机会了！老佛爷不会放你的，你的良心和道德观也不会放你的！既然你心里都是我，还有什么比我更重要的呢？我们就这样走！"

"这是你和大家的决定吗？小燕子也同意这样？紫薇也同意这样？""不！他们都不知道我会有这个提议，这是我见到你之后，突然决定的！我强烈地要求你，恳求你，跟我走！"

"不不不！一定不能这样，不行的！"晴儿看着他，"听我说！上次，皇上说，他有意给你一个宝石顶戴，但是你没有接受！这次南巡，皇上对你的印象很好，回北京以后一定会论功行赏，你千万不要再拒绝，你有了功名，我也比较好跟老佛爷开口……"

萧剑听到这儿，把她一把推开，退后一步，冷冷地说："原来！你要我有了功名，才要跟我！"小船被萧剑弄得一歪，晴儿好不容易才站稳，着急地说："不是这样，不是我贪图名利，是我无可奈何，我希望在老佛爷的祝福下，得到幸福，像紫薇和尔康一样，像小燕子和五阿哥一样！我不要成为私奔的卓文君……"

"你不用说了！"萧剑心底的仇恨，又陡然冒了出来，大声起来，"我告诉你，我永远不会接受皇上的恩惠，我永远不会接受任何功名，我和那个皇帝誓不……"他咽住，再喊道："那是不可能的！如果你想当福晋夫人，你就应该去找个王孙公子！"

晴儿一呆，这是什么话？她用手拭去泪痕。"我知道了！我不该冒险跟你见面……真是'相见不如不见'，不见时，心里还能保留一些幻想。原来，你把我想成这样，我们还有什么可谈呢？我要回去了！"

晴儿说着，就往船舱外奔去，喊："尔康！小燕子……送我回去！"萧剑一急，就扑过来拉她。

"晴儿！不是这样！"

晴儿一奔，萧剑一追，小船就东倒西歪，晴儿站不住，就摔了下去。萧剑一把接住她，把她抱在怀里。他凝视她那泪汪汪的眸子，那闪烁的泪光，诉说着千古以来的痴狂，是前生就开始的寻寻觅觅？是失落了几辈子的幸福？是今生才找到的永恒？

天上有数不清的星星，每一颗都在她眼中跳跃，人世有数不清的女人，只有她是他千万年的等待。他再也忍不住，迷失在这样的眼光和深情里，低下头，他忘形地、火热地吻住了她。

晴儿没有挣扎，什么道德伦理、是非对错、礼教规矩……一起灰飞烟灭。她崩溃在这双有力的胳臂里，融化在这团燃烧的火焰里。她不由自主地回应着他，心底，仿佛有无数璀璨的烟火，绽放着满天的火花，每一个火星里，都跳跃出他的名字，萧剑，萧剑，萧剑……这名字就铺天盖地地洒落下来，把她整个的人都环绕住了。

第十一章

　　尔康、紫薇、永琪、小燕子四人，在岸边走来走去，给箫剑他们把风。尔康有些不安，今晚的行动，确实太冒险了，如果不是箫剑已经沉不住气，他绝对不会做这么鲁莽的安排。但是，天下有什么事比"相爱不能相见"更残忍的事呢？尤其，是晴儿的事，他早就说过，他欠晴儿的"幸福"，一定要"粉身碎骨"来回报。失去箫剑，晴儿这一生，还能幸福吗？陪着老佛爷，是终身的满足吗？尔康就算拼命，也要为晴儿抓住箫剑！其他的事，就顾不得了。他看看小船，看看四周，把永琪拉到一边，低声地说：

　　"听说这儿高手云集，万一有什么风吹草动，晴儿是最重要的！我们能够不动手，就不要动手！最好让我来应付！""什么？"永琪急了，"你不是已经布置过了？这儿没有我们的人吗？""告诉你实话，布置是布置过了，但是，我的守卫临时被阿玛调去保护皇上的龙船，他说有了方式舟的事以后，什么人都不能信任！

但是，这个角落，距离龙船太远，白天我已经仔细看过了，应该不会有问题！"永琪想想，就胸有成竹地说："我们还有最后一招，大不了就亮出身份，就说我们要'夜游西湖'！他们还能把阿哥、额驸、格格……都抓起来吗？"尔康点头称是。紫薇和小燕子，聚精会神地注视着那条小船，看到白纱帐幔中的人影靠近在一起，两人就开始情不自禁地笑。尤其是小燕子，用手捂着嘴，咻咻地笑得好开心。

"还说要分手，还说选择了老佛爷，还说什么传统道德这个那个的……见了我哥，还不是全面投降了？"说着，就低低地唱起歌来，"当山峰没有棱角的时候，当河水不再流……当天地万物，化为虚有，我还是不能和你分手，不能和你分手……"

就在这个温馨时刻，尔康忽然听到了什么声音，紧张地回头张望。隐隐约约中，只见一群官兵，提着风灯，走了过来。他急忙奔到紫薇和小燕子的身边。"嘘！别唱歌了，好像有人来了！"就急促地交代，"紫薇！你不会武功，你上船去！要箫剑立刻把船划走，把晴儿赶快送回大船去！这儿，我们来挡！"紫薇大惊，欢乐的情绪全部飞走了，紧张地说："知道了！你小心！"尔康把紫薇的身子一托，送上了小船。晴儿和箫剑听到声音，急忙奔出船舱，把紫薇接了进去。尔康一剑砍断绑在树上的绳子，然后一翻身蹿了出去。"什么人？"尔康大声问。"你们是什么人？"官兵也大声问。"我们是游湖的人！"尔康回答。"我们奉命，所有形迹可疑的人，都要带回去审问！"官兵狐疑地看看打扮成平民的小燕子、永琪和尔康，大疑，"你们半夜三更，有男有女，在这儿做什么？"

永琪走了过来，暗中握着剑柄，故作镇定地问："你们是谁的手下？孟良辅还是李正元？""你们胆敢直呼我们大人的名字！好大的狗胆！"官兵竟然大呼小叫起来。

小燕子自从当了福晋，何曾被人这样骂过，立刻大怒，冲了过来："你们才好大的狗胆！"官兵立刻扬着声音，大喊大叫："来人呀！把他们统统抓起来！"尔康一看，情形不对，赶快拦在前面。到了这种时刻，只好采用永琪的办法："你把灯提高一点，看看我们是谁？"岂料，那官兵一点也不买账，气势凌人地说道："我看你们一副鬼鬼祟祟的样子，一定不是好人！"说着，忽然发现正在离去的小船，大喊，"那儿还有一条小船！把船停下！不管你们是谁，我们奉命检查每一条船！来人呀……"小燕子一看，情形不对，再也无法"顾全大局"，只想保护晴儿，安全回到大船上去，就飞身上来，鞭子一挥，顿时把那个官兵打得飞了出去。众官兵大惊，兵器"钦钦……"全部出鞘，大家七嘴八舌地急喊：

"有刺客！有刺客！快去拦住那条船！"官兵这样一喊，就惊动了巡逻的武士，纷纷奔来。尔康还想控制局面，只得亮出身份，拼命喊：

"大家不要打！我是御前侍卫福尔康……"无奈这些江浙武士，没人认得尔康，喊着说："别听他胡扯！额驸在前面的龙船上面，哪会穿这样的衣服，用这种小船，还跑到这么荒凉的地方来！冒充额驸，罪加一等！"小燕子一鞭挥来，怒喊："别跟他们啰唆了！要打，就打个痛快！"

永琪一面拔剑应战，一面大喊："不要误会，大家放下武器，我是五阿哥！""你是五阿哥，我就是大阿哥！"一个武士喊，抢剑刺向永琪。

永琪大怒，迎剑一接，铮然一声，两剑相碰，擦出了火花。那个武士的剑，几乎脱手飞去，大惊。"刺客是高手，兄弟们小心！大家上呀！"武士大喊。

刹那间，一群武士围攻过来，把三人团团围住。尔康、小燕子、永琪已经没有时间再解释，在刀光剑影下，只能和武士们展开一场大战。顿时间，众武士和三人打得稀里哗啦，人仰马翻。

永琪一面打，还要一面照顾小燕子。何况，对手是保护乾隆的武士，都是自己人，这样想着，他是招招留情，绝不伤人。这样打，怎么打得过？打得捉襟见肘。小燕子被打得连连后退，大叫：

"他们好厉害，人又多，我们打不过，怎么办？"小燕子话没说完，对方一剑刺来，小燕子闪避不及，眼看要被刺中。突然间，一条人影飞跃进场，左手箫，右手剑，打得行云流水，解救了小燕子。小燕子惊呼："哥！赶快教训他们！"

尔康一面打，一面不放心地回头看："箫剑！你跳上岸打架，船怎么办？""总不能让你们吃亏！打赢了再去划船！"

四人就乒乒乓乓地和众武士大打起来。紫薇和晴儿两人，站在小船的船头上观望，吓得脸色发白，手足无措。"他们要打那么多人，会不会吃亏呀？"晴儿说，忽然发现小船已经荡入湖心，惊喊："紫薇！紫薇！我们该怎么办？我不会划船耶……"紫薇看向黑黑的湖面，越看越紧张："好像有很多船追来了！"忽然想起尔康的叮嘱，急喊："吹灯！吹灯！尔康说的，要吹灯，不能让人发现你在船上……"

两人就慌慌张张、跌跌撞撞地奔进船舱去吹灯。偏偏当初要搞"气氛"，东一盏灯，西一盏灯，还有好多蜡烛。两人扑到这儿，扑到那儿，到处吹灯。小船没有人驾驭，又被两人这样一扑，就剧烈地摇晃起来，一晃，晴儿和紫薇全部摔倒在地，打了好几个滚。

"哎哟！哎哟！好痛……"紫薇爬起身子，吹掉附近的一盏灯，"还有好多灯，怎么办？"晴儿挣扎地站起身子，扑到桌上去吹。船身又一个摇晃，晴儿就整个人倒在桌子上。桌子承受不了晴儿的重量，垮了，晴儿大叫着再度摔下去："哎哟……我的腿……"紫薇爬过去扶她："怎样了？摔了哪儿？"

就在两个格格狼狈无比地爬着、彼此扶持着的时候，有支蜡烛滚到船边，烧着了纱幔，纱幔又烧着了船窗，刹那间，火舌就迅速地延烧起来。紫薇和晴儿，没发现帘幔着火了，还坐在船舱里，彼此揉着摔痛的地方。火舌却到处蹿烧，偏偏纱幔四周，挂满灯笼，火舌烧到灯笼，更加延烧过去。紫薇一抬头，只见火舌四起，大叫：

"不好了！晴儿，船失火了！"她抓起茶壶，就用茶水去浇。紫薇慌乱中，抓了酒壶，浇向火焰。轰然一声，火焰更是熊熊而起。晴儿大叫："哇！怎么办？怎么办？"紫薇抓住晴儿的手，两人跌跌绊绊地冲出船舱。回头一看，竹编的船篷已经被火焰燃烧，火舌不住向上席卷。两人吓得花容失色，站在船头上大喊大叫："尔康！船失火了！尔康……快救我们啊！""萧剑！萧剑！我们怎么办啊？我不会游泳啊……"

岸上，尔康等四人正和武士们打得天翻地覆，忽然听到凄厉的喊声。尔康一回头，只见火光冲天，魂飞魄散，大喊："不要打了！船……船……烧起来了！"激动中，御前侍卫的声势就拿了出来，对武士们疾呼："两位格格在船上啊……赶快去救……"武士们根本不信，依旧继续打：

"什么格格阿哥……你们投降了再说！"

永琪急喊：

"不能打！不要打！船上真的有两位格格呀！"萧剑一面打，一面回头，差点被武士的剑刺伤，根本无法停战。小燕子看到小船失火，晴儿和紫薇陷进大火里，简直吓坏了。忽然急中生智，一个筋斗翻出战圈，从怀里掏出那面金牌令箭，举着金牌，她大喊："皇上的金牌令箭在这儿！谁还要再打？"

这下，武士们终于听进去了，大家抬头一看，赫然是乾隆的金牌！手里的武器乒乒乓乓掉了一地。大家瞪视着那面"见金牌就如同见到乾隆"的令箭，不能再不相信，大家双膝一软，纷纷跪落在地。

"你们到底是谁？"武士问着，"难道真的是阿哥格格？"小燕子、永琪、萧剑、尔康都顾不得回答，全部冲到岸边。只见紫薇和晴儿，手牵着手，站在烧着的船头上，火焰在她们背后燃烧，把整个天空都映红了。两人已经走投无路。紫薇当机立断，对晴儿说：

"没办法了，我们跳！"两人就手拉着手，纵身一跳，飞跃入水。尔康狂叫着紫薇，飞奔过去，跳入水中，游向紫薇。萧剑也狂叫着晴儿，飞蹿过去，也跃进水中。永琪和小燕子，吓呆在岸上。永琪忽然醒悟，大喊大叫："他们没有一个人会游泳……"回头对武士们急喊，"你们快去救他们！快快快！难道还不相信我是五阿哥吗？"

小燕子举起金牌，跳着脚大喊："谁不去就是死罪！快去呀……""喳！奴才遵命！遵命……"

众武士这才觉得事态严重，纷纷冲进水里。火焰已经吞噬了整条小船，船篷噼里啪啦地响着，火焰映红了黑暗的天空。

片刻之后，晴儿首先被救上岸来。萧剑从小在洱海边长大，对于水性，还了解几分，在江湖武士的协助之下，把已经陷入昏迷的晴儿，抬到岸上，放在草地上。看到晴儿脸色惨白，萧剑的心，就跟着几乎停止了跳动，什么男女授受不亲，什么众目睽睽，他都不管了，拼命按着她的胃，要把水挤压出来，心魂俱碎地喊着：

"晴儿！赶快醒过来！晴儿！晴儿……醒过来！醒过来！醒过来……"武士官兵们提着灯，围了一圈。永琪紧张地在水边和晴儿之间跑来跑去，急促地命令着：

"会游泳的人，赶快再下水，紫薇和尔康还在水里啊！"

小燕子也气急败坏，声嘶力竭地两边跑、两边喊：

"晴儿！赶快醒过来呀！紫薇！紫薇！你在哪儿啊？尔康！尔康……"官兵们有的照着亮，有的又跑回水中去救人，场面混乱。就在这时，晴儿喉中"咯"的一声，吐出好多水来，眼睛也睁开了。武士们这才惊呼出声：

"醒过来了，水也吐出来了，好了好了，没事了！"萧剑一把把晴儿拉起来，紧拥在胸前，觉得自己的心跳，像万马奔驰一样强烈。晴儿才睁开了眼睛，就惊恐地喊着："紫薇！紫薇……你在哪里？紫薇……"箫剑一抬头，只见尔康抱着紫薇，在一群武士簇拥下，艰难地走上岸来。紫薇横躺在尔康怀里，浑身滴着水，似乎一点生命迹象都没有。尔康嘶哑地喊：

"赶快生一个火，给我几件干衣服，快快快！她浑身冰冷，快要冻僵了！"永琪赶紧脱下自己的外衣，众官兵武士也纷纷脱下上衣，铺在地上。尔康放下紫薇，抢了几件衣服裹着她，拼命擦着她的手脚，颤抖地喊着：

"紫薇！紫薇……不要吓我！睁开眼睛，我是尔康，你看看我！紫薇……"晴儿一听，就挣扎着爬了过来，看着紫薇，哭着喊："紫薇，你怎样了？紫薇……你不能出事……都是我害了你……"

箫剑扑奔过来，把尔康一推。

"你要把她肚子里的水压出来！我来！"箫剑就一下一下地挤压着紫薇的胃，尔康目不转睛地、魂飞魄散地看着。小燕子用手捂着嘴，痛哭起来：

"紫薇，你不要死，你千万不要死……"永琪回头对小燕子喊："不要说'死'字！紫薇不会死！她多少次转危为安，怎么会死？"

官兵们已经生了火，尔康赶紧把紫薇移到火边来。小燕子和晴儿，就拼命搓着紫薇的手脚，想把她搓热。尔康见箫剑按压了半天，都没有动静，弯下身子，把面颊贴着紫薇的鼻子，感到还有轻微的热气拂着自己的面颊，就一把把箫剑推开，接手挤压，嘴里乱七八糟地喊着：

"紫薇，你还有呼吸，你快醒过来吧！想想东儿吧！东儿，东儿……东儿在喊娘，你听到了吗？我和东儿，我们不能没有你呀！紫薇……"紫薇咕噜一声，吐出好多水来。众官兵武士欢呼着：

"醒了醒了！活过来了！"紫薇又呛又咳，睁眼看尔康，满脸惊惶地说：

"尔康……喀喀……船，失火了……喀喀……灯太多……吹不完……"

尔康把紫薇紧紧地拥进怀里，眼中含泪了，痛悔地说：

"都是我笨，弄那么多灯做什么？这种时候，还要制造气氛！我笨……"说着，又感恩地、狂喜地在紫薇耳边低语，"紫薇，我的心跳都快要停止了……紫薇……我好怕失去你……我真的魂飞魄散了！"

小燕子和晴儿见紫薇没事，高兴得抱着彼此。小燕子又哭又笑地嚷着：

"晴儿，她吓死我了！她活了……我就知道的，紫薇大富大贵，她有皇阿玛的吉祥制钱保护着，她长命百岁，遇难成祥，逢凶化吉……所有四个字四个字的吉祥话，她全有！"喊着喊着，忽然一惊，"晴儿，你怎么浑身冰冷，一直发抖？赶快到火边来烤一烤……晴儿！晴儿……"

原来，晴儿受惊过度，又被西湖冰冷的水浸泡，虽然没被淹死，也元气大伤，熬到现在，再也支持不住，晕了过去。

箫剑飞蹿过来，抱住了晴儿。

这时，福伦骑着马，带着大批人马，手持火把，奔了过来，惊喊着：

"这儿发生了什么事？火光连皇上都看到了！"看到尔康、永琪等人，更是惊吓不已，再看到几个湿透的人，简直目瞪口呆了。"尔康！五阿哥……这是怎么了？"尔康抱着紫薇站起身，狼狈地看着福伦，冷得牙齿跟牙齿打战，急促地说：

"阿玛！现在什么都别问了，我们需要大夫，需要姜汤，需要热水和干衣服！我们必须马上回到大船上去……因为，我和萧剑，也快冻僵了！"

第十二章

　　结果，晴儿和箫剑的韵事，是以一种"惊天动地"的方式，让太后和乾隆知道了。乾隆那晚已经入睡，被火光和侍卫的惊喊所惊醒。太后看到抬上大船的晴儿，吓得面无人色。紫薇被尔康带进了他们的画舫。连夜，太医一会儿诊视紫薇，一会儿诊视晴儿，在几条大船之间，跑来跑去，来往穿梭。宫女嬷嬷们，熬药煮姜汤，忙得不亦乐乎，人人都没睡。

　　紫薇经过太医诊治之后，断定没有大碍。躺在床上，她悠悠醒转，睁开眼睛，就看到尔康那对焦灼深情的眸子，一眨也不眨地看着她。他的手里，端着一碗姜汤，正在冒着热气。紫薇闪动着眼睑，立即想起发生的事，陡然清醒，四面一看，不见晴儿、箫剑、永琪、小燕子，就紧张起来：

　　"我们弄得乱七八糟了，对不对？他们呢？他们在哪里？"

　　"嘘！"尔康温柔地说，"大夫说，你受了惊吓，又受了风寒，再加上溺水……你需要好好地休息和调养，晴儿的事，你就暂时别管了！"

紫薇从床上坐起来，着急地说："我怎么能够不管呢！你告诉我，晴儿还好吗？""不大好！大夫正在给她治疗，这西湖的水，真冷得像冰！""那……她在哪儿？""当然在老佛爷那儿！""老佛爷都知道了吗？萧剑呢？""你喝完姜汤，我再告诉你！"

紫薇一急，推开姜汤："不要，我心里好急，你快告诉我嘛！到底现在的状况如何？"尔康放下姜汤，用自己的双手，把紫薇的双手，紧紧合住。他的眼光，就深深切切地凝视着她，用无比温柔的语气说：

"好！我告诉你！我们确实把事情弄砸了，本来不想这么快让老佛爷知道的，现在，是用一种'惊天动地'的方式，让老佛爷知道了。现在，老佛爷接走了晴儿，皇阿玛正在审问小燕子、永琪和萧剑！"

"啊？那……要怎么办？会不会弄得很严重？"紫薇听得心惊胆战。"现在，对我而言，最严重的事，就是你！"尔康说，把她的手握得发痛，"紫薇……你不知道，今晚你又把我吓坏了！有那么一刹那，我以为你活不成了！我脑子里闪过的思想，居然是，东儿这么小，失去父母，要怎么办？因为，我心里最直接的念头是，这世界上没有你，也不会有我，我们是生死与共的！"

紫薇深受震撼，不由自主，紧紧地看着尔康。自从他们两个认识到现在，他们经历过许许多多的事，好像过了别人的好几辈子。在婚前，紫薇常常大伤小伤，几次面对生死边缘，尔康是被"一路吓过来"的。可是，自从成婚以后，所有的灾难，好像全部渡过了，就像尔康在结婚那晚许下的诺言："从此，你的生命里只有幸福、幸福、幸福！"他做到了。紫薇在这四年之中，生活风平浪静，就连生东儿，也很顺利，没有受太多的苦。福晋待紫薇，像待亲生女儿一样，把她调理得容光焕发。这些年来，她身体强壮了，也胖了一些，平常，连伤风感冒都没有。尔康多么庆幸，他们已经向"灾难"永远告别了。但是，这次在西湖，竟发生这么大的事，又失火又落水，尔康只要想到躺在岸上、不省人事的紫薇，就不寒而栗了。在那一刹那，他脑海里确实疯狂地想："失去紫薇，我绝不独活！"

紫薇认真地看着他，完全了解他的心思，同样的思想，自己也想过。夫妻感情太好，也是一种牵绊，当一个先走的时候，另一个要怎么办？这些年来，她太幸福了，根本不去想这个问题，现在，尔康却把这个问题带到了她眼前。她凝视他，有些心慌意乱了。

"不行，尔康，"她郑重地说，"你不能有这种思想。现在，我们两个不是只有自己了，我们还有东儿，为了东儿，我们两个都要好好地活着！万一，我先走了，你也要答应我，会爱惜自己的生命，好好地照顾东儿……"

紫薇话没说完，尔康脸色大变。她怎会冒出这样一句话？

"你在说些什么？"他战栗着打断她。

看到他的脸色骤然发白，紫薇赶紧把他一抱。

"不会的！我们两个，都会长命百岁的！你看……"她从衣领里，拉出乾隆送的吉祥制钱，"皇阿玛的吉祥制钱，我都随身戴着！我的多灾多难，早已成为过去，我答应你，我会为你和东儿，活得好好的！"说着，就掀开被子想下床。

"你要干吗？"

"去看看皇阿玛会不会为难箫剑啊！还要去看看晴儿啊！你不要担心，我自从生下东儿，被额娘照顾得无微不至，现在的身体，比以前好多了，我已经没事了！"

尔康把她按在床上。

"不管你有事没事，今晚，你哪里都不许去！我要坐在这儿看着你！"他端起姜汤，"把这个喝了，蒙着棉被睡一觉，天塌下来也别管！你不要急，小燕子那个人是个怪物，有九条命，皇阿玛拿她根本没办法，她总会在危急时刻，化悲为喜！我们都乐观一点吧！来，快喝姜汤，明天，我们再一起面对晴儿的问题！"

尔康就一匙一匙地喂紫薇喝姜汤，紫薇无奈，只好被动地喝着，眼里，盛满了对尔康的感动和对小燕子等人的焦虑。

同一时间，乾隆正在生气。他在船舱里走来走去，眼光轮流盯着永琪、箫剑和小燕子。令妃生怕这些孩子又要丢脑袋，小心翼翼地在一旁伺候。

小燕子正在指手画脚地诉说经过。她已经豁出去了，反正闹成这样，什么秘密都保不住了。死就死，亡就亡，不如实话实说，干脆把事实都说了出来。四年以来，晴儿和箫剑怎样彼此有情，怎样"相见不如不见，有情不如无情"，怎样"晴儿要分手，箫剑要远走"，怎样大家承诺箫剑，安排这次的见面，怎样去太后的大船接晴儿，却无法说服太后让晴儿下船……

"这大路走不通，我们只好走小路，把晴儿偷偷地带到小船上和我哥见面。"小燕子越说越有劲，"谁知道运气不好，碰到一堆杭州武士，跟我们纠缠不清，居然连永琪和尔康都不认得！所以，我们就只好大打出手；谁知道，紫薇和晴儿吹灯没吹灭，还引起大火，所以，就变成火烧小船！紫薇和晴儿，不能活活被烧死，只好跳水，尔康和我哥看到她们两个跳水，吓得三魂去了两魂半，也跟着跳水救人……"小燕子说到这儿，舌敝唇焦，突然一呆，大发现似的喊，"皇阿玛！我知道这句成语的意思了！'水深火热'！原来，这就叫'水深火热'！"乾隆已经听得头昏脑涨，听到这儿，实在受不了，一个站定，瞪着小燕子，啼笑皆非地问："你们闹得天翻地覆，惊动了杭州所有的官员，惊动了老佛爷，把朕从睡梦里面吵醒……结论是，你学到了一句成语？"

小燕子一呆，讪讪地笑：

"皇阿玛！对不起……我最近背成语已经背得走火入魔了，想到可以四个字四个字来说，就乐……乐不思蜀……不对，乐在其中……不对，乐此不疲……不对！是……是……乐不可支……乐不可支！哎！"脸色一正，祈谅地看着乾隆，可怜兮兮地请求，"皇阿玛，我们知道闯大祸了！请您发发慈悲，原谅我哥和晴儿，干脆，您就大方一点，反正已经闹成这样了，您就把晴儿指婚给我哥吧！"

什么乐不可支，简直是乐极生悲！乾隆瞪着小燕子，再看永琪和萧剑。

"这就是整个的故事？小燕子说的都是实情？你们为了掩护萧剑和晴儿见面，弄得大打出手，火烧小船？"

永琪诚挚地、惭愧地说：

"是！皇阿玛，小燕子说的都是真的！老佛爷家教森严，晴儿和萧剑又一往情深，大家就铤而走险了！弄成这样，真是想象不到的事！总之，我们知错了！皇阿玛能不能原谅我们，成全他们呢？"

乾隆盯着永琪，严厉地说：

"小燕子会做这样的事情，朕还能够了解，你是阿哥，怎么也跟着她起哄，干下这么荒唐的事？现在，弄得满城风雨，鸡飞狗跳，你们还敢开口，要朕将错就错？"

永琪低垂着头，十分汗颜地说："皇阿玛教训得是！这件事确实做得太鲁莽了……"永琪话没说完，萧剑已经忍无可忍，一挺身站了出来，抬着头，傲然地说：

"皇上！你不用怪他们，这是我的事！如果你要追究责任，就冲着我来吧！看你要关我，还是要杀我！如果你不想关我，也不想杀我，就放了我和晴儿，表现你'仁君'的气度！我和晴儿，已经两心相许，不论你和老佛爷的决定怎样，我都要带她离开皇宫！"

萧剑一番话，惊得乾隆怒上眉梢：

"你好大的胆子！你以为你是小燕子的哥哥，就算皇亲国戚了？可以爱干什么就干什么了？你要带走晴儿，没有我和老佛爷的批准，你怎么带走晴儿？别说晴儿是位格格，就算她是宫里的宫女，你也带不走！你很骄傲，不屑于功名，不肯为朝廷效力，一个江湖浪子，四海为家，有什么资格娶一位格格？"

"我有没有资格，让晴儿来说！只要晴儿说我没有资格，我马上掉头就走！"

乾隆气得跳脚："你掉头就走？朕还不放你走呢！你玷污了

晴儿的名节，朕要你的脑袋！""皇阿玛您又来了！"小燕子惊喊，上前挡着萧剑，"这是我哥哥耶！我有免死金牌，您不能要他的脑袋！"不提金牌令箭还好，一提金牌令箭，乾隆更怒，指着小燕子嚷：

"你……你……你到处乱用朕的金牌，朕要收回朕的金牌令箭！"小燕子往后一退，振振有词："皇阿玛给的东西，也能收回吗？不是'君无戏言'吗？"令妃急坏了，急忙上前来劝："哎呀，小燕子，你没看到你皇阿玛正在气头上吗？不能少说两句吗？"转头看萧剑，"你也少说两句吧！"赶紧拍着乾隆的胸口，劝慰着："别气别气，您知道小燕子就是这样的！她的哥哥跟她，是同样的爹娘，总有相像的地方，都是犟脾气嘛！"永琪看到闹得不可开交，上前一步，对乾隆诚恳地说：

"皇阿玛！今晚，大家的情绪都非常激动，晴儿和紫薇差点淹死，我们到现在都心神不定，萧剑说的话，是一时情急，措辞不当，您不要生气！"说着，就对萧剑使眼色，"不管怎样，都是我不对，我应该拦在里面，先向皇阿玛请示，说不定皇阿玛就做主了！我们大路不走走小路，才会弄得天下大乱！"

乾隆被闹得心烦意乱，疲倦地挥手："去去去！统统出去！朕要好好地想一想，怎么处罚你们！"令妃就拼命给小燕子使眼色："你们都下去吧！有话，明天再说！"小燕子还想说话，令妃过来，不由分说地把小燕子往船舱外推去。

"走走走！皇上这儿，有我伺候！大家都去睡觉吧！"小燕子无奈，只好一面走，一面嚷着："皇阿玛吉祥！祝您今晚睡一个好觉！"乾隆瞪着小燕子背影，气呼呼地说："有了你，朕别想睡好觉！"

　　当乾隆审问小燕子的时候，晴儿在太后的龙船上，正昏昏沉沉地躺着。自从抬上船来，晴儿就开始发烧，只一会儿，已经烧得浑身滚烫，人也神志不清起来。因为发烧，脸孔不正常地红着，嘴唇却一点血色都没有。晴儿一向健康，鲜少生病，这样衰弱的晴儿，太后几乎没有见过。太医诊治过了，开了一大堆药，宫女嬷嬷们连夜熬药。太后坐在床边的椅子里，又是着急，又是生气，又是恼怒地盯着她。皇后和容嬷嬷在一旁照顾，宫女们川流不息地送姜汤送药。容嬷嬷拿了冷帕子，敷在晴儿的额上，摸了摸晴儿的额头，对太后说：

　　"老佛爷！晴格格烧得像火一样，大夫说两三天之内，热度不会退。在这种情形下老佛爷有任何问题，都问不出所以然来，不如让她休养几天，等到烧退了，再来问她！""老佛爷先去睡觉吧！这儿就让容嬷嬷带着奴才们伺候着！"皇后接口。"这种情形，我还睡什么觉？"太后恨恨地说，"我早就知道，晴儿和这两个宫外的格格混在一起，一定会出问题，没想到，她们会大胆到这个程度！"看着晴儿，实在有些不敢相信。"晴儿是我一手调教出来，一手带大的呀！这让我太伤心了！"晴儿睁开眼睛，神思恍恍惚惚，眼神不安地四望，嘴里呓语似的喊："紫薇……紫薇……你在哪里？"忽然看到容嬷嬷、皇后、太后等人，吓出一身的汗，眼睛张大了，害怕地问："我在哪儿？紫薇呢？""你平安了，没事了，回到老佛爷身边了！紫薇有尔康照顾着，她没大碍，你放心吧！"皇后赶紧安慰着。晴儿看着四周，蓦地明白了，自己回到了太后的身边，那么，岂不是所有的秘密都拆穿了？她猛然从床上弹了起来，急喊："箫剑！"

容嬷嬷正接过丫头手里的药碗，俯身喂药，被晴儿一撞，"哎哟"一声，药碗泼在床上，洒在晴儿手上，晴儿烫得"哇"地一叫，拼命甩手。容嬷嬷变色，急忙又擦又吹，一迭连声地说：

"哎呀！对不起！都是奴才手笨！赶快拿白玉散热膏来！"宫女们匆匆上前收拾，太后看得又惊又急。晴儿却顾不得自己烫到的手，勉强挣扎着，在床上给太后磕头，凄然地喊：

"老佛爷！晴儿给您磕头了！"太后又气又急又恨又怜地瞪着晴儿。

"你到底是怎么回事啊？从小跟在我身边，也是读《列女传》长大的，难道不知道女儿家的名节重于一切吗？今晚这样一闹，以后你还怎么做人？还有哪家的王孙公子敢要你？"

晴儿掀开棉被，身子一滑，从床上滑落在地上，跪在太后面前，声泪俱下地说："老佛爷……请您成全了我吧！""成全？"太后惊喊。"晴儿还记得，四年前，老佛爷亲口答应过我，如果有一天，我心中有了人，只要跟您开口，您就成全我！老佛爷……您骂我不知羞耻吧！我跟您开口了！"太后大震，哑声地说："晴儿，你真的看上那个箫剑了？"晴儿仰脸看太后，眼泪一直往下掉："是！我……认定了他！今生……愿意跟他过一辈子！"太后一拍桌子，猛然起立：

"他是怎样一个人，你到底摸清楚了吗？你要跟他过一辈子，他是不是愿意跟你过一辈子？这一辈子要怎么过？他看来也老大不小了，为什么还没成亲？他老家里有没有老婆？一大堆的问题都没闹明白，你就想跟他一辈子，你是不是太一厢情愿了？"

晴儿跪在那儿，心力交瘁，憔悴已极，身子摇摇晃晃，哀声说：

"他是小燕子的哥哥呀，老佛爷已经接受了小燕子，为什么不接受箫剑呢？"提到小燕子，太后更加有气，大声说：

"别提小燕子！就是我一时不忍心，接受了她，才接受出这么多祸害！"看着摇摇欲坠的晴儿，突然伤心起来，"晴儿，你的意思是说，你从此要离开我，跟那个箫剑去流浪吗？"这句话问出口，太后心里一酸，眼中就含泪了。

晴儿一看太后这样，就伏地大哭起来，哽咽地说：

"老佛爷，我对箫剑说过，您是我的神！事实上，您不只是我的神，您还是我的再生父母、亲人和一切！我从小没有阿玛额娘，都是老佛爷把我养大，我真的不愿意离开您，不知道您能不能开恩，允许我两全？晴儿心里，像火烧一样，许多感觉，不是言语可以表达……请求您，恳求您……"

晴儿说到这儿，身体不支，跌倒在地。容嬷嬷赶紧扶住，把她拉到床上去："晴格格，不要太激动，无论什么事，身子最重要！老佛爷，明天再谈吧！晴格格支持不下去了！""这个样子，怎么谈得出结果呢？老佛爷，不要操之过急吧！"皇后也劝着。晴儿还想说话，奈何一阵剧烈的咳嗽，咳得她上气不接下气，额上冒出冷汗，汗珠一滴滴向下掉，她倒在枕头上，用手指着胸口，眼看就要断气似的。

太后吓坏了，着急、心痛地大喊："容嬷嬷！赶快传太医！"

"喳！"

虽然闹了一夜，箫剑、小燕子、永琪三个，都没有办法休息，从乾隆的船上，直接回到永琪的画舫上。大家连坐都没坐，永琪就出去打听晴儿的消息。一会儿，永琪回来了，带着满脸的沉重，说：

　　"皇后和容嬷嬷刚刚才离开老佛爷的船，太医也离开了，我拦住太医，问了一下晴儿的情况，好像病得蛮严重的！"箫剑一急，冲口而出："我要去看她！"说着，就往外走。

　　永琪急忙一拦："你怎么去看她？""我可以等大家睡了……跳窗进去！""怎么可能？"永琪睁大眼睛，"不要发傻了！这儿是船上耶，你武功再好，也不能让船不动，你一跳，船就歪了，还跳窗进去？何况，现在已经天亮了，多少武功高手官兵卫队在守着，你已经惹了一身麻烦，不要再罪加一等！"

　　箫剑急得失去了主意：

　　"那我要怎么办？我不在她身边，没办法保护她，也没办法帮她说话，她病成这样，我连照顾她安慰她都不行！还不知道老佛爷怎样刁难她……唉！"他一跺脚，"我怎么把自己陷进这种困境？怎么会把晴儿弄成这种样子？"

　　"本来不会弄得这么糟的，如果不是老佛爷疑心了，我们可以大大方方接晴儿出来玩，也不至于要弄到今天这么糟……"小燕子眼珠一转，看永琪，"你说皇后和容嬷嬷刚刚才离开？不知道她们又在老佛爷面前搞了什么鬼？"忽然想了起来，一拍手："我找她们去算账！"

　　小燕子一翻身就蹿出了船舱，永琪一拦，拦了一个空，急得踩脚。

"哎哎！不要弄得一波未平，一波又起！"永琪追了出去。箫剑一愣，也跟着追了出去。小燕子飞快地奔到皇后的船上，一下子就钻进船舱，喊着：

"皇额娘，容嬷嬷！你们又在跟我们作对了，是不是？"

皇后一惊回头，愕然地看着小燕子，问："怎么回事？""我哥和晴儿的事，是不是你们跟老佛爷告密的？"小燕子气呼呼地嚷，"皇后，你为什么还要破坏我们？我现在喊你一声'皇额娘'，是把你当额娘来看待的，你们不是口口声声说，为我们感动，要为我们重生……原来，都是骗我们的！"

皇后怔着，心里浮起一片悲哀，原来要"改邪归正"，也没这么容易。以前的种种，早已像烙印般烙在身上，是洗也洗不掉了。就连大而化之的小燕子，都无法相信她真的"与世无争"，还有谁会相信她呢？她看着小燕子，还来不及说话，容嬷嬷颤巍巍地过来了，颤声地开了口：

"还珠格格，您误会娘娘了！我们一个字也没说过！""我才不信！那晚在陈家，我和晴儿被你们撞到，我就觉得不对……"皇后还没回答，侍卫在外面大声通报"五阿哥到！箫大侠到！"声到人到，永琪带着箫剑，急急地冲进了船舱。

"皇额娘吉祥！小燕子一夜没睡，现在有点头脑不清，我带她回去！"永琪说着，拉着小燕子就走，箫剑也跟着走。皇后看着他们，忽然严正地喊：

"你们站住！"小燕子三人一呆，全部回头。

"让我告诉你们，"皇后盯着三人，义正词严地说，"自从你们用金牌令箭救下我们主仆二人的命，我们就没有再把我们的生命，看成是自己的！我早已彻底把自己从过去的生活里拔出来。但是，我虽然落魄，还是皇后，是你们的长辈，你们不要没大没小，一个不如意，就来指责我们！小燕子，你生平最恨的事，是被人冤枉，你为什么要不分青红皂白，来冤枉我们呢？"小燕子一怔，怀疑地问："你们没有告密吗？"萧剑叹了口气，拉拉小燕子的衣袖，示意她离去："小燕子，事已至此，追究这个还有什么意义？"容嬷嬷就一步上前，抬头挺胸地说：

"五阿哥，还珠格格，萧大侠……奴才以前做过很多事，现在都不用再提了！皇后这几年，烧香念佛，远离了人世的是是非非。在这种情况下，怎么会去告密呢？那晚，还珠格格和晴格格在陈家花园，我们虽然觉得有些奇怪，并没有多事。但是，你们也不要把老佛爷看得太简单，告密的不是我们，是那几夜的萧声，是晴格格的唉声叹气，是你们大家的眼神！你们自己，早就把一切写在脸上了！"

小燕子、永琪、萧剑都震住了。皇后就看着三人，接口说：

"不要以为我改变了，就等于我赞成你们的行为！我在宫里这么多年，永远不会赞成你们这种'私订终身'的事！但是，我也不再反对，不再破坏了！对于我不了解的事，我学到了起码的尊重，你们呢？有没有同样学到呢？"

永琪忽然对皇后生出一种感动的情绪来，脸色一正，诚恳地说：

"皇额娘别生气，小燕子向来就是这个脾气，是我们误会了皇额娘……看样子，你们也被闹得一夜没睡，我们不打扰了！萧剑，走吧！"

容嬷嬷看着萧剑，忍不住真挚地说：

"萧大侠，有几句话想告诉你，晴格格病得下不了床，但是，她一直跪在老佛爷面前，哭着求老佛爷成全！晴格格心地太好，老佛爷是她的恩人，也是她的亲人，你如果要她放弃老佛爷，等于要她放弃一半的生命来跟你，恐怕……是件很残忍的事，以晴格格的人品，大概怎样都做不出来！"萧剑震动了，从来没有人，这么透彻地向他分析晴儿的处境，他盯着容嬷嬷，说不出话来。皇后长长一叹说："所以，你们唯一的办法，是说服老佛爷，就像晴儿今天对老佛爷说的话一样，让她两全！别和老佛爷较劲，较劲的结果，是把晴儿活生生地撕成两半！"

萧剑震动已极，看皇后，哑声问：

"撕成两半？""是啊，我看她那个样子，就像已经被撕成两半了！"皇后恻然地回答。

萧剑整个呆住了，小燕子和永琪也都呆住了。

第十三章

第二天，永琪、尔康和箫剑聚在一起，苦思如何善后。为了避开宫里的闲杂人等，大家来到码头后方，山上的一个亭子里。紫薇和小燕子去太后那儿探视晴儿，三个男人就在亭子里不安地等待。

"我就不明白，你为什么不接受皇阿玛的提议，先弄个功名？"永琪困惑地看着箫剑说。

"做官没有什么不好，最起码，可以在北京弄个房子，不要每天住在会宾楼！晴儿跟了你，也有个家……"

"你不要跟我提这个！"箫剑烦躁地打断他，"我不要功名！不要做官！我说了几百遍了！"尔康了解他和乾隆那解不开的死结，看看他，说：

"我知道你心里的矛盾，我不勉强你接受皇阿玛的赏赐或是恩惠！但是，现在难题放在这儿，晴儿放不下老佛爷，你要怎么办呢？"

萧剑埋着头，在亭子里走来走去，自言自语："撕成两半？我和老佛爷，真的在撕扯晴儿吗？""我想是真的！你一定要了解，晴儿是个宫里长大的格格，她不是江湖女子！如果你爱她，就应该为她牺牲一点，就算做官是一种牺牲吧，难道晴儿不值得你去牺牲吗？何况，做官又不是要砍你的脑袋！"永琪说。听到"砍你的脑袋"几个字，萧剑心底的隐痛，就猛烈地发作，他打了一个冷战，突然无法控制地大声说："那个皇帝，是一个专门砍人脑袋的人，我再堕落，也不能屈从这个皇帝！就算为了晴儿，也不成！"永琪眉头一皱，生气了："你这说的是什么话？那个皇帝，是我的皇阿玛，也是小燕子的皇阿玛，你起码也尊敬一点！每次谈到皇阿玛，你就是这副要死不活的样子，实在太奇怪了！"萧剑一向沉稳，只有面对晴儿的事，才方寸大乱。听到永琪的责备，想起前后的种种，真是有苦说不出。他一怒，就对永琪冲口而出："他是你们的皇阿玛！可不是我的皇阿玛！说不定，我和他之间，还有未了的账……"尔康急忙插到两人中间喊："萧剑，萧剑……我们现在谈的，是晴儿！你不要口不择言，尽管肚子里冒火，不要让嘴巴里冒烟，你懂吗？"三个人正在说着，紫薇和小燕子急急地跑了过来。萧剑神色一凛，顾不得和永琪吵架了，急促地问：

"晴儿怎样？你们见到她了？"

小燕子顿时眼泪汪汪，凄然地说："哥！她好惨啊！病得乱七八糟的，还在那儿求老佛爷接受你！""老佛爷怎样说？"尔康急忙问紫薇。"老佛爷什么话都不说，只是掉眼泪，亲自端着药碗，喂晴儿吃药！"紫薇眼中也漾着泪，"所以，晴儿就捧着老佛爷的手，一面说不敢，一面求，一面哭，一面吃药……吃进去的药，马上就吐出来了……""砰"的一声，萧剑手里的箫掉到地上去了。他弯腰拾起箫，喟然长叹："我完了！我斗不过那位老佛爷……皇后说得对，我和老佛爷，正把她撕成两半！就算我们一人抢到一半，也是血肉模糊的晴儿！"说着，他忽然回头喊，"小燕子！跟我去一个地方！"萧剑昂着头，就往前走，小燕子惊愕地跟着他："去哪里？去哪里？"萧剑不语，只是走，小燕子几乎是用跑步跟着。

尔康和紫薇，交换了非常不安的一瞥，尔康就对永琪喊："我们一起去！"萧剑一回头，冷峻而大声地说："谁都不要跟着我！这是我们兄妹两个的事！"尔康和紫薇只得收住脚步，不安地怔在那儿，永琪却是一脸的莫名其妙。

萧剑带着小燕子，来到一座观音庙前。观音庙香火鼎盛，许多香客在他们身边穿梭，到菩萨面前去烧香拜佛。庙里，观音拿着杨柳枝，宝相庄严，四周香烟缭绕，诵经的声音，飘荡在庙堂里。萧剑站在庙前的广场上，沉痛地说：

"小燕子！你看仔细，这块土地，就是我和你出生的地方！在二十四年以前，这儿没有庙，是我们的家！听说，我们家也有亭台楼阁，也有很大的花园。后来，我们的爹被杀了，我们的娘，把我们两个分别托付给好友，就用一把长剑，抹了脖子……那晚，我们家也被一把火，烧成了平地。我在许多年前，曾经回来过一次，发现家里什么亲人都没有了，这块土地上，多了一座庙。我们的爹娘，葬在一堆乱葬岗里，我把爹娘的遗骨，带到云南大理，合葬在苍山。从此发誓，再也不到杭州，因为这儿让我触景伤情！这次，为了你和晴儿，我是破例了！"

小燕子呆呆地看着萧剑，再也没料到，萧剑会把她带到了出生地。听到这一切，感到自己是有爹有娘的，虽然对过去的事糊糊涂涂，眼里却涌上了泪雾。

"原来，爹娘的遗骨，已经安葬了！"

"是！所以，我好想带你去大理。总觉得，只有那儿，才是我们的家。"

小燕子就痴痴地看着脚下的土地，忍不住一步一步地走来走去。每跨一步，就不胜向往地低语："这儿，可能我的娘踩过……"再跨一步，"这儿，可能我的爹踩过……"再跨一步，"这儿，可能我娘抱着我，在这儿玩……"再跨一步，"这儿，可能是你和爹练功夫的地方……"闭上眼睛，她幻想着："我可以想象爹娘的样子，你长得像爹，我长得像娘……"

看到小燕子这样，萧剑心里苦涩极了。爹娘的样子，除了想象，只有想象。这么多年，自己就是这样长大的。这份债，没办法催讨，眼见乾隆前呼后拥，威风八面，自己居然也在"后拥"的队伍里。这种痛楚，如何继续下去？杭州，真是一个让人心碎的地方。他闭了闭眼睛，甩了甩头，眼里湿漉漉的。终于，他命令地说：

"凭吊过了！我们走吧！"

"不不，你再说再说！"小燕子热切地看着他，"我总觉得，你说得好简单。你曾经告诉我，仇人都死了，仇人怎么死的？整个故事我都糊里糊涂，现在，在我们家的土地上，你是不是预备告诉我了？"

萧剑长长一叹，如何告诉你？你已经是乾隆的媳妇，五阿哥的福晋了。当初怕破坏你的幸福，现在，看到永琪这样待你，更加不忍破坏你。他想想，忍痛地说：

"我没办法告诉你，因为我什么都弄不清楚。我唯一想让你明白的，是我也想报仇，常常，我都会被这股仇恨的火，烧得浑身都痛！但是，找到你以后，你真的让我改变了！今天，我会带你到这儿来，因为这里曾经是我们的老家。如果有一天，你把故事弄清楚了，记住我今天的痛！记住我的无可奈何！"

萧剑说完，回头，转身就走。小燕子赶紧追着："等一下等一下，我还要看一看！我还要在四面走一走……""你要看，随时都可以看！我要走了！"

小燕子忽然体会到什么，脸色一变："你要走到哪儿去？我们回船上去，是不是？"萧剑站住，深深地看了她一眼。

"代我转告晴儿，我祝福她！请她……珍重！你……也是！"萧剑说完，大踏步而去。小燕子一愣，拔脚就追，边追边喊：

"你站住！你敢走！你把晴儿弄成这样，你就想跑掉吗？"眼见萧剑头也不回，越走越快，她也越追越快，越喊越大声，"你混账，你莫名其妙，你神经病，你疯子，你回来！你不敢面对问题，只会逃走！我轻视你，我恨你！"声音哽住了，转为哀求："萧剑……方严……哥哥……"萧剑充耳不闻，快步而去。小燕子满脸泪水，紧追不舍。两人这样疾走着，终于走到码头上。萧剑直奔皇室的马厩，冲了进去，他需要一匹好马。

尔康、永琪和紫薇三人，正在码头上等待，萧剑带走了小燕子，三人都非常担心。尤其知情的尔康和紫薇，生怕箫剑把"大秘密"说出来，简直急得像热锅上的蚂蚁。正在望眼欲穿的时候，只见箫剑和小燕子，一前一后地掠过码头，向马厩处飞蹿。三人全部呆住了。

箫剑冲进马厩，拉出一匹马来。小燕子追了过去，不住口地喊：

"不要！哥哥……不要！"她冲上前去，死命地拉住马缰，哀求地说，"我们去找老佛爷，我们去跟她说，她会谅解的，连我这么没学问的人，她都接受了！她怎么会不接受你呢？"

箫剑抢过马缰，大声吼："你还不明白吗？我根本不能给晴儿幸福，我也不要把她撕成两半！我走，对大家都好！对你也好！别拉着我！"小燕子怎么肯依，死命拉着马缰，疯狂般地摇着头：

"这样不行的！不行不行呀……"她气起来，又大骂，"你这个木头！二愣子！傻瓜！笨蛋！你不了解女人，你这样一走，晴儿会发疯的，不要不要……我们还有办法，我们想办法，你不要走……"

两人拉拉扯扯中，永琪、尔康和紫薇追了过来。"箫剑！你要干什么？"尔康大喝一声。小燕子看到三人，好像看到救星一样，急急地喊："永琪，尔康，你们快来拉住他！他要走了，他什么都不管了，他不管我，连晴儿都不管了……"三人看到这种情形，都吃了一惊。尔康和永琪就冲上去，拉马的拉马，拉箫剑的拉箫剑。永琪心里实在有气，大声说："怎么跟一个小孩一样，碰到问题就闹出走！你又不是小燕子，你是一个大男人耶！你理智一点，我们还没有走到最后一步！""大家都在想办法，人人为了你，想破了脑袋！你反而要做一个逃兵，这不是太荒唐了吗？你的勇气到哪儿去了？"尔康跟着喊。箫剑被拉得脱身不了，一怒，左手箫，右手剑，分别打向永琪和尔康，怒喊："我的事，从此不要你们管！你们的好意，我谢了！"

尔康和永琪，猝不及防，被打得翻身躲避。箫剑乘此机会，推开小燕子，就跃上马背。永琪一看，这还得了？他这一走，小燕子铁定心碎，晴儿铁定小命难保，一急，就飞身而上，把箫剑拖下地来，生气地大吼：

"我为晴儿打死你这个无情无义的人！"就对着箫剑拳打脚踢。

箫剑不想恋战，只想走，连续几个猛攻，转身就想上马，不料，尔康一拳打来，箫剑闪避不及，被打了一个正着。箫剑大怒，只得硬拼尔康和永琪，三人打得难解难分。小燕子拦在那匹马的前面，张开双手，喊着：

"哥！你听我说，老佛爷也是有血有肉的人，我们大家一起求她……我们一路走来，这种感情的仗，我们都打赢了，我们还会赢的！因为老天会帮我们的……"箫剑不理，只想摆脱尔康和永琪的阻止，双方拳来剑往，打得稀里哗啦。紫薇一看，箫剑这次是走定了，心里一急，回头就跑。此时此刻，留得住箫剑的，只有一个人！她将心比心，什么顾忌都没有了！空中，一声雷响，乌云密布。紫薇跑得气喘吁吁，一下子就冲进了太后的龙船。连请安和礼貌都顾不得，就直冲到晴儿床前，颤声喊："晴儿！箫剑在马厩那儿，他要走了！大概再也不会回来了！"晴儿一听，整个人滚下地来，抓着紫薇的手。

"我去……我去跟他说……我去……"窗外，闪电划过，雷鸣响起，接着大雨倾盆而下。紫薇扶起晴儿，两人就跟跟跄跄地往外奔去。太后急喊：

"晴儿！晴儿……外面在下大雨呀！"

晴儿哪里还听得到太后的喊声，她什么声音都听不到了，心里像雷鸣一般，只有两个字：箫剑！箫剑！箫剑！箫剑……当晴儿和紫薇跌跌撞撞地冲到马厩，箫剑已经策马而去了。原来，箫剑见到永琪和尔康缠斗不休，心里一急，就再也不留情，所有的武功全部出炉，剑刺永琪，箫攻尔康，锐不可当。永琪和尔康当然不想伤到箫剑，就没办法使出全身功夫，一个不留心，永琪被箫剑踹倒，尔康也被打退，箫剑逮着空当，腾身而起，飞快地落在马背上。

"驾！驾！驾……"箫剑夹着马腹，大喝。马整个飞跃起来，越过小燕子，冲向大路。箫剑一人一骑，就在大雨中，疾驰而去。可怜的晴儿，喘吁吁地奔来，只见箫剑的背影，在雨中狂奔。晴儿心碎肠断地大喊：

"箫剑……箫剑……箫剑……"

箫剑头也不回，绝尘而去。晴儿脑中一片空白，他走了，她还剩下什么？自从认识箫剑，他就是她的期望，是她的痛苦，也是她的狂欢呀！什么都可以失去，就是不能失去他！她身不由己地狂奔着，开始追那一匹马。在这一刻，她不知道自己只是一介女流，更不知道她那脆弱的身子，哪有力量追一匹快马？

箫剑骑着马，在雨中飞驰。身后，晴儿的喊声，穿过雨雾，盖过雷鸣，随风而至。那凄绝的喊声，直刺着他的耳鼓："箫剑！箫剑……不要走……求求你……箫剑……"箫剑的五脏六腑，随着这样的呼叫声，绞成一团，顿时痛彻心扉。他忍不住勒马，忍不住回头。只看到晴儿穿着一身白衣，挥舞着双手，在大雨中狂奔。她小小的身影，像个就快被狂风暴雨撕碎的风筝。她边跑边哭边喊："箫剑……我跟你一起走！你要走，带我一起走……等等我……等我……"不能回头！不能回头！箫剑心里在疯狂地呐喊，为了她，为了小燕子，只有走！只有走……他毅然地一咬牙，再度驾马飞奔而去。晴儿眼看他停下了，又看他掉头而去，大急，狂追。脚下一滑，就从一个斜坡上骨碌骨碌滚下去，她一面滚，一面哀号着："箫剑……我选择你……你不要走……我错了……你不要走……"

箫剑一面奔马，一面回头。眼看她滚下斜坡，他再也控制不了自己，掉头就向晴儿奔去。马儿奔到一半，他已经飞身而下，奔向她。但是，眼看快要到她身边了，他站住了，心里那呐喊的声音，如排山倒海般响起：

"不能回头！不能回头！回头就万劫不复了！你给不起她幸福，你还会破坏小燕子的幸福！走！上马……走……"

心里的呐喊，尽管强烈如万马奔腾，他的脚，却像钉在地上一样，动也不能动。晴儿倒在泥泞中，匍匐在地，痛哭失声地喊着："我要怎么办？箫剑……带我走……我什么都不要了……"

晴儿从地上抬头，忽然看到箫剑的腿。她大喜过望，从泥泞中往箫剑爬去，好不容易爬到他身边，她一把抱住了他的腿，仰头看着他。她的眼光凄然地、狂热地、痴情地燃烧着，她的声音颤抖地、悲凉地、无助地呻吟着：

"萧剑，我……我错了，不该写那封信给你，我……收回……原谅我！允许我……跟你……一起走……一起走……"

萧剑眼中一热，心中紧紧一抽，说不出有多痛。他俯身，急忙抱起了她。他的眼光，热切地看进她的眼睛深处去，知道自己再也没办法走了。这个女子好脆弱，她是丝，千缕万缕的丝，把他早已紧紧缠住。感到她的身子在发抖，看到雨水淋在那苍白的脸上，他心想，我要害死她了！他盯着她，哑声地问：

"为什么要追来？你在发烧呀！下这么大的雨……你不要命了吗？"她死死地看着他，眼底的火焰，燃烧得更加猛烈："四年前，在小燕子婚礼上见到你，命，已经注定是你的了！"萧剑再也说不出话来，心底在辗转呼号："晴儿！晴儿，我投降了……我不能把你撕成两半……所以，让我堕落吧！我再也不离开你！我不带你走，我为你留下，去面对我们那不可知的命运……"他抱着晴儿，一步步走回马厩，小燕子等人，个个眼中含泪地看着他们。这样满身泥泞的晴儿，是无法回到太后船上的。何况，紫薇和小燕子，也不忍心让她立刻回到太后身边，再被软禁起来。大家就把晴儿带到小燕子的画舫上。紫薇和小燕子赶紧找了一身衣服，帮晴儿换上。洗净她的手脚，再用干帕子，努力擦干她的头发……忙了半天，晴儿才有一点人样了，但是，她的脸色比纸还白，那双惊惶过度的眸子，不住地往船舱外面看，搜寻着萧剑的身影，生怕自己一个不留意，他就消失无踪了。

窗外的雨，来得急，去得快，已经停了。小燕子努力想制造一点轻松的气氛，笑着嚷：

"哎呀！这次的西湖，真是诗意呀！以前那些文人，作了那么多诗，歌颂西湖，没有一个会有我们这种经验吧！又是落水，又是淋雨，湿得真彻底！我们这么'湿意'，是不是也该作几首诗呢？"

丫头送来了姜汤，晴儿的眼光，依旧往船舱外面看。紫薇察言观色，走到外面，把姜汤往萧剑手里一塞："萧剑，姜汤交给你！我们出去挡老佛爷，我猜，老佛爷马上就会到我们这儿来了！所以，要说话，还是要把握时间！"回头对船舱里喊，"小燕子，我们出去！"小燕子识相地钻出船舱，把宫女们也带了出来。

船舱里剩下萧剑和晴儿。萧剑端着姜汤，走到床边，低头看她。"把姜汤喝了，紫薇已经传了太医，等会儿太医诊断了，才知道你的病情有没有加重。"萧剑在床沿上坐下，柔声说。

晴儿只是盯着他，一语不发。那闪烁的眼光里，盛载着无尽的深情和哀恳。这样的眼光，把萧剑彻底打败了，端着药碗的手，都颤抖起来，忍不住，把药碗往桌上一放，伸出双手，抓住了她的双手，那么小的一双手，握住的，竟是两人的命运！

"晴儿！"他哑声地说，"你让我太震撼了！太无法抗拒了！我记得紫薇说过，你是冰山下的火种，外表清冷孤傲，内在热血奔腾！我终于了解了她的形容……晴儿，"他紧握了她一下："对不起！我差点逃走了！原谅我！"

萧剑这样一说，晴儿眼泪稀里哗啦掉下来，哽咽地说："是我对不起你，你本来四海为家，我害你这样走也不是，留也不是！我……真的愿意跟你走……因为，离开了你，我……生不如死呀！"一句"生不如死"，发自肺腑，几乎是字字带血。萧剑眼里湿了。

"我明白了！我不再和自己挣扎，为了你，我愿意做另外一个我！我要那个宝石顶戴，我去做官，博取功名！现在，你的身子不好，赶快把病养好，然后，我要告诉你我的一切，我的身世，和我今天要逃走的原因……"

"是不是……你……已经有了妻子儿女了？"晴儿害怕地问。

萧剑一愣，赶紧摇头说："不是！不是那样……"他深深地看着她，"你是我生命里唯一的女子！"晴儿心头一松，再也没有什么可以害怕的了，就放心地呼出一口气来，紧紧地看着他，紧紧地握着他，哀恳地说："答应我不再逃跑，好吗？如果你要走，就带我一起走！今天这种事，答应我再也不会发生！""是！我答应你！"萧剑郑重地承诺。

晴儿就忘形地投身在他怀里，萧剑也忘形地抱着她。在这一刻，天地万物，都化为虚无……当山峰没有棱角的时候，当河水不再流，当时间停住，日月不分，我还是不能和你分手，不能和你分手……

就在这时，外面传来侍卫的大声通报："老佛爷驾到！"接着，是小燕子故意扬起的声音："老佛爷！真不敢当，让您到这条小船上来！您好好走，我搀着您！"这声"老佛爷驾到"像是一个巨雷，劈开了晴儿和萧剑。他们赶紧分开，晴儿躺上床，萧剑疾步走到窗边去。小燕子和紫薇，一边一个，搀着太后，走进船舱。紫薇解释着：

"本来要把晴儿送到老佛爷的大船上，但是，她浑身都淋湿了，只好先到我们这儿，给她换身衣服，梳洗一下！"晴儿赶紧下床，身子一软，几乎是跌在地上。箫剑神色一痛，冲上前来，想扶，看到太后，又住了手。他隐藏住自己所有的痛楚，吸了口气说："老佛爷吉祥！"太后看了箫剑一眼，就急急地去看晴儿。晴儿跪在那儿，对太后磕下头去。

"老佛爷！晴儿所有的书都白念了，所有的规矩也白学了……晴儿跪在这儿领罪，请老佛爷惩罚！"太后弯腰，扶起了晴儿。看到她苍白的脸庞、瘦弱的身子，她怜惜地说：

"别说了！赶快上床去躺着！"紫薇和小燕子，就把晴儿扶上床。太后看看晴儿，看看箫剑，叹了一口长气，妥协了。

"我挡不住你们这样的热情，也没办法了解这样的热情，看样子，我又输给你们了！"她凝视着箫剑，无奈地说，"我只好接受了你，现在，我们正在南巡，你们两个，也安分一点，别再闹出任何笑话来。等咱们回到北京，再好好安排亲事！箫剑，晴儿是我心爱的格格，你得让我时时刻刻见到她！"

箫剑意外地看着太后，还没回答，小燕子就欢呼着跳了起来：

"老佛爷！你答应啦？你允许晴儿和我哥哥的婚事啦？"太后瞪了小燕子一眼，气呼呼地说："我能不答应吗？我再不答应，你哥哥会把晴儿整死的！或者，你哥哥不在乎晴儿是生是死，可我……我在乎呀！"小燕子大喜，扑了过去，把箫剑一拉："哥！你还不赶快谢恩！"箫剑迫不得已，对太后一抱拳："箫剑谢老佛爷恩典！"紫薇没料到太后会这样转变，太感动了，把晴儿紧紧一抱："晴儿！什么都好了！灾难也过去了，我敢打包票，你的病马上就会好，我看，太医也用不着了！"她看窗外说道："连天也放晴了！真是'雨过天晴'呀！"小燕子心中狂喜，"乐不可支"了，不住口地嚷着：

"我就知道，老佛爷也是有血有肉的人！"她胜利地看萧剑："我说得不错吧？"萧剑垂头不语。晴儿伸手，握住太后的手，低低地感激涕零地说：

"老佛爷，谢谢您成全！"太后凝视着晴儿，眼光里，没有嫁女儿的喜悦，只有深刻的无奈和沉痛。

"晴儿事件"闹到这个田地，总算暂时打住。乾隆还是把永琪、小燕子、尔康、紫薇、萧剑都叫到面前来，好好地训斥了一番。

"好了！这件火烧小船的事件，就这样落幕！你们几个，不要再出任何花样了。晴儿是老佛爷身边的人，不许动不动就把她偷出去！要约她去玩，一定要得到老佛爷的批准，什么山路水路小路岔路，以后统统不许走！老佛爷已经答应了，回到北京，就给晴儿和萧剑定亲，当然，萧剑的身份，朕还要斟酌一下！是给你个四品官呢，还是给你一个三品官？这个，回到北京再说吧！"

小燕子这下心花怒放，立刻精神抖擞地、大声地说："皇阿玛万岁万岁万万岁！皇阿玛，您是最仁慈，最善良，最好心，最伟大，最……最……"说着说着，想不出来了。乾隆瞪着她，这个让人又气又爱又头痛的小燕子！他故意刁难她，命令地说："唔，说得很好！还有多少个'最'，说下去！"小燕子转动眼珠，拼命想，继续说了下去：

"最聪明，最懂感情，最有学问，最有正义感，最有同情心，最爱老百姓，最疼儿女，最勇敢，最讲理，最大方，最威风……反正，所有好的'最'，您全有了！那些坏的'最'，就是我们的了！"

乾隆不自禁地，又被小燕子带进欢乐里去了："哦？那么，你们有哪些'最'呢？也说来听听！""最不懂事，最淘气，最爱闯祸，最没规矩，最笨，最冲动，最糊涂，最气人，最坏，最不讲理，最……最……最……"小燕子词穷了。永琪赶紧帮忙说："最任性，最嚣张，最霸道，最疯狂，最胡闹，最孩子气……"小燕子睁大眼睛，看永琪，打断了他：

"可是我们也有好的一面，没有那么坏啦！"就转动眼珠说："最热情，最诚恳，最正直，最爱朋友，最重义气，最坚强，最神勇，最……最……"想不出来还有什么词句可用，开始胡说八道："醉鸡醉鸭醉虾醉蟹醉鬼醉不出来了！"

乾隆再也忍不住笑了，乾隆一笑，大家都笑了。只有箫剑，还是心事重重。乾隆笑容一收，忽然语重心长地说："让我告诉你们两个'最'吧！'最好的跑马，都是骑出来的；最有才干的人，都是磨炼出来的'！你们在享受生活的时候，也同时接受磨炼吧！"永琪和尔康不禁一震，心悦诚服地同声说："皇阿玛教训得是！"乾隆走了过来，一巴掌拍在箫剑的肩上。

"看样子，你逃不掉做官的命！这也有一个'最'字！'最难消受美人恩'！"乾隆这句话，像箭一般，直刺箫剑内心深处。他不禁神色一凛。紫薇深深看了箫剑一眼，知道箫剑心里的矛盾和痛楚，就语带双关地接口：

"可是，人生最幸福的事，就是有个最知心的人！人生最快

乐的事，就是有颗最宽大的心！我相信这几个'最'字，箫剑是
拥有了！"

尔康不胜感慨，一叹：

"希望我们每个人也都拥有了！"

箫剑什么话都没说，在经过了这一番惊天动地之后，他还能
说什么呢？

第十四章

这天晚上，西湖的月，分外明亮。紫薇和尔康依偎在一起，看着湖水荡漾，看着明月当空。紫薇幽幽地说：

"晴儿和箫剑总算得到老佛爷的认同了，我放下了心里一块大石头，觉得老天还是挺照顾我们的，虽然我们闹得惊天动地，但是每次都因祸得福！"

"这也是我们的特性吧！我们都有一种'追梦'的本能，对于我们的梦，不肯放过，对于感情，也无法控制！今天小燕子讲了好多的'最'，她漏掉一个最重要的，我们是'最率性'的一群！不管是小燕子、永琪、箫剑、晴儿，还是你和我，我们个性里，都有一个共同点，我们率性而为，追求生活中的'真、善、美'。这成了我们的宗教，简直执迷不悟！"尔康深思地说。

紫薇看着天空，出起神来："是啊！这样的天空这样的月色，这样的湖水这样的风……如果我们生命里，没有一些诗意的情绪，岂不糟蹋了这样的山山水水？"

尔康深情地拥着她，接口："看到这样的景致，你在想什么？此时此刻，你心里最深刻的思想是什么？""你呢？在这样的晚上，你又在想什么？""我们一起说答案！看看我们想的是不是一样？""好！"

两人相对，就同时开口："东儿！"

紫薇一听到尔康说出"东儿"两字，就兴奋地把尔康一抱，低声喊："你真好！你跟我一样，在想东儿！原来你心里也有他！""我心里怎么可能没有他呢！他是我的儿子啊！南巡以来，常常想着他，睡了没有？胖了没有？长高没有？长大没有？会念书了没有？"紫薇热烈地、感动地凝视他："我也是！我也是！尔康……额娘曾经对我说，最好的丈夫就是最爱儿女的男人，我现在充分体会了！"两个人情不自禁，就深情地依偎着。这时，有一条画舫漂了过来，船上，有人在扣弦而歌，琴声歌声，都十分美妙。尔康惊奇地说：

"听！这琴声和歌声，蛮有你的味道！"看向那条画舫，"这是哪儿来的船？"

两人就对窗外看过去，只见那条画舫，缓缓地荡了过来。船上的窗子，垂着白色的帐幔，里面挂着一排月白色的灯笼。在帐幔之中，可以看到一队女子乐队，抱着乐器在奏乐。乐队中间，坐着一个白衣女子。那女子正对着窗子扣弦而歌，琴声悠悠扬扬，歌声绵绵袅袅，歌词却唱得非常清楚：

　　天茫茫，水茫茫，望断天涯，人在何方？记得当初，芳草斜阳，雨后新荷，初吐芬芳！缘定三生，多少痴狂！自君别后，山高水长！魂兮梦兮，不曾相忘，天上人间，无限思量……

紫薇听得怔住了。从小，她跟着母亲学琴学歌，自认也唱得不错，但是，这个白衣女子的琴艺已经出神入化，歌声更是清越高亢。整个西湖，好像什么声音都没有了，连乾隆那条龙船上的歌舞声，都被这歌声给掩盖了。这些，还不是让紫薇最震撼的地方，最让紫薇震撼的，是那歌词！那奇异的歌词，好像诉说着一个熟悉的故事！

同时被这歌声所震撼的，还有乾隆。当歌声传来的时候，乾隆正和福伦及江浙诸大臣喝酒谈话。照例，有一队绝色的女子，正在跳舞助兴。听到这样的歌声，乾隆惊怔着，立刻对大家做了一个手势："不要吵！让朕听听这琴声歌声！"

"哪儿来的歌声？怎么有船可以摇到这儿来……"福伦站起身，就想去查办。乾隆急忙对福伦说：

"嘘！别说话！"船舱里的音乐舞蹈，都戛然停止，众大臣气都不敢出。一片寂静中，那白衣女子的歌声，继续飘来：

天悠悠，水悠悠，柔情似水，往事难留。携手长亭，相对凝眸，烛影摇红，多少温柔！前生有约，今生难求！

自君别后，几度春秋！魂兮梦兮，有志难酬，天上人间，不见不休！

歌声辗转缠绵，唱得如泣如诉。琴声清脆悦耳，弹得荡气回肠。乾隆不由自主地随着那歌词的每一个字，陷进极大的震动里，听得如醉如痴。歌声在高亢的、绕梁不绝的尾音中结束了。乾隆猛地站起身子，问："这是谁在唱歌？"孟大人惶恐地起立，紧张得舌头打结："回皇上，这是夏盈盈……奴才马上去阻止她们！本来要封锁西湖的，皇上不肯扰民，这些老百姓也不知天高地厚，居然把船摇到这儿来了！奴才马上去处理！"孟大人说着，就急急往船舱外跑去。乾隆喊着："孟大人！等一下！"

　　孟大人止步，毕恭毕敬地站在乾隆面前。"你说，这是谁？夏什么？""夏盈盈，是翠云阁的姑娘，在杭州大大有名……""就是那晚不肯上船的姑娘？"乾隆问。

　　"对，对对……"孟大人紧张得口齿不清，"她脾气古怪，就是那句话，不知天高地厚，任性得很……奴才去赶她走……""谁说要赶她走？"乾隆回头喊，"福伦！""臣在！"福伦赶紧回答。"你去把她请过来，语气祥和一点，不要让她觉得咱们仗势欺人，知道吗？"乾隆叮嘱，语气里，居然有着急切的期盼。"是！"福伦一怔，看看孟大人，"孟大人，咱们一起去吧！""喳！"孟大人看看乾隆，毫无把握地、小心翼翼地问："如果如果她不肯来呢？"

　　不肯来？乾隆呆了呆，还没想过也有人会"不肯来"。"不肯来？那么……朕到她的船上去！"福伦抽了一口气，急忙和孟大人下船去。

　　还好，夏盈盈并没有"不肯来"，听说皇上"有请"，她倒是落落大方地跟着福伦和孟大人，走上乾隆的大船。站在乾隆面前，她从容不迫地福了一福，清脆地说："奴婢夏盈盈叩见皇上，因为月明风清，一时情不自禁，唱歌自娱，想不到惊扰了皇上，奴婢特来请罪！"乾隆目不转睛地看着她，但见她盈盈下拜，低垂着头，低垂着睫毛，低垂着下巴……乾隆只看到她那中分的发线，和那被夜风扬起的衣裳。乾隆说：

"抬起头来！让朕看看你！"夏盈盈慢慢地抬头。乾隆猛地一震。接触到夏盈盈那对美丽的眸子，这双眼睛，分明梦中常见！那清秀的脸庞，那细细的眉毛，那挺直的鼻梁和那张小小的嘴！怎么似曾相识？记忆中，有个被自己辜负的女子，也有这种神韵，这种歌喉……"前生有约，今生难求！自君别后，几度春秋！魂兮梦兮，有志难酬，天上人间，不见不休！"这是什么歌词？"记得当初，芳草斜阳，雨后新荷，初吐芬芳！缘定三生，多少痴狂！自君别后，山高水长！"这又是什么歌词？乾隆震撼着，心底涌出一个名字：雨荷！他瞪视着夏盈盈，不禁呆了。

福伦忍不住咳了一声，说："皇上！要不要请夏姑娘，再为皇上弹奏一曲？"孟大人急忙附和："是啊！是啊！夏姑娘，赶快给皇上唱首曲子！"夏盈盈看到乾隆目不转睛地凝视她，不知不觉也出神了。听到大家说话，她才惊醒过来，对乾隆温柔地问："皇上，您要听曲子吗？""刚刚你唱的，是一首什么歌？"乾隆问。

"回皇上，是《长相思》。""你愿意再唱一遍吗？"夏盈盈想了想，清清楚楚地回答了三个字：

"不愿意！"乾隆一愣。所有的大臣，全部一惊。孟大人忍不住脱口惊呼：

"不愿意？夏姑娘，你别弄错……"

乾隆对孟大人瞪了一眼，转头看夏盈盈："为什么不愿意？"

"回皇上！"夏盈盈不疾不徐地回答，语气是真挚坦白的，"唱歌要看心情、看环境，刚刚是对景生情，不由自主地唱，才能把感情完整地唱出来。现在，环境不对了，感觉不对了，最好不要再唱那首歌！"孟大人又急又气，才要开口，乾隆急忙阻止，对孟大人挥挥手："你们都下去！让这位夏姑娘留在这儿！"

福伦心里一阵不安，看着夏盈盈，狐疑地说："皇上！还是让臣留在这儿吧！""福伦，你放心！你们都下去吧！"

福伦无奈，只得和众大臣躬身行礼告退。孟大人手一招，舞娘们也都行礼退下。

夏盈盈看到大家都要走，就紧张了起来，忽然喊："夏盈盈也告退！"说着，对乾隆匆匆请安，随着众人就走。"夏姑娘！请留步！"乾隆疾呼。

夏盈盈站住，回头，两眼如秋水里映着寒星，清澈、闪亮地看着乾隆。她昂首而立，脸上有一团正气，是凛然不可侵犯的。她正色说：

"皇上！盈盈虽然出身贫寒，为生活所迫，流落江湖。但是，也读了一些诗书，学了一些道理。在杭州，我出道两年，陪酒不陪客，这个原则，从来没有打破过。今晚，我是和姊妹们一起来游湖，不是这条船的客人，我知道皇上是万乘之尊，没有人敢抗命的。但是，请原谅我，我的姊妹们还在等我，我不能把她们丢在那儿！我也不是召之即来的人，请皇上体谅我的苦衷，让我回到我的小船上去！"

乾隆一眨也不眨地看着夏盈盈，一拍手：

"好！你不是召之即来的人，朕懂了！陪酒不陪客，朕也懂了！还有姊妹在小船上，朕都懂了！孟大人，赶快摆酒，我们今晚要宴请夏姑娘，和她的姊妹！福伦，赶快去把小船上，夏姑娘的姊妹，统统请到大船上来！"

已经退到船舱外的福伦和众大臣赶紧领旨："是！臣遵旨！"

乾隆看着夏盈盈："这样，不知道夏姑娘能不能留下了？"夏盈盈福了一福："盈盈愿意为皇上唱一曲！"于是，夏盈盈坐下，早有宫女取来了她的琴，递上琴，她开始调弦。接着，一串琴声铮铮玙玙地响起，像瀑布轻打在岩石上的声音，乾隆几乎可以看到水珠，随着琴声飞溅。宫女们忙忙碌碌摆酒席，许多美女纷纷上船，大家听到琴声，都是行动悄悄的。一段前奏之后，夏盈盈抬起头来，凝视乾隆说：

"我另外为皇上歌一曲！这首曲子，是有一夜，我从梦中惊醒，梦里的情节，在眼前不停地重演，为了纪念这个梦，就写了这首曲，皇上别见笑！"乾隆不由自主，全神贯注地听着。夏盈盈就开始唱：

　　小桥流水，轻烟轻雾，常记雨中初相遇。伞下携手，雨珠如诉，把多少柔情尽吐！一朝离别，叮咛嘱咐，香车系在梨花树！泪眼相看，马蹄扬尘，转眼人去花无主！春去秋来，离别容易，山盟剩下相思路！

　　梦里相寻，梦外何处，花落只有香如故！

一曲既终，夏盈盈深陷在歌词的缠绵里，满脸温柔，继续弹琴。乾隆已经听得痴了，这是夏盈盈的梦，还是他的梦？他痴痴地看着盈盈，依稀仿佛，有个女子也曾这样弹琴唱歌给他听，想留住他离去的脚步。但是，"泪眼相看，马蹄扬尘，转眼人去花无主！"直到今天，他才听到这"花无主"三个字，他的心，不禁抽搐起来。

　　叮咚一声，琴弦忽然折断。夏盈盈惊跳起来，脸色苍白。"不好！琴弦断了！"乾隆被这清脆的叮咚声蓦然惊醒，像是陡然从梦中醒来，往前一冲，一把握住了夏盈盈的手，激动万分地喊："雨荷！你的名字不是夏盈盈，你是夏雨荷！"

　　当琴弦折断的时候，紫薇和乾隆一样，忽然从倾听中惊跳起来。

　　她和尔康，一直倚着窗子，看着外面。所以，福伦和大臣们下龙船，把夏盈盈接上龙船，再集体退席，以至夏盈盈的"小桥流水"，她都听得清清楚楚。和乾隆一样，她陷进一种疑幻疑真的境界。被那两首歌的歌词歌声，深深地震撼着。

　　"这个女子怎么会忽然出现？"她不安地问，"皇阿玛怎么会随便让一个陌生女子上船？她从哪儿来的？"尔康奇怪地凝视她，不解地问：

　　"你今晚怎么了？皇阿玛兴致好，把歌伎召到船上，这也没什么稀奇，你知道皇阿玛就是这样！以前为了一个含香，我们跟皇阿玛闹得好严重，现在，我们千万不要因为这些事，再和他闹得不愉快，我们就当作没看到、没听到吧！"

紫薇转头，深深地盯着尔康，郑重地问：

"尔康，你相不相信这个世界有鬼神？你相不相信皇阿玛在我娘坟前说的话？人间的爱，不会因为死亡而结束？你相不相信……"她抬头，看着窗外的天空，浩瀚的星河里，繁星璀璨，闪闪烁烁。在这深不见底的苍穹里，有没有神灵？有没有魂魄？她幽幽地说："我娘，会不会在某一个地方，听得到这些话？"

尔康一凛，有些了解了，他震动地看着她，就从她身后抱住她，甜蜜地说："我相信皇阿玛那句话，人间的爱，不会因死亡而结束，我也相信你娘在天上，会听到这些话。我相信爱到深处，就不是时间和空间所能隔绝的。我们就是这样！"

紫薇听到尔康这番话，她的心，就被他那真挚的语气所撼动了。她觉得自己就像一条小船，而他，像西湖的水，包围着她，轻抚着她，保护着她，簇拥着她……她低低叹息，她因为有他，才变得美丽。她忘了皇阿玛，忘了龙船上的歌声，只是紧紧地、紧紧地偎着他，用全部心灵，去感觉他的呼吸、他的心跳。

乾隆的船上，这晚灯火通明。在夜深的时候，乾隆兀自在对夏盈盈说着心事。这是一件非常奇怪的事，忽然之间，乾隆那埋葬已久的感情，像经过雪封的大地，一夜之间，雪融了，埋在雪里的新绿，全部冒了出来。那些和雨荷的旧事，那些藏在心底的思念和悔恨，他从来没有对任何人说过。就连紫薇出现，把他拉回到过去，他也不曾告诉紫薇，他对雨荷的念念不忘。但是，今晚的他，不是乾隆，不是帝王，只是一个平凡的、陷在往事中不能自拔的老人。他不由自主，对夏盈盈诉说着雨荷的过去，雨荷的丝丝缕缕、点点滴滴。夏盈盈是一个最好的听众，她静静地倾听着，眼里，绽放着深切的同情。当乾隆终于说完他和雨荷全部的故事，叹息着问她：

"这就是朕跟雨荷的故事，你明白了吗？"

她凝视乾隆，被这样的深情震撼了。

"盈盈明白了！原来，皇上还是个有情人！"

乾隆激动地接口：

"不不！朕不是个'有情人'，是个'薄情人'！如果是个有情人，怎么会辜负了雨荷？让雨荷独守空闺，就像你的歌'春去秋来，离别容易，山盟剩下相思路！梦里相寻，梦外何处，花落只有香如故'！"

"事隔多年，皇上还能记得和雨荷姑娘的每一个细节，听到一首曲子，就忆起以前的往事，盈盈猜想，雨荷在天之灵，也能得到安慰了！皇上，您就不要太伤感了！人生，就算贵为皇帝，也不能事事如意，更不能控制生死大事！"盈盈柔声说。

乾隆被说进心坎儿里，感慨万千。

"你说得太好了！就是这样，朕也有许多遗憾，也有许多无可奈何！"说着，又情不自禁地紧盯着夏盈盈，"你的韵味，你的眼神，你的琴声歌声，都仿佛是雨荷再生，太像了！尤其那歌词，你怎么会作那样的歌词？实在让朕迷惑了！"越想越怀疑。"你也姓夏，你的老家，是不是从山东搬来的？你的爹娘在哪儿？"

"我的爹娘在我小的时候，就去世了！我是干爹干娘养大的……据我所知，我不是山东人，我从小就住在杭州，我想，我跟那位雨荷姑娘，是一点关系也没有的！"乾隆不信，他瞪着她，热切地说："你怎么知道呢？如果你爹娘老早就去世了，你很可能和雨荷是一家人！但是……就算是一家人，也不可能唱出雨荷的心声……"乾隆神不守舍地细看她，盈盈被看得不安极了。

"奴婢猜想，皇上至今，对那位雨荷姑娘，一直念念不忘，而且怀着深深的歉意，只因为雨荷姑娘会唱小曲，我刚好也能唱两句，皇上就迷惑了！但是，我不是雨荷，我是夏盈盈，请皇上不要穿凿附会了！"

乾隆想了想，就甩甩头，振作了一下，站起身来说："好！咱们不谈雨荷了。"一伸手，就去拉她的手，"今晚，你就留在船上陪朕吧！"夏盈盈一震，迅速地抽手起身，脸色一沉："皇上！请放尊重一点！"乾隆吃了一惊，她是翠云阁的姑娘，难道还有什么三贞九烈？他不禁睁大眼睛看着她，困惑起来。盈盈站在那儿，美丽的脸庞上，竟然有种不容侵犯的高贵。她凝视乾隆，坚决地、有力地说：

"皇上！奴婢是个很苦命的女子，因为干爹有病，义兄又过世了，家里老老小小，需要照顾，不得不走进青楼。但是，两年来，盈盈卖艺不卖身，至今维持女儿身！皇上虽然贵为天子，也不能破了我的规矩。何况，皇上对我的错爱，只因为我像雨荷姑娘，这替身的事，我也不做！请皇上允许奴婢告辞，我要回去了！"

盈盈说着，就对乾隆请安。乾隆呆住了，被拒绝的事太不寻常，一时之间，他居然无言以答。盈盈就对自己的同伴招手，美女们纷纷起立，收拾起乐器，全对乾隆请安。

"皇上吉祥！奴婢们告退了！"乾隆还想留住盈盈，却苦于没有理由，如果把皇帝的威权拿出来，好像太没格调。他只得眼睁睁看着她带着女伴们，络绎下船，翩翩而逝。

　　乾隆眼中，不禁流露出敬佩的光彩，心里想着：

　　"谁说青楼中，没有奇女子！"

第十五章

　　这天，乾隆终于抽出时间，陪着太后下船，到附近的名胜去走走。同行的，当然是全员到齐。皇后和令妃带着几个宫女，簇拥着太后，走在后面。晴儿和皇后，跟在太后身边，太后的神色是郁郁寡欢的，晴儿的神色也不好，脸色依旧憔悴，眼神也是小心翼翼的。落水再加上淋雨，她的伤风始终没好，走一走，就忍不住咳嗽。

　　乾隆带着紫薇、小燕子、永琪、尔康、萧剑等走在前面，大家东张西望，游览着四周景致。乾隆兴致不高，有些心不在焉。萧剑每听到晴儿咳嗽，就转头看看晴儿，却不敢交谈。大家似乎都有心事，玩得有些无精打采。

　　福伦对乾隆介绍着："这九溪十八涧，并不是西湖最有名的景点，一般人都不到这儿来玩，嫌它太偏僻了！如果皇上不喜欢，咱们可以换个地方走走！"

　　"这儿好！朕就喜欢这儿的幽静！"乾隆四面看看，却打了个哈欠。

　　太后在后面，看到这样无精打采的乾隆，心里浮起沉重的隐忧和不满，对皇后和令妃说："我看，皇帝这几夜都没睡好，虽然陪着咱们游山玩水，一点兴致都没有，是不是每晚的节目都排得太满了？这两夜，不知是谁在唱曲，那调子也太凄凉了！""节目好像都是孟大人安排的，"令妃赶紧回答，"皇上似乎很喜欢，臣妾也不好过问。""这话就不对了！"太后正色说，"这次皇帝南巡，后妃都一起来，就是想杜绝这些事，你们该过问的，居然没有一个人过问，不是太奇怪了吗？"皇后和容嬷嬷交换了一个注视，皇后就不安地说："回老佛爷，这两年，我吃斋念佛，对皇上的私生活，完全不介入了！"太后瞪着皇后，不以为然地说："你好歹还是皇后，不是带发修行。不该问的不问，该问的，也别置身事外，个个都置身事外，谁来真正关心皇帝？"

　　皇后一震，太后这几句话，还真有道理，就凝肃地回答："老佛爷教训得是！臣妾明白了！""到底，这几晚，在皇帝那儿唱曲子的姑娘，是个什么人？容嬷嬷！你有没有去打听一下呢？"太后再问。"回老佛爷，奴才陪着皇后娘娘念佛，这些事，都没有去打听！"

　　"你最好去打听一下！"

　　"喳！奴才遵命！"晴儿好羡慕小燕子和紫薇啊，她们都能走在乾隆身边。她悄悄地去看走在前方的箫剑，正好箫剑回头，两人眼光一接，她的心脏猛然一跳，神思缥缈了。太后看在眼里，气在心里。走在前面的乾隆，又打了一个哈欠，振作了一下，喊："小燕子！""皇阿玛！"小燕子赶紧回答。"你今天怎么这样安静？"回头看尔康和永琪，"你们怎么都不说话？"福伦也想提起乾隆的兴致，就对尔康说："你们大家可以联句作诗啊！猜谜语啊！对对子啊……""联句作诗？对对子？"小燕子大惊，"那我们还是猜谜语好了！"

乾隆勉强振作了一下："好！那朕就出一个谜语，你们大家猜一猜！"想了想，念着谜语，"'黄鹤楼，鲁班修，灵芝草，被人偷，骑龙乘鹤由他去，八仙过海各自休！'打一个字！"大家你看我，我看你，各自研究。永琪明白了，笑着说："皇阿玛！这个谜底就是'兄弟排行他在先，年年月月他在前，孤孤单单他独眠！'"

乾隆一笑，尔康接口："这个字应该是这样：'不在下边，不在上边，正在两头，卡在中间！'""唔，说得好！"乾隆赞美着，知道他们两个都猜到了。

紫薇微笑起来："这个字啊！'竖看是根柱，横看是根梁，世上数状元，就是不成双！'""你们好聪明，都猜到了！"乾隆终于有了笑容。

小燕子看看这个，看看那个，听得糊里糊涂："我还没猜到啊，到底是个什么字？你们也不说谜底，每个人都念上一大串，你们是在猜谜还是在出谜呀！""我们用谜语回答谜语，所有我们说的，和皇阿玛说的，都是同一个字！"永琪微笑地看着小燕子，提醒着她，"这个'字'，'去了帽子'就是了！"

小燕子有些明白了，拼命猜："这个'字'，去了帽子，哦，我知道了，是个儿子的子字！""再想一想，是'去了'，不止帽子一件啊！"

174

小燕子这才恍然大悟："原来是个'一'字啊！""小燕子，你实在反应太慢！"尔康技痒了，"我也说一个谜语给大家猜！"就念着谜语："'四个不字颠倒颠，四个八字紧相连，四个人字不相见，一个十字站中间！'打一个字！"大家还在讨论，紫薇很有默契地笑着接口："这个字啊！是这样的'上看像不，下看像不，不是不上，就是不下'！"

乾隆深深看了紫薇一眼，忽然闪神了，也不猜谜，怔了怔说："紫薇，你知道吗？你娘以前，也很会猜谜，朕常常出谜给她猜，她总是可以猜出来！""是吗？"紫薇深思地看着乾隆。此时此刻，他想到的是雨荷？

这时，小燕子很不服气地开口了：

"这种字谜不好玩，我出几个谜给你们猜！'远看是只狗，近看还是狗，叫它它不来，踢它它不走！'是什么动物？记住，是个动物哟！还有一个谜：'远看是只猫，近看还是猫，却比小猫大，又比大猫小！'是什么动物？还有一个谜：'远看是只牛，近看还是牛，没有牛犄角，站起就跌倒！'是什么动物？"

小燕子的谜很稀奇，大家都开始猜，萧剑怀疑地问："你确定你的谜题出得没问题吗？确定有这种动物吗？""没问题！没问题！确定有，绝对有！"

大家东猜西猜，猜不出来。小燕子大笑说：

"你们不要再猜了，我公布谜底吧！那只叫不来、踢不走的狗，是'死狗'，那只猫是'半大的猫'，至于牛吗？是刚刚出生，还站不稳的'小牛'！"大家都笑了起来，指着小燕子又笑又骂。乾隆也笑了笑，但是，笑着笑着，又打了一个哈欠。福伦察言观色，急忙说：

"皇上好像累了，要不要回到船上去休息一下？""也好！也好！"乾隆立刻赞成。太后听了，实在郁闷，好不容易出来走走，他又要上船！正在有气的时候，小燕子奔到太后身前来了，堆着满脸的笑，要求地说："老佛爷，可不可以跟您借一借晴儿？皇阿玛要回船上去，我们还不想回去，晴儿病好了，还没好好地游过西湖呢，我们带她一起去玩一玩。""她还没游过西湖？差点游西湖游得送了命！"太后没好气地说。"我不去！我陪着老佛爷！"晴儿急忙说。

太后一听，更加有气，晴儿那副失魂落魄的样子，她早就看不顺眼了："算了，你陪着我，心也不在这儿，你跟小燕子去吧！""不不不！我不去……我不去……"晴儿惶恐地说着，不敢答应。"让你去你不去！不让你去，你偷偷地去！"太后更气，"什么道理嘛？去去去……不要装模作样了！"

晴儿犹豫着，去也不是，不去也不是。太后就直着脖子喊："福大人！"

福伦急忙过来："老佛爷有什么吩咐？""请你派一个人，去海宁陈家，把知画接来，我决定这次就带她回宫！"太后斩钉截铁地说。接知画进宫？晴儿愣了愣，知道自己在太后心里，已经再也没有分量了，心底浮起一阵落寞和失意。至于小燕子，乍听知画要进宫，就像挨了当头一棒，脸色蓦然变白了。

乾隆回船，太后、皇后等人当然跟着回去了。

虽然太后撂下一句重话，但是，小燕子总算把晴儿留了下来。他们这年轻的六个人，总算又聚在一起了，这是火烧小船之后，大家第一次聚首。在绿树浓荫下，在潺潺溪声中，虽然云淡风轻，景致如画，大家的神情，却都是凝重的。紫薇拉着小燕子，埋怨地嚷：

"你为什么不忍一忍嘛？我还来不及拉住你，你就跑去找老佛爷了！你该知道，为了火烧小船的事，老佛爷还一肚子气，你干吗去招惹她呢？""都是为了哥哥嘛！老佛爷已经答应了婚事，大家也挑明了，晴儿和我哥，迟早是夫妻，可是，他们两个好像比以前还难，一句话都不能说，我看不下去呀！"她说着，就踮起脚来，"为了这个，就要把知画接进宫，这个'下马威'也太大了嘛！""那不是对你的'下马威'，是对我的！"晴儿说，"老佛爷是伤心了，觉得白疼了我，要把知画接进宫，取代我的位置。唉！老佛爷心里，仍然不原谅我！"萧剑看着晴儿，一本正经地说："这样也好，老佛爷迟早要面对这一天！早点找个人来取代你是对的！"永琪听到知画要进宫，就心烦意乱起来，对萧剑冲口而出："好什么好？老佛爷大概要逼着我，把知画纳为侧福晋！"萧剑怔住了。小燕子一听，扭头就往前面走，永琪急忙追去："小燕子！小燕子！你不要又把气往我身上出……"小燕子转头看永琪，一脸的无助："我要怎么办嘛？算了，也别游湖了，我回去背成语，背四书五经，背《列女传》！背唐诗……"说着就掉头，往回头路疾走。

"现在背什么书？"永琪又回头追，"我们该去哪儿，就去哪儿！反正，火还没有烧到眉毛，烧到的时候再说！反正你说过，我们都是九头鸟，有九条命！"他拍拍小燕子的肩，豪气地笑着，

"别生气，到时候，就是你那句话，要头一颗，要命一条！怎么样？"

小燕子瞪着他，笑了。是啊，等到火烧眉毛再来着急吧！她想起什么，就抛开了这个问题，跑到晴儿和萧剑身边去。她一把挽住晴儿，对萧剑感性地说：

"哥哥！我们再去我们老家那儿，好不好？晴儿快要成为方家的媳妇，我的嫂嫂了！我们应该去那儿祭拜一下，难得来杭州呀！上次，被你闹得都没好好看！我还要去找一找，有没有我爹和我娘的痕迹！"

萧剑的眼神立刻阴暗了。尔康和紫薇，都脸色一变。尔康立刻严肃地说："不要去了！过去的事，最好让它过去！凭吊只是增加伤感而已。我们几个的行踪，是非常引人注意的，我们还是尽早回到船上，不要节外生枝才好！""尔康说得对！我们早些回去吧！"萧剑被提醒了。晴儿却看着萧剑，怀着无限感情地说："可是，我很想去凭吊你的爹娘呀！"永琪这才想起，小燕子的老家在杭州，想想，自己这个女婿真差劲，乾隆都带着尔康祭雨荷，自己却全然没有过问小燕子的爹娘！当下，就肃然地说："我也很想去！如果可以祭拜，我也要祭拜岳父岳母！这次南巡，我们祭了紫薇的娘，也该祭一祭小燕子和萧剑的爹娘！"萧剑脸色怆然，再也说不出不去的话了。结果，大家都去了"观音庙"。

六个人在菩萨面前，燃香拜菩萨。然后，六个人再燃香，去祭拜亡魂。

这番祭拜，六个人带着不同的心情，却都是虔诚的。尔康和紫薇，不禁默祷，希望方家的爹娘，保佑小燕子和萧剑的幸福，能够化仇恨为亲情。萧剑不禁默祷，希望爹娘原谅他的不孝，为了小燕子、为了晴儿，他只能把报仇抛下。永琪和晴儿不禁默祷，感谢方家爹娘给了他们那么好的"另一半"，抱歉不曾有机会承欢膝下。至于小燕子，她跪在那儿，虔诚叩首，嘴里念念有词：

"爹！娘！我和哥哥，永琪、晴儿、紫薇、尔康都来看你们了！我们六个人，现在真正是一家人了！爹娘，是不是你们在天上，帮我们大家牵线，让我们几个的生命，这样紧紧地靠在一起？现在，你们看得到我们吗？虽然，你们已经搬到大理去了，这儿，仍然是你们生活过的地方，也是我和哥哥出生的地方，我觉得你们的魂魄，依然在这儿！我要告诉你们，谢谢你们给了我们生命，让我可以活得这么快乐，这么幸福！就算生活里有些不如意，我们也都克服了。我好想好想你们，好遗憾没有和你们一起生活，希望你们在天上，也和我们一样幸福……"

小燕子说出了大家的心情，六个人，个个感动着。

太后回到船上，心里的怒气，仍然没有平复。想来想去，对于晴儿这个婚事，是一百二十万分的不满。当初小燕子嫁给五阿哥，她就该做一件事，却因循苟且地耽误了。那时想，五阿哥是皇子，可以娶无数的妻室，就算有一个出身不好，还可以找其他的名门闺秀，对小燕子的出身，就马马虎虎了。但是，晴儿不一样。晴儿是女子，必须从一而终。好，是这个人；不好，也是这个人。太后看萧剑，不知怎的，就是疑云重重，所以，就在"火烧小船"的事件以后，她已经命令自己的亲信高庸，去打听有关方准的事迹。"方准，杭州望族。"这是太后仅有的资料。既然是"望族"，又在"杭州"，这个人总该有些遗迹吧！

回到船上，立刻召见高庸。高庸甩袖下跪：

"老佛爷，奴才已经打听过了！"

太后对宫女们挥挥手，宫女退下。

"打听的结果如何？船舱里只有我，可以放心说话！"

"回老佛爷，奴才调查了好多资料，这二十几年前的事，实在很难查。可是，所有资料里，都查不到'方准'这个人！好像这个人从来没有存在过！如果说他曾经是杭州的大家族，什么书香世家之类，那是不可能的！"太后脸色一变，郑重地说：

"高庸！你不要像上次调查紫薇的身世一样，把做伪证的人也带回宫了，这次，我要一个确实的答案！不能有丝毫的怀疑和牵强附会！我要知道这个箫剑到底是什么来历，和小燕子是不是亲兄妹。你说，这个方准不存在，那怎么可能？再去调查清楚！把二十几年前，杭州所有姓方的人，全部资料都查一遍！我不信，找不出任何蛛丝马迹！"

"喳！奴才遵命！再去调查！""你查清楚了再回北京！千万不要让皇上和任何人知道这件事！""喳！"高庸甩袖后退，"奴才马上去办！"

高庸走了，太后陷进深深的疑惑里，没有"方准"这个人？这是怎么回事？她抬头，看着船窗外的西湖沉思。这一看，就看到一群莺莺燕燕，簇拥着夏盈盈，正走上了乾隆的龙船。太后的心，顿时沉进了地底。

夏盈盈上了龙船，乾隆早已亲自迎了过来。盈盈带着美女们，请下安去："盈盈叩见皇上！皇上吉祥！""盈盈，不要多礼了！"乾隆宠爱地看着她，关心地问，"昨晚回去已经晚了，睡够没有？"她站起身子，轻声叹息，低语："几乎没睡。"乾隆一震，冲口而出："朕也没睡！"两人就相对注视，千言万语，尽在无言中。美女们坐下，开始调弦，奏起优美而轻柔的音乐。宫女们奉茶，送上各色小点心。

乾隆深深地看着她，说：

"今天，朕和老佛爷、格格、阿哥们去游山玩水，大家猜谜语，这本来是朕最有兴趣的事，结果，你知道吗？朕一点情绪都没有，脑子里尽是你，实在等不到晚上，只好回船，让孟大人把你接来！"

盈盈点点头。乾隆就柔声地、充满感情地问："你呢？有没有很想看到朕呢？"

她迎视着他的目光，轻声地回答："盈盈不想。""不想？"乾隆大失所望，"你真的不想？""盈盈不敢想，想又怎样呢？"她的声音低柔而清晰，"过几天，皇上就回北京了，我只是第二个夏雨荷而已。不想比较好，等皇上走了，我还是以前的夏盈盈。"乾隆震动了，他忍不住深深地凝视她。"第二个夏雨荷？"他顿感满腹凄然，"不！我不会再让你变成夏雨荷。"说着，就忘形地去拉她的手，动情地说："既然不想，为什么睡不着？"她轻轻一抽，抽出自己的手来，睫毛低垂了下去，面颊绯红起来："有些事情，就是不由自主嘛！如果能够'不想'就'不想'，那就不是人，是神仙了！"她坦率地招认了。

乾隆心中怦然而动，见她眼中有情，眉端带怯，双颊更是嫣红如醉，就爱极地说："今晚，朕不准备送你回去了！""皇上！"她吃惊地抬起头来，眼中的情，立刻被一团正气所取代，"请不要这样，还是让我维持我的原则吧！我沦落在风尘之中，本来没有资格谈操守名节，可是，我还有那么一点点的自尊，请不要勉强我！"她注视乾隆，一笑："您说，您最喜欢猜谜，我碰巧知道一个谜语，说给皇上听！"

　　乾隆呆呆地看着她，说不出地眷恋。她就清脆而清楚地念出了谜语：

　　"下珠帘焚香去卜卦，问苍天人儿落在谁家？恨玉郎全无一点真心话，欲罢不能罢，吾把口来哑，论交情不差，染成皂难讲一句清白话，分明一对好鸳鸯，却被刀割下，抛得奴力尽才又乏，细思量，心与口都是假！"她再一笑，"猜十个字！"

　　乾隆惊跳起来，瞪着她说："这是朕作的数字谜，当初朕和雨荷猜谜时写的！你怎么知道？""皇上，这谜写得太好，很多人都知道，不是只有我知道！谜底是一、二、三、四、五、六、七、八、九、十！对我而言，是十种无奈呀！我很怕，这谜题里的字字句句，都会变成我的写照！"原来，她借着乾隆的谜语，抒发着自己的心情。乾隆看着这样聪明的女子，完全怔住了。

　　同一时间，皇后正在隔壁船上，虔诚地上香。容嬷嬷匆匆地走了进来，挥手屏退了伺候的宫女们，上前对皇后轻声说："皇后，这事不妙，那个姑娘名叫夏盈盈，在杭州大大有名，是个青楼女子！现在，她就在皇上的船上！"皇后大震，不相信地问：

"青楼女子？皇上再怎么荒唐，也不至于迷恋青楼女子！"就一把抓住容嬷嬷的手，急急地说道，"这事不能告诉老佛爷，咱们得瞒着，老佛爷会气死的！已经有一个晴儿，让老佛爷怄到极点，再来这件事，老佛爷怎么承受？"

"就怕瞒不住呀！老佛爷指名要我去打听，我怎么能不回报呢？"

皇后着急地在船舱内走来走去。"青楼女子？什么青楼？是谁引见的？""是翠云阁的姑娘，那个翠云阁，是杭州最大的销魂窝，里面有上百位姑娘，听说个个都是花容月貌，能作诗能唱曲。其中最有名的，就是这位夏盈盈了！小桂子说，皇上是听到她唱曲，硬把她叫到船上去的，并没有任何人安排！奴才想，大概不是这么简单吧！这里面一定有文章！"

皇后越想越不安，跌坐在椅子里，气急败坏地说："山东赈灾，一路上老百姓山呼万岁，感激涕零！皇上的仁心和德政，尽人皆知。难道，这份仁心德政，要毁在西湖一个青楼女子身上吗？"她霍地站起身来，"老佛爷今天教训得是！该管的就要管，我毕竟是皇后！你听，大白天，他们还在饮酒作乐……容嬷嬷，我们去见皇上和那个夏盈盈！"

容嬷嬷心惊胆战，拉住皇后：

"不不！不行呀！娘娘，咱们再考虑一下好不好？这个姑娘，和皇上认识，才只有几天，就算迷恋，也没办法深入的！我们还是去禀告老佛爷，大家提前离开杭州吧！只要离开了杭州，这件事就自然而然地结束了，皇上总不能把青楼女子带进宫的！"她着急地看着皇后，"娘娘，你多年以来，已经不问世事，就把这个难题，交给老佛爷吧！她是皇上的额娘，说话比你有分量呀！"

皇后点头，正色说：

"那么，我们马上去见老佛爷！"

乾隆完全不知道，皇后太后那儿，暗潮汹涌。他正沉迷在夏盈盈的诗情画意里。自从失去了夏雨荷，他就再也没有从任何女子身上，领略过"诗情画意"这四个字。只有紫薇，配得上这四个字。现在，他的面前，又出现一位夏盈盈，恍如雨荷再世。龙船上，一片温馨的气氛，美女们弹奏着乐器，宫女们环侍，船舱里飘着薰香，船舱外波光粼粼，一切美好得如诗如梦。盈盈拨弄着琴弦，目不转睛地凝视着乾隆，说：

"皇上！您好才情，可以作出那么好的数字谜。听说以前，有个女子，因为思念久别不归的丈夫，曾写过一首数字歌，从一数到千万，再从千万数回到一，不知道皇上听过没有？"

"真有这《数字歌》吗？朕没听说过！愿意唱给朕听吗？"

"我念给皇上听！"盈盈就柔声念着，"一别之后，二地相思，只说是三四月，谁又知五六年。七弦琴无心弹，八行书不可传，九连环从中折断，十里长亭望眼穿。百思想，千系念，万般无奈把郎怨。万语千言说不完，百无聊赖十倚栏，重九登高看孤雁，八月中秋月不圆！七月烧香秉烛问苍天，六月伏天人人摇扇我心寒，五月石榴如火偏遇冷雨浇花端，四月枇杷未黄我欲对镜心意乱！急匆匆，三月桃花随水转。飘零零，二月风筝线儿断！唉，郎呀郎，巴不得下一世你为女来我为男！"

盈盈念完，乾隆震动已极地看着她。心底，是一片恻然。

"朕明白了，你千方百计要朕了解，你最怕的，是两地相思！数字谜，数字歌，朕都听清楚了……"他一把就拉起她的手握着，这次，盈盈不再挣扎，"盈盈，朕不会辜负你！朕曾经辜负过雨荷，当时雨荷的千思万想，朕也借你的口，听明白了！这种事，绝对不会在朕身上重演！盈盈，你愿意跟朕回宫吗？"

盈盈还没回答，船舱外，陡然传来侍卫大声的通报：

"老佛爷驾到！皇后娘娘到！"

乾隆大惊失色，急忙跳起身子。

盈盈一惊，还来不及反应，太后已经带着皇后和容嬷嬷，大步进了船舱。宫女们、美女们全部惊惶起立，请下安去，喊着："老佛爷千岁千千岁！皇后娘娘千岁千千岁！"乾隆迎上前去，震惊地说："老佛爷，您怎么过来了？"就转头喊，"盈盈，过来见过老佛爷和皇后！"盈盈放下琴，走上前去，对着太后和皇后下拜："盈盈叩见老佛爷，皇后娘娘！"

太后一脸严肃，两眼冒着火，严厉地问："你就是夏盈盈？""是！"太后的疾言厉色，让盈盈惊慌失措了。

太后瞪着她，厉声地、命令地说：

"带着你的琴，你的那些莺莺燕燕，立刻下船去！以后，也不许到这儿来，你那些淫词艳曲，留着去引诱其他的客人，让皇上清净清净！"她用力一指，指着船舱的门，"马上走！"

盈盈再也没想到会有这种事，顿时如遭雷击，踉跄一退。乾隆更没料到有这种事，立刻又急又气，惊喊："皇额娘！这是朕私人的事，请皇额娘不要插手！"

太后怒视乾隆，义正词严地说：

"我怎能不插手？自从到了杭州，皇帝把百姓都忘了！山东一路赈灾，皇帝忘了吗？灾民凄惨的情况，皇帝忘了吗？为了这个青楼女子，夜夜笙歌，让杭州的官员百姓，怎样评价皇帝？我是太后，不能不管！"说着，又掉头怒视盈盈，"你还站在这儿干什么？还不快走？难道要我叫侍卫把你押走吗？"

盈盈脸色惨白，也不行礼，掉头就走。乾隆在急怒之中，几乎失去理智，大喊："盈盈！不许走！"他不能骂太后，抬头怒视着皇后，气极地嚷，"都是你去老佛爷那儿搬弄是非，是不是？我真后悔把你带到杭州来！你是天下第一炉妇！"皇后一个踉跄，几乎晕倒，容嬷嬷急忙扶住。"万岁爷！您怎能这样冤枉娘娘？您的私事，娘娘早已抽身，什么都不过问了……"容嬷嬷护主心切，忘了自己的身份，凄厉而悲愤地喊。"这儿哪里有你说话的余地？你是什么东西？朕早就该砍了你的脑袋，你住口！"乾隆指着容嬷嬷，厉声大喝。

容嬷嬷含泪住口，皇后满脸悲怆。太后气得发抖，厉声说："皇帝！你是不是也想砍了我的脑袋？""皇额娘！"乾隆震惊而痛楚地接口，"你为什么要说这么严重的话？你也给儿子留点退路好不好？朕好歹也是一国之君呀！"这时，盈盈对着乾隆，一跪落地，凄然抬头，语气铿然地说：

"皇上的一番错爱，盈盈永远铭记在心，从此永别了！"她掉头看太后，眼神悲凉，语气坚定，"盈盈既不是大家闺秀，也不是金枝玉叶，从来没有非分之想！对皇上，只是萍水相逢，如果不是一番知遇之感，盈盈绝对不会上这条船！在盈盈心里，他不是一个皇帝，只是一个悼念旧情的男子！现在，盈盈更加明白了，这'皇帝'二字，简直悲哀！难怪夏雨荷，会由一而到千万，由千万而到一，最后只留下一抔黄土！盈盈生怕步上雨荷的后尘，今天，老佛爷不赶我，我也要走了！"

盈盈说完，起立，毅然往船舱外走去。乾隆疾呼：

"盈盈！朕要封你为贵妃，带你回宫去！不要走！"此话一出，太后、皇后、容嬷嬷都大惊失色。盈盈停了停步，回头看乾隆，再福了一福。

"皇上的好意，盈盈心领了！皇宫那个地方，有老佛爷，有皇后，还有许多嫔妃，不差一个盈盈，我不去了！"说完，她昂头挺胸，疾步下船去。所有的美女，也都匆匆请安，追随她而去。"盈盈！盈盈……"乾隆大叫。盈盈充耳不闻，头也不回地走了。乾隆心中一痛，竟然忘形地疾步追下船去。侍卫们一呆，赶紧跟着乾隆上岸，生怕他有闪失。

码头上，这真是一番"奇景"。只见盈盈满脸悲愤之色，带着美女们，疾步向前走。而一国之尊的乾隆，却跟在后面急追，许多太监侍卫，打伞的打伞，拿华盖的拿华盖，手忙脚乱地追在后面。

"盈盈！你站住！你让朕这样追在你后面，成何体统？"乾隆喊着。"皇上，免得'不成体统'，请回！"盈盈毫不留情。乾隆一急，一步蹿上前去，越过了盈盈，拦在她面前。到底，乾隆是练武的底子，身手还是高人一等。只是，平常有人保护着，没有什么机会用。盈盈看到乾隆飞跃到自己面前，一群侍卫，跟着飞跃在乾隆身后，自己竟被团团包围了。她被迫止步，悲愤的眸子，燃烧着火焰，瞪着乾隆："皇上！旁边就是西湖，如果皇上再逼我，我马上就跳下去！""你不要这么激烈好不好？"乾隆着急地说，"朕已经说了，要封你为贵妃，君无戏言！你跟朕回船去，朕马上安排典礼，就在杭州加封，让你风风光光成为朕的人，再厚赏你的义父义母，这样，你还有什么不满？""皇上厚爱，盈盈承受不起！""朕让你承受，你有什么承受不起？"乾隆一急，大声问。

这时，尔康、永琪、紫薇、小燕子、晴儿、箫剑联袂归来。大家看到这种状况，惊愕不已，急忙对乾隆行礼。"皇阿玛吉祥！""你们来得正好，赶紧参见朕的新贵妃！"乾隆像发现救兵一样，尤其看到紫薇。这件事，就算全天下都不了解，紫薇一定会了解。他急促地说："她也姓夏，暂时称为夏妃吧！"众人大惊，全部睁大了眼睛。"啊？"大家你看我，我看你，不知道要不要行礼。盈盈看看永琪等人，又看看乾隆，凄然一笑："盈盈只是青楼女子，哪里有资格被封为贵妃？皇上，请允许盈盈离去！""朕不许！"乾隆又气又急，回头喊，"来人呀！"侍卫们一拥而上。乾隆指着盈盈，对侍卫们说："把盈盈姑娘，带回朕的船上！没有朕的允许，不许离去！""喳！"

侍卫就上前，簇拥着盈盈。盈盈一看，走不掉了，就对乾隆深深一福，叹了口气，说道："皇上！刚刚在船里，老佛爷说了那么重的话，我在这种情形下，再回到船上，您要我情何以堪？不如放我回家去，如果皇上有任何打算，也需要时间，不是马上可以有定论的！皇上再仔细想想，让盈盈也能够仔细考量，这样才公平呀！"乾隆一听，盈盈说得合情合理，生怕逼迫太急，会生出意外来，就对侍卫们说："你们大家，保护盈盈姑娘回家，如果盈盈姑娘有丝毫闪失，朕要你们的脑袋！""喳！奴才遵旨！"侍卫们赶紧领旨。"那么，朕让你先回去！"乾隆深深地看着盈盈，语气恳切，"朕把这儿的问题解决了，就来接你！到时候，不要推三阻四！""是！"盈盈一叹，在侍卫的簇拥下，翩翩而去了。乾隆这才转身，大步回龙船去。在一旁的紫薇、小燕子、永琪、尔康、晴儿、箫剑等人，全部看呆了。

第十六章

这件事太大了。年轻的六个人，全部陷进了极大的震撼里，大家也不散会，都来到尔康的画舫上，七嘴八舌地讨论起来。"怎么会这样呢？"小燕子激动地嚷，"皇阿玛答应过我们，不会左娶一个妃子，右娶一个妃子，他忘了吗？他这样，要令妃娘娘怎么办？简直气死我了！""这不只是令妃娘娘的问题，这件事问题大了，在杭州纳妃，不管有理没理，都会让皇阿玛声望大跌，难道老佛爷都没有阻止吗？"永琪着急地说。"老佛爷早上就在调查这位姑娘了，生气得不得了，我想，她一定打听到什么了！"晴儿起身说，"我回去看看，到底是怎么回事？"萧剑看到晴儿要走，一个本能，就伸手拉住她："别忙，你没听到吗？那位姑娘自己都说了：'盈盈只是青楼女子，哪里有资格封为贵妃？'她的来历，就不用问了！"

晴儿坐了回去，惊疑不定地说：

"青楼女子？皇上要封一位青楼女子为贵妃？这事太不合常

理了！平常，皇上看中的女子，从'答应'到'常在'，到'贵人'到'嫔'到'妃'，这才能够爬到'贵妃'！这个女子，有什么能耐，可以跳越五级，一封就是'贵妃'？"

"从一开始，这件事就有点玄！"尔康深思地看着紫薇，"紫薇，你看，皇阿玛是不是有移情作用？是不是自从祭了你娘，你娘的影子就回到皇阿玛心里了？"

"这位夏盈盈，和皇阿玛萍水相逢，过程确实有几分像我娘。不管是不是移情，皇阿玛动了心，而且很认真！他那种着急的样子，我还从来没有见过！这位姑娘，好像也相当刚烈，居然对'贵妃'这个头衔，一点都不稀罕！"

"不管她像不像你娘，不管这是不是移情作用，这件事就是不妥！如果皇阿玛顾全大局，就该赶快拔慧剑，斩情丝！"永琪越想越不对。"你说得容易，你想想，就拿我们来说，谁能做到'拔慧剑，斩情丝'呢？"尔康叹息了一声，心底，倒对乾隆有几分同情。

"尔康，这和我们的故事，不能相提并论，我们每个人都是'情有独钟'，但是，皇阿玛已经有了好多妃子！他老早就失去'认真'的资格了！他不能认真，不该认真！他也不能移情，不该移情！他今天'认真'一个，明天再'移情'一个，全中国的美女，都被他'认真'认去，'移情'移去了！"小燕子急切地嚷着。

永琪忍不住拍起手来，欣赏已极地看着小燕子："说得太好了！成语也会用了！小燕子，我为你骄傲！你能这样分析，真让我刮目相看！""别对她刮目相看了！她说得再有理，也没人可以对皇上说这话！"小燕子转身就往外冲去，义无反顾地说："总要有人不怕死，我去对皇阿玛说！"小燕子说着，就飞蹿出去，众人统统跳起来，冲上前去一拦。"小燕子，千万不要鲁莽！"箫剑喊着。小燕子止步，船身被大家一跳一冲，东倒西歪，箫剑赶快扶晴儿，尔康扶紫薇，大家站定，小燕子还在跺脚。"你们就是这样'举棋不定'！"

永琪又是一个惊喜，赞美地喊："小燕子，你知道你用了好多个成语吗？""老天！"尔康大叫，"一个学成语学得走火入魔，一个夸得走火入魔！"

正在这时，一个宫女急急入内，请安说："万岁爷要紫薇格格到龙船上去！""要我去？"紫薇一怔。她回头看了大家一眼，不敢耽搁，急忙跟着宫女走去。

大家都困惑不解，面面相觑。

紫薇被宫女带进了乾隆的船舱。只见太后满脸凝肃地坐在船舱当中，乾隆着急地走来走去。一群伺候的太监宫女，个个低俯着头，大气都不敢出，船舱里，充满了紧张的气氛。紫薇不安地看看两人，赶紧请安：

"老佛爷吉祥！皇阿玛吉祥！"

乾隆看到紫薇，就开门见山地问："紫薇，你可曾听过盈盈唱歌？""我听过了！夏姑娘唱的每一首歌，我都听过了！""好！朕已经决定纳夏盈盈姑娘为贵妃，老佛爷好像很不以为然，朕想，如果你听过盈盈唱歌，或者你可以了解这件事。"乾隆凝视紫薇，用充满期盼的声音问："你了解吗？"紫薇想到母亲，不胜侧然："是！皇阿玛，我了解，我完全了解。夏姑娘的歌，婉转缠绵，唱出了一个女子对过去的怀念，充满了感情和无奈，有我娘的味道。""对！就是这样！"乾隆得到了知音，脱口喊着，看太后，"紫薇了解了！""皇阿玛！"紫薇忍不住坦白而诚恳地接口，"我了解没有用啊！您需要说服的，不只老佛爷，还有天下悠悠之口！"

太后头一抬，也有力地喊出来：

"皇帝！紫薇说出了重点！就是这句话，你如何杜绝天下悠悠之口？我不管你心里对雨荷有多么难忘，这实在不是纳妃的理由！这件事，我无论如何都不能同意！我劝皇帝，马上打消这个念头！"

"朕已经下定决心，不管老佛爷怎么说，朕一定要封盈盈做贵妃！"乾隆恼怒地说，看向紫薇，又生气地说，"紫薇，你让朕失望！朕好不容易，找到雨荷的影子了！朕猜想，你娘在天上，听到了朕的呼唤，她回来了！回到朕的身边来了！你是雨荷和朕的女儿呀，你怎么没有同样的感应呢？怎么不希望圆一圆你娘的遗志呢？"

紫薇深吸了一口气，惊看乾隆："皇阿玛！我也好希望找回我娘的影子，也好希望她能回到我身边！但是，这位夏姑娘，看起来和我的年龄差不多，紫薇怎样也无法说服自己，她是我的亲娘呀！"

乾隆一愣，再急问："难道你不相信前世今生吗？""前世今生之说，我们至今也没有证实有没有，就算它有吧……但是，我娘去世，才只有七年，投胎转世，应该也只有七岁，怎样都不可能是夏姑娘呀！"太后一听，就连连点头，胜利地嚷："皇帝！你不要再自己骗自己了！什么雨荷的影子，只是你的想象罢了！说不定，这整件事都是一个阴谋！你看，紫薇是雨荷的女儿，她口口声声都说不是！她都没有感应，你哪儿来的感应？你是皇帝呀，怎么可以用这种玄之又玄、似是而非的理由，去掩饰你风流的本性！你自己觉得，你的理由充分吗？你连紫薇都说服不了，还想说服谁？"

乾隆被太后这样一逼，又是生气又是沮丧，暴怒地说：

"好吧！朕疯了，朕脑筋不清楚！朕失去理智，朕中了邪！随你们怎么想，朕要定了夏盈盈！不管她的出身，不管她是谁的影子，朕就是要她！谁都不要说话，谁都不要试图阻止！"就对船外喊，"快传孟大人、李大人、田大人、朱大人和福伦，立刻来船上商量大事！"

"喳！奴才遵命！"太监们哄然响应，奔下船去。太后勃然大怒，一拍桌子，站了起来：

"皇帝！你如果一意孤行，咱们母子就此断绝关系！你敢封她为妃，你就试试看！"太后说完，转身出舱去。宫女们赶紧随行。乾隆站在那儿，气得发抖。紫薇心惊胆战，走到乾隆面前，充满同情地说：

"皇阿玛，对不起，我必须坦白而诚实地说出我的感觉……其实，我完全了解您的心情，我对那位夏姑娘，也充满了敬意，听到她唱的歌，我跟您一样震撼……"乾隆抬头，死死地瞪着她。紫薇话没说完，乾隆突然一举手，对着她的脸颊，用手背狠狠地抽了过去，厉声喊：

"好一个贴心的女儿！朕白疼了你！雨荷白养了你！你给朕滚出去！"紫薇被乾隆的力道，打得摔倒在地。宫女们赶紧过去搀扶。紫薇爬起身子，大受打击。一抬头，她定定地看着乾隆，眼里逐渐充满了泪，终于，眼泪一掉，她用手捂着嘴，飞奔出去。

乾隆跌坐在椅子里，筋疲力尽，一脸的沮丧、愤怒和无奈。在这一瞬间，他深深痛恨自己那个"皇帝"的身份，贵为一国之君，以前不能保有夏雨荷，今天不能保有夏盈盈，就算全天下都在眼前，又怎能填补心底的失落和空虚呢？

紫薇回到自己的画舫上，大家看到她嘴角流血，眼泪汪汪，再听到乾隆居然打了她，全部激动起来，快要集体崩溃了。尔康心痛如绞，握着她的手，不知道如何安慰她。这个"皇阿玛"在紫薇心里的分量，有多么重，只有尔康才明白。小燕子和宫女们，忙忙碌碌，在脸盆里浸湿了帕子，拿过来给她冷敷。

"哪有这个道理？一定要紫薇跟他有相同的感应，没有就打人！皇阿玛每次碰到女人的事，就变了一个人！"小燕子恨恨地说。永琪满脸焦虑，走来走去，思考着。尔康接过冷帕子，为紫薇擦拭着嘴角的血迹。

"我不能相信，为了这个夏姑娘，皇阿玛居然打了你！"尔康难过极了，"下手那么重，难道他一点都不心痛吗？"尔康这样一说，紫薇心里好痛，眼泪一直掉。尔康抓住她的手，"不要哭了，嘴角已经肿了，还要把眼睛哭肿吗？我知道你心里有多难过，皇阿玛一向最疼你的，我想，过两天，等到皇阿玛想明白了，就会知道你的心了！"紫薇落泪，哽咽地说：

"其实，我还有好多话想跟皇阿玛说，我想告诉他，我也震撼呀！我也觉得这个夏姑娘的出现好奇怪呀！甚至，我也很佩服这个夏姑娘呀，我也有困惑呀……但是，这事就是说不通嘛！我就是没办法顺着皇阿玛的意思，说这个夏盈盈是我娘的前世今生，如果说，我娘的魂，附在她身上，或者还有可能！"

"什么可能？哪有这种事？你也跟着皇阿玛走火入魔！"尔康正色说，"我告诉你，这只是一个巧合，刚好有这么一个女子，有几分你娘的味道，本来，这人世间的人，每人都是两只眼睛一个鼻子一张嘴，就很有可能长得相像的！至于那些歌词，相思自古都相似，都是同一种情怀，同一种魂牵梦萦。就连唐诗宋词里，也有许多重复的、相似的句子！我们不能因为听到两首歌词，就说那是某某的灵魂附在某某的身上，这太牵强了！"

永琪站定了，一点头："尔康说得对！总之，这位夏姑娘是个绝色女子，又会弹琴又会唱歌，皇阿玛就被她迷住了！至于其他理由，有也罢，没有也罢，都是空话！现在的问题是，这件事一定会变成一个大笑话！我们身为子女，难道就由他发展吗？"小燕子脚一跺，掉头就走："我去说，我不怕死！我去说！"

永琪急忙追在后面："连紫薇都挨打了，你要怎么说？""说出我们心里的话！他如果不在乎老佛爷，不在乎紫薇，不在乎令妃和皇后，也不在乎你和我……那么，我们也不必在乎他了！"小燕子说得有理，永琪毅然点头，跟着小燕子而去，边走边说："我们不能和皇阿玛硬碰硬，我要从另外一个角度来切入主题……"

两人说着，就下了船。紫薇看着他们的背影，不能不担心："小燕子去，会不会越弄越糟？""还能更糟吗？"尔康问，"永琪的地位不一样，将来他是太子，他的话，或者皇阿玛会听！总之，尽人事听天命！我们该说的都说了，就没有遗憾了！"

看到小燕子和永琪上船，乾隆立刻先发制人，郁怒地问："你们两个来干什么？也要干涉朕的私生活吗？"

永琪拿出一份奏折，递给乾隆："不是！这儿有份奏折，想给皇阿玛过目！"

乾隆很惊奇，忍不住接过奏折，打开一看："山东赈灾办法……谁写的？永琪？你写的？""他每天晚上，看了好多案卷，写了好多字，他说，南巡的目的，不是游山玩水，是要接触老百姓，解决各种问题。"小燕子抢先回答。乾隆一震，不由自主，低头看奏折内容，念着："邹县、平阴、兰山灾情最重，免税收三年，浙江、安徽、江苏三省粮食丰富，今年应税收一百万石谷，春米收成在即，可提前征收，发放至灾区救急……"乾隆越看越惊奇，越看越震撼。永琪察言观色，再说："除了山东问题，关于浙江沿海塘堤的问题，关于安徽盐商的税收问题，我也写了两份报告，过两天就可以写完了，到时候再拿给皇阿玛看！"乾隆抬起头来，凝视两人，眼里，已经没有怒气了。

"做得好！永琪，你让朕骄傲！朕会马上批示下去，就按照你的办法去做！朕毕竟没有看错你！"他收起奏折，面容凝肃，深深地看着两人，"除了奏折，你们两个还有什么话，要跟朕说吗？"

永琪拉着小燕子，双双跪在乾隆面前。永琪就诚挚地开了口：

"皇阿玛！这次南巡，一路的文武百官，都在接待；一路的老百姓，都在夹道欢呼！虽然皇阿玛一直希望不要扰民，但是，依然是一城一城、一镇一镇地惊动了地方官和老百姓。多少的眼睛在看着，多少的嘴巴在议论着。皇阿玛名满天下，谤亦随之，高处不胜寒。您的一举一动，势必成为大家注目的焦点，如果皇阿玛演出'游龙戏凤'的戏码，也一定会轰动整个杭州，甚至整个中国，又给民间添上一段佳话……"

　　永琪话没说完，乾隆冷冷地打断了："原来，还是为了阻止朕纳妃而来！你不用说了，关于这件事，朕已经拿定了主意，任何人都改变不了！朕想，朕不需要得到你们的批准吧！"小燕子忍无可忍，充满感情地喊：

　　"皇阿玛！我不会像永琪那样，说什么'高处不胜寒'那种话，我要说的是，您为什么要这样固执呢？在您的后宫，已经有那么多嫔妃了！尽管很多都不是您喜欢的，但是，您还有令妃呀！您今天这样做，会伤了老佛爷的心，伤了令妃娘娘和皇后的心，您还打了紫薇，紫薇被打得嘴也肿了，哭得眼睛也肿了……您都不在乎伤每个人的心吗？您不是说，齐家治国平天下吗？但是，您家里的老老小小，都赶不上一个萍水相逢的夏盈盈吗？"

　　乾隆盯着小燕子，吸了一口气："小燕子，你真的进步了！你被调教得能言善道了！朕承认你咄咄逼人，说得也很有力量！但是……"他伸手去拉起永琪和小燕子，柔声地说，"你们两个起来！别跪着！"

　　小燕子和永琪站了起来，困惑地看着乾隆。乾隆眼底的怒气消失了，取而代之的，是无尽的感伤。他注视着二人，真情流露地、坦率地说：

"永琪！你说得好，朕是高处不胜寒！你们知道吗？朕今年已经五十五岁，青春早已过去，来日无多！幸福的日子，朕还能抓住几天呢？过去的遗憾，朕还有没有时间弥补呢？这位夏姑娘，不管她是不是雨荷的前世今生，她带给朕的震撼是天旋地转的，是惊天动地的！朕最近这些年来，好久都没有这样强烈的感觉，好像冰封的感情解冻了！朕如果错过了她，剩下的岁月，就只有'不胜寒'三个字了！人生，到了暮年，还有多少热情可以浪费？还有多少时间可以虚度呢？"

乾隆一番话，说得永琪和小燕子都震撼不已。小燕子还有些困惑，永琪却充分了解了，不禁感动地说："皇阿玛！您第一次对我这样'交心'地谈话，您的感觉，我了解了！但是，您如何让天下人都了解呢？"

"朕已经为'天下'活了一辈子，这次，让朕为'自己'活几年吧！天下，了解又怎样？不了解又怎样？永琪，你也敢冒天下之大不韪而娶小燕子，如果朕告诉你，你必须为了'天下'放弃小燕子，你会怎样？"

永琪哑口无言。

这时，侍卫进门，大声通报："福大人到！孟大人到！田大人到！李大人到！朱大人到……"福伦就带着众大臣鱼贯而入，全部甩袖行礼。

"皇上万岁万岁万万岁！臣参见皇上！"乾隆精神一振。永琪和小燕子相对一看，知道什么说话的余地都没有了。

当晚，皇后在她的龙船上，苦思如何挽救乾隆。她带着一脸的惨切，在船舱里走来走去。船舱外的西湖，躺在黑暗的穹苍下，波平如镜，月华如水，春风吹得游人醉……这些，和她都没有关系，她心里眼里，只有乾隆。自从四年前，她被紫薇和小燕子收服以后，她再也不为自己的利益争，不为十二阿哥的地位争，她真的洗心革面，完全看开了。唯一看不开的，是乾隆。她认为自身存在的价值，就是为乾隆奉献。她不想再争宠，但是，乾隆的健康，乾隆的名誉，乾隆的声望，乾隆的尊严……都是她抛不开、逃不掉的责任！

桌上，铺着一张白色全开的宣纸。宫女们在磨墨，洗笔，倒茶倒水。容嬷嬷进舱，脸色灰败地走到皇后面前，低声禀告："娘娘！事情大概就这样定案了，所有的大臣，商量到刚刚才离开，好像，三天以后，就要举行册封大典，孟大人建议队伍经过苏堤，在曲院风荷举行盛大的典礼！"

"老佛爷怎么说？"皇后问。"老佛爷在船舱里掉眼泪，晚餐也没吃！令妃娘娘陪在那儿呢！娘娘要不要也过去问候一下？""有令妃娘娘在那儿伺候着，就够了！"皇后对宫女们挥手，宫女都退下了。

皇后走到书桌前面，看着桌上的宣纸。容嬷嬷赶紧过来磨墨。"娘娘要写什么？""写一封奏折给皇上！""娘娘，没用了！今天连紫薇格格都挨了打，皇上已经下定决心，您就不要再费心写奏折了，皇上不会看的！您写了奏折，只怕皇上又要说您是妒妇……"

"皇上尽管冤枉我，菩萨在天上看着！"皇后坚定地说，"皇上只要举行了这个册封典礼，一定会身败名裂。我不能因为怕挨骂，就保持沉默。不管写奏折有用没用，我都要写！后果如何，我也顾不得了！"看了看宣纸，抬头毅然说，"容嬷嬷，不要磨墨了！去拿一个小碗来！"

"小碗？"

皇后看到桌上有个白瓷的水盂，就拿了过来，喊道："不用了，用这个就好！把水倒掉，擦干净拿给我！""是！"容嬷嬷赶紧去做，把水盂拿到桌上，不解地问，"娘娘要水盂做什么？"

皇后把宣纸铺平，在桌上拿起一把裁纸刀，一刀对自己的手指划了过去。这一刀可用足了力气，刀口划得又深又长，顿时间，鲜血直冒。容嬷嬷发出一声惊呼。"娘娘！您这是做什么？"皇后把鲜血滴进水盂，就用手指蘸着鲜血，在宣纸上写字。容嬷嬷震惊着，含泪看着，急忙去拉平纸张。血转眼就干了，不够用，皇后再拿起刀，又是一刀划下。容嬷嬷看得心惊胆战，含泪急喊："娘娘！请用奴才的血！请用奴才的血！"说着，就去抢刀子。"不行！这封血书，是我的心血，我的诚意，不能用任何人的血来取代！"皇后就一字一字地写下去。

夜深的时候，乾隆正倚窗而立，外面忽然传来侍卫大声的通报："老佛爷驾到！皇后娘娘到！令妃娘娘到！晴格格到！"乾隆一震，如此夜深，太后带着皇后、令妃来，想必为了阻止他娶盈盈。他立刻戒备起来，一副如临大敌的样子。只见太后带着皇后、令妃、晴儿和容嬷嬷走进舱来。皇后手指上，厚厚地包扎着。容嬷嬷双手恭恭敬敬地捧着卷成一卷的奏折。

"皇帝！"太后板着脸说，"我听福伦说，封妃的事，你已经势在必行了！""是！"乾隆背脊一挺。"我知道，现在无论是谁，也没办法改变皇上的决定。皇后有一份奏折，她不敢拿给皇帝看，希望我转交，我把皇后带来，当面把奏折交给皇帝，希望皇帝看一看！"太后昂首挺胸地说，一副正气凛然的样子。容嬷嬷就上前，屈膝跪下，双手呈上奏折。乾隆本能地一退，看着众人："今天是什么日子？人人都要朕看奏折？朕不要看！""老佛爷亲自送来，皇上，不管怎样，您好歹也看一看！"令妃婉转地劝着。容嬷嬷就膝行上前，两眼含泪，把奏折更加高举："皇上！请看奏折！"乾隆无奈，只得接过奏折，打开一看，只见满纸血迹斑斑，触目惊心。乾隆吓了一大跳，手一甩，奏折飞出去，落地。"那是什么东西？"乾隆又惊又怒的。"是臣妾写的血书！"皇后往前一步说。"血书！你写血书！朕做了什么十恶不赦的大事，要劳动皇后写血书！"容嬷嬷膝行过去，拾起血书，再度膝行过来，高举呈上，悲声地喊：

"皇上！看在皇后娘娘割破手指，一字一泪，写了足足两个时辰的份儿上，请过目！"乾隆一怒，对着容嬷嬷一脚踹去。"你这个老刁奴，坏事做尽，现在又来破坏朕！什么血书，朕不要看！"容嬷嬷被踹得飞跃出去，爬起身子，手里仍然紧握着那份奏折，不住磕头："皇上！皇后几乎流尽了她的血，才写出这篇奏折！皇上，您慈悲一点，请过目！请过目！"太后走过去，从容嬷嬷手中，接过血书，严厉地看着乾隆："皇帝！你是不是要我跪呈这封血书？"太后作势要跪，乾隆大惊，急忙抢过血书，咬牙切齿地说："好好好，朕过目！"乾隆打开血书，匆匆地看了一遍，激动不已，胸口剧烈地起伏着。

"看样子，朕已经引起了全家的公愤！"他抬头看皇后，"你字字句句，是为了朕的名誉，朕的声望，朕的国家……事实上，你只是为了你皇后的地位！以前，为了想要朕立十二阿哥为太子，你处心积虑，犯下的种种大错，一件件都在眼前，现在，你居然敢对朕表演这一手'血书'！你的忠心，朕看不到；你的贪心，朕看明白了！你利用老佛爷，想把所有不利于你的人，一概消灭！你太可怕了！"

皇后踉跄一退，悲愤地看着乾隆，义正词严地说：

"皇上！臣妾对于从前犯下的过错，早已知罪了。这次，臣妾跟着皇上南巡，就是抱着赎罪的心情同行的！只要对皇上有帮助的事，要我粉身碎骨，我就粉身碎骨！要我头破血流，我就头破血流！臣妾早就把自己的生死，都置之度外了！我写这封血书，不是做姿态，不是演戏，里面字字句句，都是我的忠诚，都是我对皇上的一片心！皇上可以轻视我，可以恨我，但是，我仍然冒死请求，请皇上取消册封典礼！"

乾隆大怒，暴喝着："取消册封典礼！你当初为什么不要朕取消立后典礼？"太后往前一站，厉声说："皇帝！你今天还把我当你的额娘，就接受皇后的提议！皇后的忠诚，让人感动！你摸摸你自己的良心，问问你自己的良心，你真的理直气壮吗？"令妃见闹得不可开交，急忙上前，拉住乾隆，劝着："皇上！您就听老佛爷的吧！如果这位夏姑娘有情有义，不妨先带进宫，这封妃的事，慢慢再谈也不迟呀！想当初，我跟着皇上，也熬了多少年才封妃的。"令妃话没说完，乾隆迁怒地大叫：

"令妃！你也跟皇后一个鼻孔出气！你熬了多少年，别人就该熬多少年吗？朕还有多少年可以给别人来熬！朕知道了，你和皇后一样，都不希望夏盈盈进宫，朕还没有封妃，你们已经准备群起而攻之了！"

"皇上！您这样指责臣妾，实在太过分了！"令妃一阵伤心，眼泪就落下了。太后怒不可遏地说：

"皇帝！你疯了吗？你要把所有对你忠心的人，一网打尽吗？你在南巡途中，迷恋一个烟花女子，闹到尽人皆知，现在，竟然要大张旗鼓把她封为贵妃！你这种行为，已经到了鬼迷心窍的地步！那个夏盈盈，一定是个狐狸精！该当处死！"

乾隆一听，气得浑身发抖，抓起那张奏折，就撕得粉碎。容嬷嬷一看，就纵身扑上前，去抢奏折，哭着喊：

"皇上！那是娘娘的血书呀……是她用一滴一滴的鲜血写出来的呀！不要撕，不要撕……"抢到几张碎纸，就捧着碎纸，忘形地大哭起来，"娘娘！我的娘娘啊……你那左一刀，右一刀，为了什么啊……"

乾隆对容嬷嬷怒吼："住口！你有什么资格在这儿狼嚎鬼叫？"晴儿一直惊心动魄地旁观着，这时，见情况恶劣，急忙奔出船舱去搬救兵，她知道，乾隆这么大的火气，能够说话的，恐怕只有紫薇和小燕子。皇后抬头挺胸，悲愤地看着乾隆，浑身上下，带着一团正气，冷静地说："容嬷嬷，不要哭了！奏折撕了就撕了！皇上不愿意看，那不过是废纸而已，一点价值也没有！"她抬眼正视着乾隆，"皇上！您认为臣妾反对夏盈盈，是因为臣妾嫉妒夏盈盈吗？臣妾是您的皇后，就是您的女人，就算嫉妒，也情有可原吧！但是，臣妾不嫉妒她，臣妾可怜她！她现在还不明白，以为当了贵妃，有多么了不起！其实，她只要看看我和令妃，就明白了！即使当了皇后和贵妃，也不过如此！宫里的女人，是人间最惨痛的悲剧！我和皇上，走到今天这一步，情已尽，缘已了！我的忠心，被皇上践踏到这种地步，我的心也死了！"

皇后说完，突然从袖子里抽出预藏的利剪。大家一看，都惊呼起来，容嬷嬷纵身扑上前去，就和皇后抢剪刀，喊着："娘娘！您要做什么？不要！不要……娘娘！把剪刀给奴才……给奴才……"皇后和容嬷嬷都滚倒在地。皇后一把解开头发，就用剪刀去剪头发。容嬷嬷大惊，拼死去抢剪刀，她的手，一把就握住了剪刀的利刃，哭着喊："娘娘！头发是满人最珍惜的，剪了头发，怎么梳髻呢？怎么戴旗头呢……"皇后用力一拔剪刀，利刃从容嬷嬷手心抽过去，鲜血顿时如注。她痛喊：

"皇上！如果我心口不一，让我就像这些剪断的头发！"一阵咔嚓，大缕大缕的头发飘落于地。转眼间，皇后已经剩下满头乱发。这时，紫薇、尔康、晴儿、小燕子、永琪全部冲了进来。大家都听到了皇后凄厉的喊声，又看到这种情形，人人目瞪口呆。太后、令妃早已惊呆了，乾隆也怔在那儿。容嬷嬷满手鲜血，趴在地上，还想抢救没剪的头发。小燕子忍不住，冲上前去，一把抓住皇后的手，死命把剪刀夺了下来，惊喊着：

"皇额娘！你怎么又剪头发了呢？"永琪赶快奔过去，把剪刀拿过来，交给宫女拿走。皇后颤巍巍地站起身子，抬头看乾隆，咬牙说：

"忠言逆耳，生不如死！"皇后说完，又一头对着船上的柱子撞去。大家实在没有料到头发已经剪了的皇后，还会撞柱子，来不及阻挡，只见皇后的头，重重地撞在柱子上，血溅了起来。容嬷嬷脱口尖叫："皇后呀……娘娘呀……"容嬷嬷喊着，扑了过去。小燕子也扑过去，要抱住皇后，竟和容嬷嬷重重地相撞，两人一起跌落于地。皇后撞了一次，再退后，又去撞柱子。尔康和永琪一看不得了，两人同时上前，永琪抱住了皇后，尔康挡住了柱子。尔康大叫："皇额娘！生命珍贵，不要这样！""皇额娘，不要冲动！"永琪同时喊。

皇后挣扎着，还想撞头，喊着：

"放手！你们让我去！这样的人生，我毫无留恋！"容嬷嬷爬了过去，抱住皇后的腿，哭喊着："娘娘！您还有十二阿哥呀……他还在宫里等您回去呀……您忘了吗？"皇后一听到十二阿哥，这才泪落如雨。紫薇和晴儿相对一看，急忙上前，搀扶皇后的搀扶皇后，搀扶容嬷嬷的搀扶容嬷嬷。这样一场惊心动魄，乾隆、太后、令妃直到此时，才回过神来。太后惊魂未定，抖着声音说："皇后……你这……这也……太过激烈了！"令妃扶着太后，也在发抖，赶紧提醒："容……嬷嬷，你……赶快……扶你的主子……回去休息吧！"晴儿在惊吓中，还维持着冷静，回头对吓傻了的宫女们急喊：

"快传太医！请他直接去皇后娘娘的船上！"宫女们答应着，飞奔出去。乾隆看着一片混乱的船舱，看着长辈的太后，平辈的皇后、令妃，还有小辈的永琪、尔康等人，突然心灰意冷了。"罢了罢了！皇后，你的奏折，朕看到了，你所请的事，朕照准！

尔康，告诉你阿玛，册封贵妃的事，就暂时不提了！"

"是！"尔康急忙回答。大家面面相觑，都没料到乾隆居然放弃纳妃了，太后立刻喜上眉梢。乾隆神色萧索，盯着皇后，冷冷地说：

"皇后，你剪掉头发，这已经不是第一次！我大清没有无发国母，皇后这个位置，对你显然不合适！从今天起，你不再是朕的皇后！明天，朕让福伦护送你，提前回宫去！坤宁宫，你不能再住，你搬到后面的'静心苑'去闭门思过吧！"

紫薇一惊，忍不住上前，恻然地看着乾隆："皇阿玛！您既然接受了皇额娘的奏折，应该是想明白了，为什么不原谅她呢？她是一时情急，才会做出这些事情呀！"乾隆凝视紫薇，脸色凄凉哀怨：

"紫薇，朕并没有想明白，只是情势逼人，迫不得已！朕再坚持下去，你们全体都会变成朕的敌人！不能负天下人，只能负一人！你娘的前世今生，朕都注定辜负！连你都无法了解，朕还能祈望谁了解？"

他一抬头，厉声道："来人呀！把皇后带下去！""喳！奴才遵命！"侍卫一拥而入。容嬷嬷扶着皇后，主仆二人，都是头破血流，十分狼狈。皇后一退，避开侍卫，对乾隆傲然地昂着头：

"皇上！您放心，不用派人押着我，我不会逃跑的！我连生命都可以不要，我还在乎'皇后'的头衔吗？"她屈了屈膝，"谢皇上接受了我的奏折，臣妾心满意足了！再见无期，皇上珍重！"皇后就扶着容嬷嬷，竖着一头乱发，傲然地走出舱去。众人全部震撼着。

第十七章

这一晚，泊在西湖边的皇家船队，不管是乾隆、太后等人住的大龙船，还是阿哥格格们住的画舫，没有一处有人睡觉，大家都是彻夜无眠的。乾隆下令，第二天一早就送走皇后，年轻的一辈，人人忘了曾经和皇后敌对，现在，居然个个同情她。

尔康帮福伦收拾了行李，回到画舫，紫薇正在唉声叹气。

"我刚刚帮阿玛收拾了行李，阿玛明天一早就动身……"尔康在感慨之余，还有深深的隐忧，"唉！真没想到，一趟杭州之旅，会演变成这样。这皇后中途被送回，也是一件震动朝野的大事！明天……还不知道杭州的官员，要怎样议论呢！"

"尔康，我想跟阿玛一起，提前回去！"紫薇轻声说。"为什么？"尔康抗拒地问。"我的心情很不好，皇阿玛对我，这么失望，还动手打了我，我真的很难过。夏姑娘这个人，又牵涉到我娘的前世今生，让我不知所措。对于皇额娘，我也有很多同情，她今晚这一幕，实在太惨烈了！我想陪她回去，一路有个人跟她说说话，她心里可能会好受一点……"

尔康凝视着她说："你永远这么善良，皇额娘以前对你的那些行为，你都忘了？""都忘了！我一路看到今天，我觉得，如果历史要给皇额娘定位，她以前的种种，不会有什么痕迹；她今晚的所作所为，会肯定她的价值！她让我佩服，我们都做不到的事，她做到了，她使皇阿玛停止了册封典礼！""可是，这个故事还没有结束。如果皇阿玛执意要带夏姑娘回宫，问题还是很多！老佛爷那儿，还是会天翻地覆！朝中的文武百官，还是会议论纷纷！"紫薇不禁打了一个冷战，这是实情。乾隆虽然取消了在杭州的册封典礼，但是，带夏盈盈回宫，大概绝对不会改变的。尔康就用胳臂圈着她，看进她的眼睛深处去："我知道，你还有一个最重要的原因，想提前回去，你想东儿，想得不得了！"紫薇深深点头。

"可是，阿玛走了，我肩上的责任更大了，你也一起走，碰到事情，我跟谁商量去？再有，我有一个直觉，夏姑娘这件事，恐怕你才是解铃人，皇阿玛虽然打了你，但是，你的话，对他才有一言九鼎的分量！再说，皇额娘被押解回去，你也跟着回去，似乎摆明了跟皇阿玛作对，这样不大好吧！再说……"他停住了，凝视紫薇，深情地说，"我说了一大堆理由，实际只有一个，让你提前回去，我怎么舍得？不要，紫薇……除非迫不得已，我们千万不要分开！"

紫薇迎视着他的目光，感动至深，伸手环绕住他的脖子，把头靠进他的肩窝里，轻声地说："我知道了！反正有千千万万个理由，我得跟你一路走！""是！"尔康也轻声回答。

至于永琪的船上，小燕子可没紫薇那么镇定，她在船舱里用力地走来走去，一会儿叹气，一会儿跺脚。船被她弄得摇摇晃晃。永琪在灯下握笔疾书，几次摇得他必须停笔。她一边走，一边嚷着：

　　"气死我了，气死我了！皇额娘改邪归正，写了那么一大篇血书，皇阿玛居然不感动，还要把她赶回去！尽管皇额娘以前，做了好多坏事，这件事，实在做得够英雄……"永琪抬头，忍不住更正她的措辞："'改邪归正'用得很好，'够英雄'这个词不通……"小燕子用力一跺脚，船一歪，永琪的笔在纸上一画，把好不容易写好的一篇字全毁了。小燕子大叫："不要教我怎么说话，怎么用成语了，我快要爆炸了！"

　　永琪掷笔一叹，站了起来："我才快要爆炸了呢！写了半天，全被你毁了！你这样拼命地走，拼命跺脚，把船弄得东倒西歪的，我不只快要爆炸，我都快要晕船了！""你好奇怪，这个节骨眼儿，你居然沉得住气，还在船上练字！""我不是练字，皇阿玛心情那么坏，我得想个办法让他分心。所以想连夜把浙江的海堤计划赶出来！""你不要想办法让皇阿玛分心了，你赶快想办法让他不要赶走皇额娘吧！"永琪走上前去，揽住她，沉声说：

　　"这件事已经不能挽回了！皇阿玛的个性那么强，皇额娘逼得他走投无路，逼得他忍痛取消封妃，他心里的一股怨气，不出在皇额娘身上，还能出在谁身上？今晚已经是不幸中的大幸，还好，皇阿玛还没有要她的脑袋！"

　　"那……"小燕子期盼地抬头看永琪，"如果你连夜赶出了那篇什么计划，皇阿玛一高兴，会不会原谅皇额娘？"

"谁都救不了皇额娘了！不过，你也不要急，等到我们回宫以后，大家再慢慢想办法！目前，皇额娘先回宫，比她留在这儿好！留在这儿，才是天天有危险，宫里比较安全。其实，皇额娘自己也知道的，她递交血书，就是抱着视死如归的心态！她成功了……她牺牲了自己，达到了目的，她实在很了不起，实在做得……"他注视小燕子，不由自主，引用了她的语言，"够英雄！"小燕子想笑，笑容才现，就消失了："好可惜！我刚刚才发现，我开始喜欢皇额娘，她就要走了！连容嬷嬷，我也有些喜欢了，她也够英雄！"

永琪欣赏地看着小燕子，说不出心里对她有多么喜爱。那么不记仇的小燕子，那么善良的小燕子，那么心直口快的小燕子，那么充满侠义之心的小燕子！她真是上苍给他的瑰宝！是他这一生的至爱。他紧紧地揽住她，心里想着皇后，想着夏雨荷，想着令妃，想着夏盈盈，想着含香，想着宫里成群的嫔妃们，想着皇后所说："宫里的女人，是最大的悲剧！"不禁心有戚戚焉。小燕子啊，他在心中起誓，我绝不让你成为宫里的悲剧！

第二天一早，福伦就带着一队官兵，启程押送皇后回宫。

尔康、永琪、紫薇、小燕子在马车前送行，晴儿代表老佛爷，也送来一些吃的用的，萧剑帮忙搬运行李，大家眼睁睁看着皇后和容嬷嬷主仆二人，凄凄凉凉地上车离去。这也是一件非常讽刺的事，皇后离开杭州，所有杭州的官员，没有任何一个来送行。宫里的人，也都避之唯恐不及。今天来送行的，对皇后依依不舍的，却是当初和皇后势不两立的这群年轻人。

"皇额娘！我给您准备了热茶，是用上好的茶叶泡的，我用暖炉热着，大概走两个时辰都不会冷。还有一包茶叶蛋，饿了可以吃。还有一些小点心，都拿到车上去了。"紫薇叮咛又叮咛，看到皇后面无表情，只得吩咐容嬷嬷，"容嬷嬷，你照顾着皇额娘，别让她路上饿着冷着，伤口要换药……你也要照顾你自己，知道吗？"

"紫薇格格放心！我只期望菩萨保佑，让我活得比娘娘长，我要用我一生所有的时间来照顾娘娘，饥寒冷暖我都会小心！"

"娘娘，老佛爷要我代表她，给您送行！她说，在这个节骨眼儿，她不好再让皇上生气，就不送您了！要您一路保重。她还说，让您放宽心，您回宫后，过不了多久，我们也就会回去了，等到我们回宫，一切还有转圜的余地，您明白了吗？"晴儿明示暗示，回宫再想办法，生怕皇后想不开。

皇后手里拿着一串佛珠，目不斜视，只是一个劲儿地数着佛珠，嘴里念念有词："舍利子，色不异空，空不异色，色即是空，空即是色，受想行识，亦复如是。舍利子，是诸法空相，不生不灭，不垢不净……"小燕子一个激动，把手里的一样东西，往皇后手里一塞，嚷道：

"皇额娘！你不要念经了，那个佛珠保护不了你！我送你一样东西，这个东西才能保护你！这一路上，万一有卫队不好，万一有人对你不礼貌，万一有人不听话……将来，我们回宫以后，万一皇阿玛又找你的麻烦，这个都可以帮你解决问题！"

众人看去，原来小燕子塞给皇后的，竟是她的金牌令箭。

"这个金牌，皇阿玛说过可以送人吗？"永琪惊看小燕子。"没说过，可是，他也没说不能送人呀！"皇后这才一退，把金牌塞回小燕子手中，深深地看着小燕子："你的好意，我心领了，是生是死，我早就不在乎。这个金牌，还是你留着吧！来日方长，它对你比对我有用！"

"我要给你嘛，皇额娘，你就收下嘛！"皇后说什么都不收，把金牌塞回小燕子怀里，上车去了。不管有多少叮咛，不管有多少的不放心，皇后在福伦的押解下，终于离开了。转眼间，车子和马队，就消失在尘土之中。永琪等六人，目送车车马马越走越远，大家依旧站在那儿，望着飞扬的尘土，感到一阵凄凉。"没想到那么风光地来，那么凄凉地回去！"尔康不胜感慨。"宫里的女人，是最大的悲剧！"紫薇不禁引用了皇后的话。

萧剑看着晴儿，忽然激动起来："晴儿！你真应该离那个皇宫远一点！我看，皇宫是个很可怕的地方，你最好还是考虑一下，要不要跟我一走了之？"晴儿一惊，看着萧剑，惶恐起来：

"你不是答应了我，要接受皇上的安排，到北京去吗？"

"那是迫不得已的答应，是被你感动的答应，是完全没有理性的答应，也是完全违背本性的答应！"萧剑烦躁地说，眼看乾隆对皇后的绝情，他心底的矛盾又起，去北京，做这个皇帝的臣子，他不知道自己要如何过这一辈子？

晴儿怔住了，呆呆地看着萧剑。小燕子一跺脚：

"哥！你跟晴儿难得可以说两句知心话，你嘴巴也甜一点嘛！已经决定了的事，现在又想翻案吗？你不只有晴儿，你还有我呢！"说着，就悲哀起来，"你看，我已经没办法逃了，注定是

'宫里的女人'了！"

"所以，你也是一个错误！"萧剑冲口而出，"就因为我当初心太软，才让你陷进这个错误！"小燕子一愣，还没说话，永琪忍无可忍向前一冲，恼怒地看萧剑："萧剑！你到底是怎么回事？我们夫妻过得好好的，你不要来挑拨离间！你这是指着我鼻子骂，说我不好，说小燕子嫁错了人，请问你，我到底有哪点不好？""你最大的不好，就是有那样一个皇阿玛！"萧剑激动地嚷，"你看他朝三暮四，寡情寡义！我还在这儿一路保护他……"越想越气，有苦说不出，"我有气！我快憋死了！"永琪瞪着萧剑，也越想越气："你嘴里尊重一点，你再骂皇阿玛，我不管你是不是小燕子的哥哥，我跟你翻脸……"

尔康急忙往两人中间一站，着急地喊：

"你们两个是怎么了？我们现在有一大堆的问题，你们不要再起内讧了！"就一本正经地看着萧剑，话中有话地说，"萧剑，不是我说你，男子汉大丈夫，该放下的就放下！最忌讳要放不能放，要收不能收！"

"对！你说得都对！我自从认识了你们，就一路堕落下去，现在，哪儿还配称为'男子汉大丈夫'？我早已弃械投降了！"紫薇走过来，对萧剑柔声说："你不要自己跟自己战争了，为了晴儿，你说过，你什么都忍，什么都放弃！你忘了晴儿怎样抱病追你吗？人生，得到这样的生死知己，不是超越了一切吗？"萧剑愣住。尔康就急急地说："来来来！我们大家研究一下，现在该怎么办？皇阿玛的事，我们不能不管，要怎么管，大家有主意没有？"萧剑转身就走，一面走，一面大声地说："从今天起，你们对那个皇阿玛要做的任何事，都别拉扯上我！我不管，我也管不着，我去透透气！"说着，就大踏步地走开了。"你等等我！我跟你一起去……"晴儿一惊，生怕他哪根筋不对，又弃她而去，就忘形地追着萧剑喊。

转眼间，两人就走得不见踪影了。剩下永琪等人，面面相觑。萧剑走着走着，听到身后，晴儿的脚步匆匆，一回头，看着追来的晴儿。"你不要追着我，让我一个人清静清静！"晴儿哀恳地凝视他，眼里盛满了深情："我知道，你对于做官，恨之入骨。你这么恨这件事，我也不能勉强你！我那天追你的时候，就对你说过，我什么都不在乎了，如果你真的如此痛苦，我就跟你一走了之吧！"

萧剑站住了，凝视她，眼里带着痛楚："真的吗？你真的愿意跟我四海为家吗？""你在哪里，哪里就是我的家！"晴儿义无反顾地说，眼中顿时泪光闪烁，"萧剑，你知道吗？自从上次你几乎骑马走掉，我每晚都做噩梦，梦到我在大雨里追你，不停地追你……可是，你骑着马一直跑，都不肯回头，我一路追一路摔跤，最后，你的马还是跑得看不见了……我就哭着从梦里醒来，浑身都是冷汗！"

萧剑听到晴儿这样的告白，想到那天冒着大雨追马的她，想到她抱住他的腿，哭着求他带她走……他看得痴了，情不自禁，握住她的手，哑声地、郑重地说："晴儿，你看清楚我，我没钱没势，我向往的生活，是无拘无束的流浪生活，你如果跟了我，就要把宫里那种锦衣玉食的日子，彻底抛开，你做得到吗？"她死死地盯着他，拼命点头。

"我曾经说过，为了你，我愿意抛开心里所有的矛盾，不再挣扎，不再逃避……可是，我失败了！"他歉然而痛楚地说着，"我真的没办法回北京去做官，真的没办法做乾隆的臣子！当皇帝要'仁'，当臣子要'忠'，我实在没办法让自己当一个心口合一、没有怀疑的忠臣！我只有一条路，带你走！"他深切地看着她，"晴儿，我可以把我心里最大的秘密告诉你吗？"

　　晴儿被他那悲苦的眼神吓住了，不住地点头。"你有秘密？是！"她心头一跳，神色严肃，"我和你生死与共，你的秘密，就是我的秘密！我一直觉得你有心事……告诉我！"萧剑四顾无人，就把晴儿拉到树下，低声地、沉重地开了口：

　　"那天，你去祭了我的爹娘，我爹，他的名字不是方准，他的名字是方之航。二十四年前，他因为一首剃头诗，被乾隆下令斩首！我娘在我爹处死那天，用我们方家祖传的剑，抹了脖子！"

　　晴儿大震，踉跄一退。她睁大了眼睛，目不转睛地看着萧剑。萧剑也目不转睛地看着她。于是，萧剑开始述说自己和小燕子的身世，那深藏在他内心的故事。他和乾隆的血海深仇，他对小燕子和永琪的无奈……他的种种种种。他细细地说，晴儿震惊地听，这才了解了许许多多自己从来不了解的事。当萧剑终于说完，晴儿目不转睛地看着他，在震撼之余，只觉得爱他爱他爱他！这个背负着沉沉重担的男人，这个为了她留在北京，忍受煎熬的男人！她爱他，爱他，爱他！她凝视着他，轻声低喊："我这才知道，你身上一直压着多么沉重的担子！我也恍然大悟，你为什么常常要逃走？为什么身上总是带着哀愁？萧剑啊，这么长的日子，你怎么熬过来的？"萧剑无语，只是深刻地看着面前这双痴情的眸子。两人就这样四目相对，默默地看着彼此。过了好一会儿，晴儿吸了一口气，下定决心了，她温柔地开了口：

"听我说，小燕子和五阿哥已经成了夫妻，皇上有意栽培五阿哥当太子，小燕子将来是皇后的命。这样，你先父的死，阴错阳差，成就了小燕子成为国母，也是一种奇妙的因果。你就……千万不要破坏小燕子的幸福，这个秘密，绝对要咽下去，好不好？"

"我早就想通这一点了，要不然，怎么会允许小燕子和永琪成亲？我要说，老早就说了！""那么，'报仇'两个字也就不提了！剩下的事，只是我和你！"晴儿的眼光，变得无比地坚定，"我终于明白你的抗拒，终于明白你的痛苦，我……跟你走！我们不回北京了！"萧剑震动地直视着她。"等到知画来，有人接我的手，我们就走！"晴儿继续说，"让我在这几天里，能对老佛爷尽最后的一点孝心。我估计，大概三天以后，我会收拾一些东西，我们挑一个月黑风高的晚上，就从杭州逃走吧！"

萧剑激动地把她的手紧紧一握，感到无法喘息了。爱上晴儿以来，这是第一次，他觉得眼前乍见光明。"你决定了吗？""我决定了！"晴儿答得斩钉截铁，毅然决然。"那么，我们悄悄地走，什么人都不要惊动！要走，就走得干脆！多一个人知道，多一分危险！"

"是！我会在知画来了以后，再找机会跟你计划一切！"

萧剑把她拉进怀中，死死地凝视她。

"一言为定吗？"

"一言为定！"晴儿紧张起来，看看四周，"不早了，我们赶快回到船上去吧！"

"回去以后，不要露出任何痕迹来，知道吗？在尔康、永琪、紫薇、小燕子他们面前，也不能透露口风，知道吗？""你也是！"晴儿点头。两人相对注视，眼里都充满了紧张、信赖和义无反顾。一件即将翻天覆地的大事，就在两人这番倾谈下决定了。

在晴儿和箫剑定下逃亡大计时，紫薇和尔康，也做了一个很大胆的决定。他们要到翠云阁，去访问那位夏盈盈姑娘。明知这样做，给乾隆知道了，一定会大大震怒。但是，眼看皇后做了这样的牺牲，紫薇就觉得，如果他们什么都不做，对不起皇后，对不起自己，也对不起乾隆。做了，就算没有结果，总是努力过了，可以问心无愧。至于乾隆的震怒，一时之间，也顾不得了。

在翠云阁那曲径通幽的花园里，在繁花如锦的小径上，紫薇和尔康见到了夏盈盈。盈盈带着满脸的惊讶，看着来访的两个人。她睁大眼睛，备战地说：

"哇！贵客光临，咱们这翠云阁真是蓬荜生辉！丫头说有客来访，我可怎么都没料到，居然是格格和额驸！"就大声喊，"丫头！赶快用最好的'金丝银钩'茶叶，泡一壶好茶，送到亭子里来！"

丫头们答应着，匆匆跑开。

尔康和紫薇，看着夏盈盈，只见她穿着一身飘逸的、鹅黄色的衣裳，站在柳树下面。嫩绿的柳枝，轻拂着她那松松绾起的头发，淡淡的脂粉下，是一张美丽绝伦的脸庞。她身材纤细，腰肢一握，站在那儿，亭亭玉立，简直像一幅画。她那对乌黑的眸子，黑得发亮，带着种大无畏的孤傲，直视着他们。那对眼睛，像两泓深不见底的潭水，平静无波，却莫测高深。两人面对这样的盈盈，都不由自主地有些紧张。

"夏姑娘不要忙！我们突然造访，实在冒昧，希望夏姑娘不要见怪！"尔康说。

盈盈看着紫薇，率直地问："你就是夏雨荷的女儿？""不错！"紫薇有些惊讶，"你已经听过我娘的故事了？""皇上都告诉我了！"盈盈回答得坦白，"没想到，那晚，一时心血来潮，夜游西湖，居然因为一首曲子，让皇上'错爱'了！""错爱？"紫薇睁大眼睛，"皇阿玛连'前世今生'的疑惑，也跟你提过吗？""是！我一再告诉皇上，我绝对不是夏雨荷，无奈皇上有他的看法和想法，我想，皇上对你娘，是真的不能忘情吧！"尔康凝视盈盈，终于有些了解乾隆对她的迷恋了，他困惑地问："你确定你和紫薇，不是一家人吗？难怪皇上错爱，你的神韵，和紫薇也有若干相似的地方，都有一股遗世独立、飘然出尘的雅致。"

"额驸夸奖了，我和紫薇格格，哪儿能够相提并论？我可以确定，我和紫薇格格，不可能有任何牵连。"盈盈脸色一正，锐利地看两人，"我想，格格和额驸到这儿来，不是研究我的长相韵味，是有话要说吧？"

"不错！你知道皇后被送走的事吗？"尔康就直接开口了。"整个杭州城，都在谈论这件事，我怎么可能不知道？"盈盈背脊一挺，脸色冰冷地说，"原来，两位是来兴师问罪的！"

"不是这样，你误会了，"紫薇急忙接口，诚恳地看着盈盈，声音里带着恳求，"我们一点兴师问罪的意思都没有！我是来这儿，请求你帮忙的！"

盈盈看看尔康，看看紫薇："请求我帮忙？我能帮什么忙？"

　　"夏姑娘，"紫薇深深地看着盈盈，"我听皇阿玛说，你是个奇女子，知书达礼，才华横溢！我今天再仔细看你，更对你充满了奇怪的感情。我不知道人类有没有鬼神，有没有超越生死的力量。皇阿玛相信你身上，有我娘的影子，我娘一生，除了等待就是等待，是个苦命的人！我看夏姑娘，眉清目朗，充满自信，比我娘有福气多了！这福气，可能是进入深宫，封为贵妃的命。也可能，是自由自在，生活在山水之中，得到一个神仙美眷的命……总之，你不是我娘，也千万不要做我娘！"

　　盈盈注意地听着，听到这儿，忍不住冷冷一笑，有力地说：

　　"紫薇格格名不虚传，好口才！兜了一大圈，要我放弃皇上，放弃'贵妃'的地位，留在杭州的山水之中，等我那个现在还不存在、将来也不知道会不会出现的神仙美眷！是不是这样？"

　　紫薇被她这样一堵，一时之间，说不出话来。尔康急忙往前一步："夏姑娘不要生气，紫薇的意思是说，皇阿玛对你的感情，有一大部分，是建筑在另一个女人的身上，这样的感情，不会让你害怕吗？"

　　"害怕？"盈盈一愣。

　　"是呀！有一天，皇阿玛会发现，你有你的个性，你有你的思想，完全不是他梦中的那个女人，那时候，你要怎么办？在深宫里，那可是一个呼天不应、叫地不灵的地方！宫里，像皇后这样的女人，比皇后还苦命的女人，不知道有多少！你敢把自己的未来，赌在这样虚幻的缘分里吗？"尔康振振有词。

　　盈盈挺直背脊，语气铿然地接口：

"你们为什么不把这些理由，去分析给你们的皇阿玛听？只要皇上不要我，就算我真是夏雨荷的影子，也没有用！换言之，如果皇上要定了我，你们认为，我有几条命，可以拒绝皇上？一个像我这样的风尘女子，皇上的'珍惜'，是多大的惊喜，你们明白吗？"她抬眼看紫薇，"你有没有想过，我也很可能像你娘一样，对这位皇上，动了真情！人生，能有几次这样的相遇相知？我应该放弃吗？听说你和尔康，也是冲破很多难关才结合的，当初，有人劝你和他分开吗？你听了吗？"

紫薇震动着，睁大眼睛，看着盈盈，半晌，才点点头说：

"我明白了！如果你动了真情，请你……忘记我们来了这一趟，我说什么，大概都没有办法改变你！至于我们为什么不去说服皇阿玛，我可以回答你这个问题，我们已经试过了，也失败了！为了你，皇阿玛和皇后反目；为了你，皇阿玛和老佛爷敌对；至于我们子女，个个都遭殃，我还挨了皇阿玛一个耳光！如果我们能说服皇阿玛，我们就不必来这儿了。"盈盈顿时怒上眉梢了，大声起来："你们说服不了皇上，就来说服我？因为我地位卑贱，听了你们的话，应该羞愧得无地自容，马上退出这场游戏，是吗？"紫薇泄气极了，说不下去，瞪着盈盈："算了！到这儿来，不过是我们走投无路下的一条路！现在，我承认我们来错了，对不起！我们告辞了！"紫薇拉着尔康，就向门外走。盈盈大声地喊："等一下！"紫薇站住了。

"什么叫'走投无路下的一条路'？皇上有那么多嫔妃，多一个又怎样？为什么要排斥我？因为我出身风尘？因为我是青楼女子，是吗？如果我是名门闺秀，八旗子女，就不一样了？是不是？"

紫薇迎视着盈盈锐利的眼光，也挺直背脊，老实不客气地说：

"是！我相信你身不由己，也相信你至今玉洁冰清，但是，天下人不会相信！你跟了任何人，都不会有人去追究你的出身，跟了皇阿玛，你会名满天下。没多久，你就会被天下悠悠之口批评得体无完肤，只怕到了那个时候，你会觉得生不如死！"

紫薇几句坦率的话，如同一盆冰冷的水，对盈盈当头淋下，把她打倒了。她忍着内心的伤痛，冷然地抬高声音：

"哦？原来格格处处都在为我着想！"

尔康听到这儿，忍无可忍，往前一迈步，大声地说：

"紫薇的分析，字字句句，都是实情！你听得进去也好，听不进去也好！紫薇说的，还不完全，我帮她补全！皇阿玛如果娶了你，姑且不论你出身青楼，你的年龄，也足以做他的孙女儿！南巡，为的是考察民生疾苦，结果，娶了一个年轻的贵妃回去，文武百官和老百姓，要怎样评论皇阿玛？是！我们不只为你着想，我们更为皇阿玛着想！他的名誉和声望，对你而言，都没有丝毫意义吗？他是一国之君呀！他不是默默无闻的小老百姓！他不是可以为了一段感情远走天涯的人，他有责任，有许多无可奈何呀！"

盈盈大为受伤，眼中燃烧着火焰，怒视紫薇和尔康："我知道了，反正，我配不上一国之君！你们说完没有？说完！就请出去！我们这个'青楼'，只怕玷污了格格和额驸的名誉，说不定，明天全杭州都知道额驸和格格驾临翠云阁，到时候，大概跳进黄河也洗不清！"

"你不用威胁我们！"尔康大怒，"我们来这儿，就没有考虑过后果，你现在是皇阿玛的新宠，可以一状告到皇阿玛那儿，我和紫薇都没好日子过！你去告状吧，我们走了！"说着，他一拉紫薇，往花园门口走去。

紫薇和尔康走了几步，紫薇回头，再度凝视着夏盈盈，真心真意地说：

"对不起！我们不是来跟你吵架的，闹成这样，完全不是我的本意。还有一句话要跟你说，如果……你跟定了皇阿玛，你就排除万难，跟皇阿玛回宫吧！千万不要跟他说，等个一年半载再进宫，那样，你就真的变成我娘第二了！还有……我一点也没有轻视你的出身，我在你身上，看到了'高贵'两个字，即使在皇宫那样的地方，我也很少看到像你这样的女子！我不后悔来这一趟，我更加明白，皇阿玛为什么为你着迷了！其实，你一点也不像我娘，我娘是柔弱的，你是刚强的！"

紫薇说完，跟着尔康离去了。

剩下盈盈，震动地伫立着，深邃美丽的眸子，逐渐被泪水浸湿了。

第十八章

西湖的落日、西湖的桥、西湖的水、西湖的船、西湖的苏堤白堤……西湖的春天，一棵杨柳一棵桃，红绿相映。西湖的美，说不完，画不尽。多少诗人墨客，为之倾倒。这天黄昏，湖面上，轻飘飘地荡来一条画舫。盈盈又是一身月白色的衣裳，在一群红红绿绿的莺莺燕燕中，扣弦而歌。船上，还有一桌酒席，许多文人雅士在作陪。大家酒酣耳热，放浪形骸。此情此景，早有前人的诗写过："平湖初涨绿如天，荒草无情不记年。犹有当时歌舞地，西泠烟雨丽人船。"乾隆在他的龙船上，凭栏而立，盈盈的歌声，清越高亢，婉转缠绵，随风而至：

西湖柳，西湖柳，为谁青青君知否？花开堪折直需折，与君且尽一杯酒！

西湖柳，西湖柳，湖光山色长相守，劝君携酒共斜阳，留得香痕满衣袖！

西湖柳，西湖柳，一片青青君见否？转眼春去冬又至，只有行人不回首！

西湖柳，西湖柳，昨日青青今在否？纵使长条似旧垂，可怜攀折他人手……

乾隆听到这样的歌声，看到那样寻欢作乐的小船，大惊失色，急喊："来人呀！""皇上！臣在！"孟大人慌忙答应。"赶快去看看，那是不是夏姑娘的船？马上把夏姑娘请到朕的船上来！""喳！"

盈盈正在宴客，已经喝得半醉了。她唱完了歌，还举着酒杯和客人们起哄比酒力。画舫中，一片笑语喧哗。一个女侍忽然伸头进船舱，嚷道：

"盈盈姑娘！孟大人派人来接，那边龙船上有请！"客人们顿时鸦雀无声，全部收敛起来。盈盈一怔，举杯对客人嚷：

"我们喝酒！不要破坏我们游湖的兴致！"回头喊，"告诉孟大人，我正招呼客人，没空去！"再对众人笑着嚷："怎么？你们害怕了？还敢不敢跟我拼酒呢？"客人全部呆着，吓得大气都不敢出。盈盈一拍手，对乐队美女们喊：

"来一点热情的音乐！添酒！"音乐喧嚣地响起。孟大人战战兢兢去向乾隆复命，乾隆大怒，用力地一拍桌子，对孟大人嚷：

"什么？她不来？怎么可以不来？这是圣旨！你去把她抓来！""是是是！臣马上去！"孟大人赶紧退下。

乾隆恼怒地在船上走来走去，烦躁不安，隔船的笙歌，不住传来。又是刺耳，又是钻心。好不容易，歌声停了，终于，盈盈随着孟大人过来了。她云鬓半乱，眼儿半媚，笑容半掩，醉容半现，看到乾隆，就低低地请下安去。

"皇上吉祥！"一请安，身子不稳，差点跌倒。

乾隆伸手一扶，眉头紧皱，忍耐地说："为什么喝得这样醉？来人呀！赶快煮一碗醒酒汤来！""是！奴婢马上去煮！"宫女们答应着跑下船。

乾隆挥手，孟大人也急忙退了出去。盈盈站稳，依旧笑容满面，醉态可掬地说：

"皇上！这醒酒汤也用不着了，我这不是喝酒喝醉了，我是存心一醉。您就算帮我醒了酒，我还是会醉！今天不醉，明天也会醉！今天明天都不醉，以前的许许多多日子，早已醉过、醒过、再醉过！这醒醒醉醉，醉醉醒醒，早就是生活的一部分，过去的抹不掉，未来的，大概也永远改不了！"

乾隆心中一阵激荡，心脏猛烈地跳着，这一生，他还没有碰到过这种事。盈盈的一篇"醒醒醉醉，醉醉醒醒"像是绕口令一样，说来却清清楚楚，何醉之有？乾隆瞪着她，看了许久，一语不发，就把她一把抱起，抱到软榻上去放着。他凝视着她，冷静地、痛心地问："说！谁去看了你？跟你说了些什么？"盈盈一怔，瞪着乾隆："皇上说什么？我听不懂！"乾隆沉重地呼吸着，紧紧地盯着她："不要跟朕演戏了！你从实招来，谁去看了你？谁说服了你？谁让你这样疯疯癫癫，在朕面前装疯卖傻？说！"盈盈大眼一眨，泪水立刻冲进眼眶。乾隆毕竟是乾隆，她装不了疯，卖不了傻，顿时瓦解了，悲切地喊："皇上！"乾隆在她身边坐下，抓住了她的一只手，紧握在自己手中，凝视她，哑声地说："这样是没有用的，你越是这样，朕越是离不开你！"盈盈眨动眼睑，泪珠滚滚落下。她凄楚地看着乾隆，凄楚地说：

"皇上，您听我说，我不能跟皇上进宫，不能伺候皇上，请皇上放了我，原谅我！让我在西湖这一片山山水水中，过我悠闲自在的生活吧！把我弄进皇宫，皇上要冒着失去家人和尊敬的许多危险，我要冒着失去自由和欢乐的许多危险，不管是对皇上，还是对我，都是不利！如果我在宫中不能适应，会让皇上失望，到时候，皇上会不再喜欢我，甚至忘了我，我……不过又是深宫里的一个怨妇而已！"她说得诚挚，说得恳切，"我们不要制造这种悲剧好不好？"乾隆盯着她，立刻猜出那个能够影响她的人了！"朕明白了！是紫薇！紫薇和尔康去找你了，对不对？只有紫薇，会跟你这样分析，只有他们两个，有这样的说服力！""没有！没有人来找我！"她勉强地说。"你不用骗朕！"乾隆霍地站起身子，咬牙切齿，"好紫薇！朕心心念念地把她带来，她是雨荷的女儿，是朕的右手！"盈盈从卧榻上坐了起来，凝视乾隆：

"皇上！请不要迁怒于任何人，皇上已经为了我，把皇后送回北京了，整个杭州城，茶余酒后，人人在谈的，都是这件事！如果皇上再迁怒到格格和额驸身上，我的罪孽，就几生几世都赎不了！皇上如果真的有点喜欢我，请为我积德，别为我结怨！"

乾隆就走回到盈盈面前，激动地说："那么，你跟朕回宫去！朕暂时没有办法封你为贵妃，但是，朕答应你，在一年之内，一定封你为贵妃，怎样？"盈盈用双手握住乾隆的手，坚定地说："不！我不跟您回宫，我已经决定了！无论您现在跟我说什么，我决定的事，就不会更改！皇上，我仔细想过，我不是雨荷，我是夏盈盈！雨荷等了皇上一生，那一生已经够了！那个故事，就结束在雨荷身上吧！我还有属于自己的生活，如果皇上真的怜惜我，请帮我赎了身，让我跟着干爹干娘过日子，将来嫁一个平凡的丈夫，过柴米油盐的生活，那就是我最大的幸福了！喜欢我，不一定要占有我，是不是？"

乾隆一眨也不眨地盯着她，悲哀起来："这是你的真心话吗？你真的希望这样？"盈盈没有直接回答这个问题，径自下了卧榻，走到窗前，推开窗子，看着那西湖的水，西湖的落日，西湖的远山，西湖的小桥。她用最温柔的声音，安安静静地说："皇上，您瞧，这片好山好水，真是人间仙境！"乾隆不由自主走到她身边，望着窗外的山水出神。她发出一声赞叹：

"生活在这样的仙境之中，也是一种幸福呀！您忍心要我放弃这么多幸福，跟您进宫去吗？宫里，有这样的山水吗？能够允许我午夜泛舟，忘情高歌吗？老佛爷会喜欢我吗？会像一般婆婆那样宠爱着我吗？"

乾隆凝望着窗外那如诗如梦的景致，一句话也说不出来了。

夏盈盈一直留在龙船上。夜色慢慢地笼罩下来，乾隆的船，灯火一盏一盏地亮了起来，整条龙船，在水面投下灿烂的光影。

永琪、小燕子、紫薇、尔康都在画舫上，看着乾隆的龙船生气。只有萧剑，神思恍惚地走来走去。小燕子气呼呼地说：

"我算了时间，那位夏姑娘上了皇阿玛的龙船，已经足足两个时辰，从下午到现在，船上静悄悄，也没唱歌也没跳舞，侍卫在船舱门口守着，谁也不能进去。他们有什么好谈，谈了这么久？"

"希望那位夏姑娘君子一点，不要把我和紫薇供出来！"尔康有些不安。"你们说她是厉害角色，心里就要有准备！我觉得很有问题，她不是'供出来'，她是'告一状'！皇阿玛脾气坏得很，说不定会对你们两个大发脾气。"永琪更加不安，对于紫薇和尔康去找夏盈盈谈判的事，大大地不以为然。紫薇叹口气，说："反正，是福不是祸，是祸躲不过！我想，明天就轮到我和尔康，被送回北京去了！回去也好，我对西湖已经没有兴致了！"小燕子又急又气："不会这样吧！皇阿玛把这个也送回去，那个也送回去，他要干什么？一个人留在杭州，跟这个夏姑娘在西湖划船唱曲过一生吗？"忽然发现萧剑一个人站在一边发呆，她嚷道，"哥！你躲在那儿想什么心事？也不帮忙想想办法！"萧剑回头，心不在焉地说：

"你们那个皇阿玛，与我没有关系，我懒得管！""我看，你也不想管我了！"小燕子没好气地大声说。萧剑怔了怔，想到即将带着晴儿私奔，恐怕再也没有力量照顾小燕子了，就话中有话地接口："确实不想管，我早就把你交给永琪了！以后，不要动不动就找我！""你……算哪门子的哥哥！"小燕子更气。"拜托你们不要吵架了好不好？"永琪烦恼地打断，"现在这么紧张的时候，你们兄妹两个还有闲情逸致来吵架！"正在这时，晴儿匆匆奔来，钻进船舱，急急地说：

"我来告诉大家一声……老佛爷在生气，令妃娘娘在伤心，晚餐都没吃，老佛爷要我去皇上的船上看一看，夏姑娘到底走了没有。我找了一个借口过去，结果，皇上正和夏姑娘两个人在吃晚餐，两人脉脉含情，一面吃饭，一面喝酒。你看着我，我看着你，好像整个西湖，只有他们两个，好诗意好深情的样子，我赶快退出来，现在心慌慌，不知道要怎么去回报老佛爷！"

小燕子一怒，跳起身子大跺脚："搞什么嘛！这样，大家都没有好日子过！"就气呼呼地嚷着，"我们闯进去，闹他一个乱七八糟！反正，紫薇和尔康也闯了祸，逃也逃不掉了！要送回去，大家都回去！"说着，就箭一般地冲出去了。众人全部跳起身，喊着叫着追出去："小燕子！小燕子，小燕子……你不要闯祸……"小燕子哪儿肯听，一口气奔上了乾隆的龙船。侍卫一拦：

"皇上有令，任何人不得入内……"砰然一声，侍卫被小燕子一拳打倒在地。船上的乾隆和盈盈，听到外面的声音，一惊。还没反应过来，就看到小燕子像风一般卷了进来。站在乾隆和盈盈的面前，她无法控制地、伤心地大喊：

"皇阿玛！我知道我们全部的人，现在加起来的分量，也没有这位夏姑娘重！您只要夏姑娘，不要我们大家了！昨天，您送走了皇额娘，明天，您又要送走尔康和紫薇，我看，下次就轮到令妃娘娘和老佛爷了！至于我，您不必赶我，我自己会走！我今天晚上就收拾东西，连夜回北京……但是，在走以前，我有话要说给这位伟大的夏姑娘听……"

乾隆还在闪神，永琪、尔康、紫薇、晴儿、箫剑全部冲进船舱来。永琪一把就抓住了小燕子，着急地说："小燕子！你答应过我不犯毛病，怎么又犯毛病了？"说着，对乾隆匆匆行礼，"皇阿玛吉祥！"尔康、紫薇、晴儿也赶快行礼，说：

"皇阿玛（皇上）吉祥！夏姑娘吉祥！"乾隆一拍桌子，站起身子，怒喊："什么皇阿玛吉祥？你们存心要朕不吉祥！这样闯进来，你们眼里，还有朕这个'皇阿玛'没有？你们要气死朕吗？"

"皇阿玛别生气，"永琪叹着气说，"就是因为我们个个的心里，都有皇阿玛，这才弄得我们心慌意乱，什么都错！什么该做，什么不该做，我们全部乱了方寸！我把小燕子带下去，既然小燕子要走，我也在这儿跟皇阿玛辞行了！"

紫薇惊看永琪和小燕子，就跟着一叹，也下决心地说："紫薇一错再错，冒犯了夏姑娘，让皇阿玛生气……我也跟皇阿玛辞行了，尔康是御前侍卫，身上有责任，会留下来伺候皇阿玛，我和小燕子、五阿哥一起走，也有个伴！"尔康惊看紫薇，大急，不自禁地喊："紫薇……"箫剑看看小燕子，看看晴儿，这样的变化，实在没有料到，衡量之下，私奔可以缓，保护小燕子不能缓，就毅然说："那么，我也在这儿跟皇上辞行，小燕子脾气毛躁，我不放心！我先护送他们回北京！同时，希望皇上允许，让晴儿也一起走！"晴儿一惊，和箫剑交换了眼神，就急忙请求：

"皇上！请帮我向老佛爷美言几句，反正过两天，知画就来了。我也跟大伙一起走！"乾隆大震，看看这个又看看那个："辞行？什么辞行？为什么辞行？你们全体要走？"尔康见情势如此，就往前一迈步，感伤地说：

"皇阿玛！我们知道，我们个个都惹您生气了！虽然我们的动机是纯正的，但是，行为是不礼貌不正确的！错，已经造成，除了让皇阿玛生气以外，并没有任何收获，我们也充满了挫败感！看到皇额娘的离开，难免有些伤感，所以，大家都想回家了！但是，我会留在这儿，阿玛千叮咛、万嘱咐，要儿臣负责皇阿玛的安全和一切！我……"无奈而不舍地看了紫薇一眼，壮士断腕般毅然说，"我留下！"

乾隆看来看去，轮流看着几个小辈，忽然悲切地仰天大笑。"哈哈哈哈！你们居然胆敢过来威胁朕！你们以为，朕离不开你们了吗？"紫薇深深叹息，看着乾隆："皇阿玛误会了，正好相反，我们都明白，皇阿玛不需要我们了！"就对盈盈虔诚地屈了屈膝，"夏姑娘，皇阿玛的生活起居，拜托照顾！"盈盈一直安安静静地看着众人，不愠不火，神态安详自若。这时，站起身子，对紫薇也福了一福，清脆地说："紫薇格格，只怕你的拜托，我没办法做到了！我跟皇上，经过了一番恳谈，皇上已经答应成全我，让我留在西湖这片山水中，等待我那可能出现的'幸福'！"紫薇大震，惊看乾隆。只见乾隆一脸的萧索，似乎一下子老了好多岁。"皇阿玛……您已经决定……"紫薇讷讷地、不相信地说。乾隆迎视着紫薇的眼光，怆恻地说："是！盈盈说服了朕，她不是雨荷，朕应该让雨荷的故事，结束在她的前世，如果上苍有意，让朕来生有缘，再跟她相见吧！"众人全部惊喜交集，大家你看我，我看你，全体震住了。盈盈却突然走到小燕子面前，挺直背脊，挑衅地说：

"还珠格格，你一进来就嚷着，有话要说给我这个伟大的夏姑娘听！我洗耳恭听，请说！"小燕子愕然地睁大眼睛，看着夏盈盈，半晌，才讪讪地笑了起来，清清嗓子：

"是！我要说的是，你真是天下最美丽、最可爱、最温柔、最聪明、最甜蜜、最有风度、最有深度、最高贵、最真诚、最纯洁、最伟大、最懂事、最有修养，最有才华、最会唱歌、最文雅、最潇洒、最脱俗、最最最……"说不下去了。

"最让人难忘的奇女子！"紫薇接口，眼中一片感激。盈盈听到这样一大串，惊奇地看着小燕子，再看紫薇，不禁挑了挑眉毛。"最让人难忘的奇女子？"她忍不住一笑，"彼此彼此吧！"她就转身看着乾隆，诚挚地说，"皇上！您这一家人，真让我大开眼界！盈盈为皇上庆幸，能有这样贴心的儿女们！"乾隆震动着，看着众人，不知道是恨是爱，一咬牙，对众人低低一吼："你们不是全体要走吗？辞行都辞过了，要走就马上走！朕才不稀罕你们留在这儿！"

他对大家拼命挥手，"统统走！"众人又一呆，你看我，我看你。小燕子就不好意思地笑着，对乾隆屈了屈膝，转动眼珠，清脆地嚷着：

"皇阿玛……现在是那个'此一个石头，彼一个石头'，我们不走啦！您赶我们也没用！我们都是刀搁在脖子上，也不会屈服的人，所以，大丈夫说不走就不走，小女子也说不走就不走，不管您说什么，我们反正不走了！"

小燕子故意用错成语"此一时彼一时"，又故意耍赖，什么"大丈夫、小女子"的，简直吃定了乾隆！但是，乾隆就是被她吃得死死的，瞪大了眼睛，又气又爱又恨又没辙。永琪见好就收，赶紧说：

"老佛爷到现在还没吃晚膳，我们不打扰皇阿玛了，我们去陪老佛爷吃饭！皇阿玛吉祥，夏姑娘吉祥！"永琪一个眼色，众人全部对乾隆行礼。"皇阿玛（皇上）吉祥！夏姑娘吉祥！我们不打扰了！"

六人就鱼贯而去了。乾隆看着大家的背影，心里不知道是惆怅，是遗憾，还是如释重负。

这晚，小燕子真是快乐得不得了。她用手环抱着永琪的腰，跳着打圈圈，嚷着："永琪！我好高兴，这个问题总算解决了！你看，老佛爷今晚会笑了，令妃娘娘也会笑了！我们几个也会笑了……""是是是！大家都会笑了……"永琪拉住小燕子的手，恻然地说："可是，有一个人不会笑了！""谁？谁？皇额娘是吗？她已经回北京了，没辙了！""我说的不是皇额娘，皇额娘老早就失宠了，老早就不会笑了。"永琪感叹地说，充满了同情，"我说的是皇阿玛！今晚，他虽然用快刀斩乱麻的方式，结束了夏姑娘这一段情，但是，对他而言，这是件非常非常痛苦的事。他的痛苦，不是你能想象的！你想，他说过，他没有多少热情可以浪费，没有多少时间可以虚度。他把夏姑娘，看成是他青春的延续，是感情生活的重生，如今，全部结束了！"说着说着，就叹了口气，"我觉得，皇阿玛一下子老了好多岁！所谓壮士断腕，就是如此了！"

小燕子不跳了，站在那儿发呆。"可是，皇阿玛还有我们呀……"她想了想，点头，了解地说，"夏姑娘是没有办法取代的。那……我们要怎么办？"就推着永琪说，"你快去写那个什么计划，皇阿玛每次看到你的计划，都很高兴！我来帮你磨墨！你不是还有好多计划要写吗？你多写几篇，连夜赶出来吧！"

小燕子就不由分说地把永琪按在书桌前。"多写几篇？连夜赶出来？计划哪有那么容易写？我还要实地考察，查资料才行！"小燕子靠在书桌上，深思起来。"我知道我们没办法取代夏姑娘，可是，我们还是可以做一些事，让皇阿玛高兴！"眼睛一亮，想出办法来了，"我们请皇阿玛吃一顿吧！""吃一顿？"永琪一愣，皇阿玛还在乎吃一顿吗？

乾隆不在乎吃一顿，他什么都不在乎了。连西湖的日出日落，西湖的湖光山色，西湖的烟雨西湖的风，西湖的诗意西湖的美……对乾隆都没有意义了。但是，永琪带着儿女辈，要请乾隆去吃饭，太后兴冲冲，令妃打边鼓，乾隆就算心里不愿意去，也不能再扫太后的兴。于是，大家到了山上的一家餐馆，凭栏而坐，可以看到山下的西湖。大家包了一个房间，早有侍卫屏退了闲杂人等。房间布置得十分雅致，墙上还有许多文人雅士的墨宝。晴儿和令妃挽着太后，紫薇扶着乾隆，大家围着圆桌坐下。宫女、侍卫四面站着伺候。

"地方还不错，这儿的菜真的特别好吃？"乾隆勉强提着兴致问。

"宋朝林升有两句著名的诗说，'山外青山楼外楼，西湖歌舞几时休？'因为这首诗，杭州就有两家著名的餐馆，一家是'楼外楼'，一家就是这'山外山'了！"尔康笑着解释。

"这'楼外楼'朕去过了，'山外山'还是第一次来！"乾隆看看众人，人人都在，就是没看到小燕子。"小燕子呢？""她去厨房看看菜色，马上就来！"永琪微笑着。"难得这些孩子有兴致，说是船上的菜，都吃腻了！要给皇帝换换口味！"太后更是一脸笑吟吟，乾隆的挥剑斩情丝，让她松了一口气。对小燕子等人的力量，不得不暗中佩服。

看样子，天不怕地不怕的乾隆，就是怕这些儿女！"不过，小燕子去监督菜色，我觉得有些危险呢！"令妃笑嘻嘻。"放心！我们都不许她做菜，只要她不碰那些菜，我们就可以安心地吃！以前，她那锅'酸辣红烧肉'，我终生难忘！"尔康再说。永琪和紫薇都笑了。"怎么没有看到萧大侠？他也去帮小燕子吗？"令妃问。听到"萧大侠"三字，晴儿就闪神了。"萧剑那人脾气古怪，这样规规矩矩吃饭，他最受不了，所以……他就不参加了！"尔康赶紧回答。

"那也得训练训练，这种规规矩矩吃饭的场合，以后还多着呢！"太后不以为然地说。心想，这个萧剑实在古怪，以前没有许婚，他一天到晚出现。现在大局已定，他倒藏头藏尾。将来成了晴儿的夫婿，还逃得掉宫中的应酬吗？

晴儿听出太后的言外之意，想着萧剑，想着他们的"计划"，更加心神不定。"其实，朕也不饿，随便吃吃就好！"乾隆没什么耐心，"怎么还不上菜？"

永琪就对里面喊着："小二！小二！怎么没人出来招呼呢？小二！快来伺候！""来了……来了！"

这才看到一个店小二，从后面飞舞出来，穿着蓝布的衣服，包着头发，手里拿着托盘，托盘里是滚烫的热毛巾，她蹿到桌前，动作非常夸张，原来是小燕子。"毛巾！热毛巾……给各位擦擦手，擦擦脸！"小燕子学着小二的声音，嚷着。她拿起毛巾，想要学习小二的招数，把毛巾利落地抛向客人，不料毛巾滚烫。

"哎呀！好烫！"小燕子手一甩，毛巾全部飞出去，大家闪的闪躲的躲，一条毛巾竟然不偏不倚，盖在永琪头顶上。永琪跳了起来，大叫："哎呀！烫啊……小二……你这是哪一招？"

尔康、紫薇拼命忍住笑，连心事重重的晴儿，也忍俊不禁了。小燕子赶紧把永琪头上的毛巾抓下来，赔笑道：

"这是'失手招'！对不起！对不起！"宫女们忍住笑，赶快收拾毛巾。乾隆睁大眼睛。被蒙在鼓里的太后和令妃，都惊奇得不得了。

"原来是小燕子！"令妃惊呼，"你怎么成了店小二了？""刚刚走马上任，各位多多包涵！"小燕子一面向大家拱手，一面跳到乾隆面前，哈腰行礼，拿着本子，沉着嗓子说："客官要吃什么？"她四面一看，"还没上茶吗？请问，大家要喝什么茶？"永琪配合演戏，一本正经地问："有些什么茶？"小燕子清清嗓子，就朗声说：

"茶呀！有牡丹绣球、茉莉茶王、茉莉毛尖、七叶绿胆、顶级毛峰、明前毛峰、碧玉澄波、金丝银钩、金丝银蕊、绿波翠玉、碧螺春、绿宝石、绿珊瑚、玫瑰茶、桂花茶、菊花茶、月下白、绿羽毛、顶级香片、一级香片、二级香片，三级小店不供应，拿不出手！客官要点哪一样？"

小燕子说得飞快，一气呵成，乾隆终于被她逗得兴致来了，瞪着她说：

"你这些茶，都有吗？""有有有！客官要喝哪一样？"

乾隆想了想，故意刁难地说："我要'万绿丛中一点红'！赶快沏来！""万绿丛中一点红啊？"小燕子一呆，"我念了这个茶名吗？"

紫薇急忙起立，笑着说："看样子，我得去帮帮忙！"就匆匆下去了。"客官要喝点酒吧！"小燕子继续说，"我们这儿的酒，有黄酒、白酒、红酒、老酒、董酒、汾酒、郎酒、绍兴酒、高粱酒、梅子酒、枣子酒、杂粮酒、竹叶青、加饭酒、沉缸酒、封缸酒、鹤顶红……不是，说错了，是状元红、女儿红、剑南春、茅台酒、太白酒、杜康酒、文君酒、西凤酒、古井贡酒、洋河大曲、双沟大曲、全兴大曲……没有了！"

这么一大串，乾隆听得头都昏了："好了，就来一瓶绍兴酒吧！"

宫女们赶紧上来，给大家倒酒。小燕子继续问："客官要点菜了吗？""你们有些什么菜？"永琪问。"菜呀！客官听着！"小燕子再清清嗓子，就一口气念了出来，"清蒸鲥鱼、清蒸熊掌、清蒸鳗鱼、清蒸鹿尾、清蒸鳜鱼、清蒸火腿、清蒸蟹肉、烧花鸭、烧竹鸡、烧仔鸡、烧鹅、卤猪、卤鸭、卤鹅、酱鸡、酱鸭、酱鹅、腊肉、松花小肚、什锦拼盘、熏鸡白肚、八宝鸭子、红烧狮子头、山西豆腐、什锦豆腐、麻婆豆腐、金镶豆腐、红烧豆腐、清蒸豆腐、砂锅豆腐、凉拌豆腐、炸豆腐、炒豆腐、焖豆腐、臭豆腐、烩鸭丝、烩鸭腰、烩鸭条、焖白鳝、焖黄鳝、炸里脊、炸对虾、软炸鱼、软炸鸡、麻油酥卷、炒银丝、炒田鸡、炒鳗鱼、炒虾仁、炒排骨、烩虾仁、锅烧海参、锅烧牛肉、锅烧鲤鱼、锅烧白菜、桂花翅子、清蒸翅子、芙蓉蛋、拌鸡丝、拌肚丝、拌腰丝、拌鸭丝、拌干丝、拌黄瓜、拌凉粉……"

小燕子念得又快又利落，念到这儿，乾隆已经忍不住笑了。

太后、令妃和众人，早已笑得前俯后仰。小燕子不笑，憋着气继续飞快地往下念：

"红糟鸭子、红糟鸡翅、红糟鱼片、红糟肉、醋熘鱼片、醋熘肉片、醋熘蟹肉、焖南瓜、焖窝窝、焖鸡掌、焖鸭掌、焖冬笋、鱼羹、鸭羹、蟹肉羹、三鲜豆腐羹、红丸子、白丸子、熘丸子、炸丸子、三鲜丸子、四喜丸子、鲜虾丸子、鱼脯丸子、豆腐丸子、一品肉、樱桃肉、红焖肉、黄焖肉、烧肉、烤肉、白肉、酱肉、红饺子、白饺子、水晶饺子、蜜饺子、素饺子、烧羊肉、烤羊肉、涮羊肉、清蒸羊肉、五香羊肉、葱爆羊肉、烩银丝、三鲜鱼翅、栗子鸡、面拖黄鱼、板鸭、筒子鸡！到此为止，没啦！"

这一下，全体都为小燕子鼓掌，乾隆也哈哈大笑了。这个小燕子，真是他的开心果呀！

乾隆知道这菜单背起来不容易，在大笑声中，其实，有更多的感动。这些儿女，为了让他一笑，真是煞费苦心。失去夏盈盈，得到所有的亲人，也是得失之间的一种互补吧！他看着小燕子，不住地点头。

"难为你了！小燕子，背了多久？这比背唐诗容易吧！"小燕子诚心诚意地看着乾隆："如果皇阿玛喜欢我背唐诗，下次，我保证用同样的速度背出唐诗三百首来，只要皇阿玛不生我们的气，能够开心一点！"

乾隆就打起精神，微笑起来，故意地说：

"好吧！小二，你告诉厨房，刚刚你说的那些菜，一样来一点吧！"

"啊？"小燕子大惊，"一样来一点啊？有这样点菜的吗？"

"皇帝点菜，就是这样点的！"乾隆一本正经地回答。

令妃和太后，相视而笑。小燕子无奈，硬着头皮对后面喊：
"所有的菜，一样来一点！"

这时，紫薇和宫女们捧着托盘出来了，只见托盘上，放着一个个白瓷茶杯，杯里，是碧绿的茶叶泡的茶，水色是透明清澈的绿。水面上，却漂着一片鲜红色的玫瑰花瓣，看来赏心悦目。紫薇清脆地说：

"'万绿丛中一点红'来了！各位请品茶！"

茶杯一杯杯放在各人前面。太后不禁脱口赞美："哇！这茶可新鲜，我还从来没有喝过！""别说没喝过，我还是第一次看到呢！好看！"令妃跟着说。

乾隆喝了一口茶，觉得清香扑鼻，不禁深深地吸了口气，说："好茶！以后，朕不喝碧螺春了，要改喝这'万绿丛中一点红'！"紫薇就双手端着茶杯，对乾隆诚诚恳恳地说：

"皇阿玛！这次南巡，我们跟在皇阿玛身边，看到很多东西，学了很多东西！心里好多话，不知道要怎样跟皇阿玛说！皇阿玛心情不好，我们也感同身受。您的忍痛割爱，您的郁郁寡欢，让我们也很心痛！我们敬您爱您，请让我们以茶当酒，祝皇阿玛身体健康，早日恢复愉快的心情！"

小燕子、永琪、尔康、晴儿就全体举杯。

乾隆眼眶湿了，拿起茶杯又放下了。"不行不行！我们得喝酒！"乾隆嚷着。"我们就换酒杯吧！"尔康举起酒杯。

大家就放下茶杯，全部拿起酒杯，连太后和令妃也举杯了。"皇帝！喝了这杯酒，咱们就把所有的不愉快都忘了吧！"太后颤声说。"我和孩子们一样，好多话想说，不知从何说起。不说了！臣妾诚心诚意敬皇上！"令妃眼眶也湿润着。乾隆一仰头，干了杯子里的酒，大家就跟着一仰头，都干了杯。乾隆放下杯子，眼光落在紫薇身上，忍不住柔声说：

"紫薇，你说得很好，但是，心里在恨朕吧？那天……打疼了吧？"紫薇眼眶一红："皇阿玛，打得很疼，但是……如果我心里有恨，今天就不会在这儿了！"这时，宫女们捧着菜肴，鱼贯而出，各式各样的菜，一一放上桌。"皇阿玛，"永琪笑着说，"这'一样一点'的难题，小燕子大概处理不了，不过，人间美味那么多，哪能全部吃下去？咱们就马马虎虎，'点到为止'吧！"永琪一语双关，好一个"点到为止"！乾隆心里，涨满了感动，眼眶红着。是的，这一顿饭，人人"醉翁之意不在酒"，大家心照不宣，点到为止吧！

第十九章

高庸在傍晚时分，把知画从海宁接来了。为了表示对太后的信任，陈家没有让家仆跟来。知画是单枪匹马，连一个丫头都没带，就这样跟着高庸，到了太后身边。知画上了太后的龙船，对太后和晴儿盈盈下拜："老佛爷吉祥！晴格格吉祥！"

太后上前，扶起知画，眉开眼笑。"知画啊！你可来了，自从离开海宁，我就一直记挂着你！""谢谢老佛爷，知画也一直想念着老佛爷，惦记着老佛爷！"知画轻声说。

太后喜爱地注视她说："你愿意跟我进宫吗？你爹娘放心让你跟我吗？哟！才提爹娘，眼眶就红了！"知画满眼含泪，低俯着头，坦白地、柔声地说："老佛爷……对不起，知画这还是第一次跟爹娘分开。老佛爷这么喜欢我，要带我进宫，是我的光荣。可是，和爹娘分开，我还是挺伤心的！"说着，心里一酸，眼泪就掉下来了，"老佛爷，以后……我还能跟我爹娘见面吗？""当然可以！"太后怜惜地搂住她，"我答应你，每年都会接你的爹娘到宫里小住，如果你到了宫里住不惯，要回家，也是可以的。我们先试试，好不好？"知画一个激动，泪汪汪地依偎着太后，像是依偎着自己唯一的支柱。

"好！只要还能见着爹娘，就什么都好！知画明白，要我进宫，是为了我好，我心里充满感激。希望我不会让老佛爷失望，但是……爹娘生我养我，与几个姐姐一起长大，现在突然分别了，知画就是想哭嘛……"说着说着，再也忍不住，扑在太后怀里，就抽抽噎噎地哭了起来。

知画的真情流露，太后听了，也不禁感伤。她紧紧地抱着她，又拍又哄，眼眶也泛红了，一迭声地说："别哭别哭！看样子，我又做错了！你这么小，就把你和家庭分开，真的很残忍。那么要不要回家呢？"

知画在太后怀里摇头，哽咽地、小声地回答："不……我要跟着老佛爷。""不是舍不得爹娘吗？""舍不得爹娘，也舍不得老佛爷啊！"知画擦了擦泪，振作了一下，抬眼看太后，眼泪还挂在脸上，笑容已涌现在唇边，"好了！见到老佛爷才会哭，一路都没哭呢！"害羞地看了晴儿一眼，"给晴格格看笑话了！"晴儿一直站在旁边，怔怔地看着这一幕，听到知画转向她，就急忙说："哪里哪里，我刚进宫的时候，也是天天哭，天天想爹娘……你放心，老佛爷会把你治好的！"

这时，高庸请示："老佛爷！知画小姐的行李送到哪儿去？是不是另外开一条船给她住？""另外开一条船？不要麻烦了，知画就跟我住！东西都拿到这儿来！"太后看知画。

"跟我一起睡，有什么心事，跟我说说，就宽解了！晴儿刚进宫的时候，我也是带在身边睡的！她比你还想娘呢，可怜她的娘去世了，我要帮她接娘来，也没办法，哪儿像你这样，随时可以接娘进宫呢！"

老佛爷一番话，晴儿也泪汪汪了，看着知画，不禁出神。知画来了，就是她要履行诺言的时候了。她说过，知画一到，她就跟萧剑走！想着萧剑，想着未来，想着她和萧剑的大计划……她的心，就狂跳了起来，满心都是紧张、期待和害怕。

这天，萧剑和晴儿在码头后面的树林里，碰了面。

"知画到了！正像我猜想的，老佛爷要她一起睡。我……应该可以脱身了！"

萧剑神色一凛，整个人都振奋起来，当机立断地说："那么，我们今晚就走！""今晚？"晴儿心一慌，"会不会太急了？明晚，好不好？""既然已经决心要走，就不要再拖延了！说走就走！"萧剑意志坚决。"可是……小燕子发现以后，要怎么办？""我会留一封信给她，她成亲以后，比以前成熟多了。她虽然不知道身世的秘密，但是，她了解我不想做官的心情，她会用她的角度去想这件事，会体谅的！永琪在她身边，会安慰她的！好在她是个乐观的人！""可是……好像不跟紫薇、尔康道别，有点不安心……""紫薇和尔康，是全天下最了解我们的人，他们只会祝福我们，不会怪我们的！""可是……""不要再'可是'了！"萧剑打断她，眼神锐利地盯着她，"你，要跟我走还是不要跟我走？"晴儿想到了那场雨中的追逐，想到他策马远去的身影，屏息着说："我要！"

这夜，春寒料峭，月明星稀。晴儿等到太后和知画都睡熟了，就偷偷地溜下床，把一些衣物细软，打了一个小包袱，背在背上。她不住地东张西望，害怕得不得了。从小到大，她何曾做过这么大胆的事？自从认识箫剑，她就变了，这个热情奔放、胆大妄为的晴儿，连她自己都觉得陌生而不可思议。

她把一个信封，放在床上。信里，简单地写着："老佛爷，永别了！谢谢您照顾了我这么多年，来生再报答您！"她对太后的船舱看去，看到太后和知画安安静静地熟睡着。她披上披风，四顾无人，就悄悄地、悄悄地溜出船舱。太后翻了一个身，忽然喊："晴儿！"晴儿大惊，猛地收住步子，看向太后的船舱，只见知画从床上坐起来："老佛爷，我在！有什么事？要我去叫晴格格来吗？"

太后怔了怔，睡意蒙眬地看着知画。"哦！知画……瞧我，老糊涂了！平时叫惯了，不用叫她，我想喝口水……""我来！我来……"

早有两个睡在床下的宫女，急忙起身："知画小姐别动，我们来！"宫女去桌前倒水。晴儿躲在帘幔背后，大气都不敢出。宫女倒了水，拿到床前，知画服侍太后喝水，一阵塞塞窣窣，太后喝完水，又睡下了。晴儿的心，扑通扑通地跳着，脸色苍白，偷偷地看着。一切又安静了，她深吸了一口气，蹑手蹑脚，溜出了船舱。船外，侍卫守着，看到晴儿下船，就迎了过来："什么人？站住！"晴儿一个惊跳，收住步子，拼命维持镇静："我是晴格格，老佛爷要我去找高公公！"

侍卫一看，是太后的心腹晴格格，哪儿还有怀疑，赶紧让开身子，行礼如仪："晴格格吉祥！要不要奴才给您打个亮？""不用了，这儿挺亮，几步路就到了，不用伺候！"

晴儿抬头挺胸，疾步走上码头。心想，原来要做"坏事"，什么谎言都说得出口！走出侍卫的视线，她就加快脚步，一阵飞奔。黑暗中，箫剑牵着一匹马，早在那儿守候多时，看到她的身影，就狂喜地低喊：

"晴儿！""箫剑！"箫剑一伸手，把她拉进怀中，紧紧一抱："谢谢天！你来了！我以为……你会临阵脱逃……赶快上马！"

箫剑把晴儿放上马背，一跃上马。两人并乘一骑，箫剑一拉马缰，马儿像箭一般，直射而去。在黑暗中，马蹄急踹着路面，向前飞奔。这一阵狂奔，两人都没有说话，晴儿第一次，这么贴近地依着一个男人的身子，第一次这样奔离了自己的世界，心在狂跳，呼吸急促，脑中什么思想都没有，只感到他的呼吸，热热地吹拂在自己的后脑和脖子上，那呼吸就燃烧起她所有的热情，奔放、狂野、强烈！

远离了危险区，箫剑才放声喊："驾！驾！驾……"晴儿紧紧地依偎着他，在颠簸的马背上，都听得到自己的心跳。"我不相信我做了这样的事……"她轻声说，"我和我以前的生活告别了！"箫剑一低头，吻着她的耳垂，用充满感情的声音，在她耳边说："你和我的新生活开始了！"是啊！这是一个新生活的开始，这个生活里，没有乾隆，没有太后，没有皇宫……甚至没有熟悉的紫薇、小燕子、永琪、尔康等人，她只有他，只有他！

一弯弦月，高挂在天空，洒落了一地的银白。风从耳边呼啸而过，吹起了她鬓边的散发。远方的山影树影，是一幅幅移动的水墨画。马儿踏碎了满地的月光，蹄声有节奏地响着，像是天籁的音乐。她就这样，在如诗如画如梦如歌的情怀中，跟着他狂奔天涯。

天亮的时候，太后发现晴儿失踪了。

原来，太后一夜都睡不安稳，天才蒙蒙亮，就醒了，习惯性地喊晴儿。知画立刻下床，不知道太后要什么，赶紧找晴儿，这一找，就找到了晴儿的留书。顿时间，天崩地裂，太后看了留书，吓得从床上几乎跌落在地。宫女太监侍卫们全被惊醒，灯笼一盏盏点燃，人声鼎沸：

"晴格格不见了！来人呀……晴格格不见了！"呼叫的声音，震动了整个船队，惊醒了尔康和紫薇。尔康霍地坐起身子，赶紧跳下床，飞快地穿衣服。侍卫们的喊声，从外面不断传来："晴格格失踪了！晴格格不见了……"紫薇瞪大眼睛，错愕着。尔康心脏狂跳，已经明白发生了什么事："不好了！晴儿逃跑了！怎么会发生这样的事？我要赶快出去看看情况！"

紫薇惊惶地坐起，忽然发现枕头边放着一张信笺，惊喊："有张信笺！是谁这么好本事，半夜溜进来放信笺！""除了箫剑还有谁？给我看！"尔康心烦意乱，这个箫剑，是怎么回事？

两人赶紧凑在灯下看信。只见信上，既无上款，也无下款，题着一首诗：

六年萧瑟飘零久，一剑十年磨在手。杏花头上一枝横，恐泄天机莫露口。

　　一点累累大如斗，壮士掩半何所有？完名直待挂冠归，本来面目君知否？

　　"是萧剑！"尔康低喊，"他的字，他的语气，他的无奈，他要我们保密，他跟我们告别了！他带走了晴儿，他们私奔了！"紫薇握着信笺，又是怅然，又是紧张，又是了解："他们终于选择了这一步！"

　　尔康把诗塞进紫薇手里，收拾收拾向外奔，紫薇一把拉住他："尔康，你预备怎么办？""我是御前侍卫呀！阿玛又离开了，所有皇室的安全，都是我的责任，看样子，我会奉命去把他们抓回来……""尔康……"紫薇欲言又止。尔康瞪着紫薇，两人交换着注视，凭着两心相通，千言万语，都在注视中了解了，尔康就匆匆地点头："我明白！我会见机行事！"紫薇目送尔康匆匆下船，就走到窗边，看着船窗外的山山水水，低声说：

　　"晴儿，萧剑！赶快跑！赶快跑！马骑快一点……千万不要停下来，赶快跑……"

　　萧剑和晴儿确实在"赶快跑"。

　　他们连续策马狂奔了一夜，天亮的时候，马儿已经累得汗流浃背，晴儿也累得东倒西歪了。晴儿从小养在深宫，一生也没骑过马，颠簸了一夜，早已腰酸背痛，再加上大病初愈和情绪的紧绷，实在有些吃不消了。萧剑放慢了马速，左看右看，看到一间半倒的破庙，四周十分荒凉，破庙寂静无人，就赶紧勒马。

"我们得找一个地方休息，再跑下去，马会吃不消！这儿有个破庙，我们进去看一看！"马停在破庙前，萧剑扶着晴儿下马，只见她形容憔悴，下了马背，一个踉跄，几乎站立不稳，差点摔倒。他赶紧扶住，非常不忍："你怎样？累了吧？""还好，只是很紧张很害怕！""我了解。"萧剑点点头，"你这是第一次骑马吧？一定累坏了！饿了吧？渴了吧？我准备了干粮，我们进去吃点东西，补充一下体力！"

萧剑就扶着晴儿，进了破庙。他看到破庙中蛛网密布，菩萨东倒西歪，墙壁斑驳，一片残破，显然荒废已久，正中下怀。找了半天，找到一些稻草，就铺在墙角，扯掉蛛网，清理清理环境，扶着晴儿坐下。再抱了一堆稻草，去院中喂马。喂了马，回到晴儿身边，他打开干粮的口袋，拿出馒头和水壶，两人才一起坐定，喝水吃东西。晴儿四面看，好紧张："这是什么地方？我们要到哪儿去？老佛爷发现我们失踪以后，会不会派官兵来追捕我们？"她越想越怕，"我们走得太匆忙了，都没有好好地计划一下！"

"不要紧张，已经到了这一步，总是兵来将挡，水来土掩，担心也没用。"他注视着她，"其实，我仔细盘算过了。等到老佛爷发现我们失踪，尔康和紫薇，会拼了命帮我们说话，说不定，老佛爷想通了，就放掉我们了！"

"如果老佛爷不肯善罢甘休呢？""追捕我们的人，应该是尔康吧！"萧剑有恃无恐地说。晴儿思索着，点点头。"万一不是尔康，是别人。我们已经跑了一夜，离开追兵有段距离了！他们要追，也不是那么容易。何况这四通八达的道路，他们没有方向，很难追捕。"

晴儿凝视萧剑，跟着他跑了一夜，还不知道目的地在哪儿。"我们是往西南跑，是不是？我们要去大理，是不是？""应该是！"萧剑从容地说，"你会这么想，那个乾隆皇帝也会这么想，所以，所有的追兵都会往西南追。我们最不能去的方向，就是西南。北边是我们来的路，也是北京的方向，我们也不能去！东边是海，我们总不能跑到海里去。所以，我们唯一的一条路，就是往西走！"

晴儿佩服地看他："你都盘算过了。往西边走，预备走到哪儿去呢？"

萧剑摇摇头："我们不去西边，我们往南走。""你不是说，我们不能往南走吗？"晴儿惊奇着。"刚刚我的分析，乾隆大概也会这样分析，万一他的分析跟我一样，一定把追捕的行动，主力放在西边，所以，我们不能去西边。我们就往南走！最危险的地方，说不定是最安全的地方，往南走一段，再转往西南。这样绕路也不多，我们只好冒险一试！何况，这条路上，我到处有朋友。"

晴儿不说话了，一眨也不眨地看着他。他被她看得不自然起来，摸摸自己的脸："干什么？我脸上脏了吗？""不是。我只是要看看，这个我托付终身的人，到底是怎样一个人？""看清楚了吗？是怎样一个人？""是智勇双全，允文允武的！"她惊叹地说，眼神里闪着崇拜的光芒，立刻，崇拜被惶恐取代了，"萧剑，你不会后悔吧？带着我，你会多了一个大累赘！"萧剑深深地凝视着她，伸手握住了她的手，看进她眼睛深处去。用最真挚的声调，几乎是感恩地说：

"我一生都在流浪，从离开义父开始，就忙着两件事，一件是'寻找'，一件是'逃亡'。为了找小燕子，忙了好多年，找到了，就带着她逃亡。然后，我又找到了你！第一次体会有累赘的滋味，这才知道，累赘也是一种甜蜜，我真高兴，有了你这份累赘！接下来，就该带你逃亡了！这是我的命。"他搂住她，抚摸她的头发，"你看起来很累的样子，躺下来，睡一会儿，顶多一个时辰，我们就要继续赶路！"

晴儿感动地看着他。

"我可以坚持，我们还是早些上路比较好。"

"就算你可以坚持，马儿也不能坚持。何况，你已经坚持不住了，躺下来！相信我，目前一点危险都没有。"

晴儿实在坚持不住了，就躺了下来，萧剑拿包袱垫着她的头，拿衣服盖住她，静静地坐在她身边，守护着她。她安静了片刻，忽然想起什么，又坐起身子，担心地看他，着急地说：

"那个知画有点深不可测。想不通她为什么要离开父母进宫去，说不定她真的喜欢了五阿哥，就像我不由自主喜欢了你一样。那么，小燕子不是危机重重吗？"萧剑的眼神一暗，是啊，小燕子危机重重，自己却跑了！顾此失彼，以后，无法再照顾小燕子。他叹口气，把她的身子拉下去："现在什么都别想，先睡一下吧！"

晴儿依偎着他躺下，被他那只大手握着，好像被"幸福""安全""命运"握着，握得那么牢，她还有什么顾虑呢？她不再胡思乱想，顺从地合上了眼睛。萧剑凝视着虚空，出起神来。开始担心小燕子他们，担心太后的怪罪、乾隆的震怒。小燕子、永琪、尔康、紫薇，你们会面对什么场面呢？你们会像以前一样，化险为夷吗？

箫剑的担心没有错，同一时间，乾隆和太后，正在怒审小燕子等四个人。

乾隆一拍桌子，怒极地大吼出声：

"这是什么道理？太荒唐了！朕不是已经答应指婚了吗？为什么要逃走？"他指着小燕子，"你这个哥哥疯了吗？好好的日子他不过，一定要朕杀了他，他才甘心是不是？怎么可以把一个格格拐跑？"

小燕子手里拿着一封信，眼里泪汪汪，又气又急又伤心，喊着："我恨死他了！我也不懂呀！他信里说，要我和永琪好好过日子……他根本就弄得我不能好好过日子，我也不了解他呀！还有晴儿，怎么会跟着他走呢？"永琪看着乾隆，一叹：

"皇阿玛！这个箫剑，是个江湖的侠客，他的思想和行为，不是我们可以揣测分析的。这次的出走，早就有痕迹露出来了，都怪我没有去注意！他对做官，抗拒得不得了，对我们这种宫闱生活，也抗拒得不得了。现在，他既然逃走了，我们就放他一马算了！反正皇阿玛也准备让他们两个成亲……"

永琪话没说完，太后勃然大怒。

"什么话？放他一马？这还了得？他以皇亲国戚的身份，保护皇室南巡，居然借着这个机会，拐跑了宫里的格格！这个故事传出去，我们皇室的面子往哪儿搁？"说着，就瞪着小燕子，"我就说，来路不明的人，根本不能信任！更不能联姻！"

小燕子看着太后，百口莫辩。想到自己这些年，拼命要当一个好福晋，努力了半天，全部被萧剑这离奇的举动给破坏了，又气萧剑和晴儿的不告而别，不知何年何月才能再见面。各种委屈，齐涌心头，再也忍不住，眼泪稀里哗啦掉下来。

"呜呜呜……怎么有这样的哥哥？他……怎么可以这样对我？晴儿也这样对我……难怪老佛爷生气伤心，我也生气伤心，可是，老佛爷，您也不要因为我哥哥，就把我也否决了……呜呜呜……"越想越痛，越哭越伤心。

紫薇赶紧上前，把小燕子搂在怀里，小燕子就扑在她怀中痛哭。紫薇抬头，对太后哀恳地说："老佛爷！请不要对小燕子发脾气吧，小燕子也很难过，这不是她的错呀！小燕子成亲之后，真的拼命在努力，想当一个好媳妇呀！"

紫薇这样一说，小燕子哭得更凶。

紫薇给了尔康一个眼色，尔康就一步上前，硬着头皮说：

"皇阿玛，老佛爷！请你们先不要生气，听我说几句话！萧剑是一个文武全才的侠客，晴儿是个才貌双全的淑女，他们两个，实在是一对神仙伴侣！这种神仙伴侣，可能不适合宫廷生活，不适合北京的繁华，就像鱼属于水、鸟属于天空一样。他们大概看透了这一点，才出此下策，一起离开了！这不是'逃走'，只是一种生活的选择而已。我们能不能用一种诗意的情怀、宽大的心胸来看这件事，把他们当成一段人间佳话，就让他们远走高飞吧！"

"对对对！"永琪赶快接口，"这事最好不要声张，传开了，对宫里不利，大家你一言、我一语，一定会说得很难听！我们也不能大张旗鼓地追捕，只怕惊动地方官员，劳民伤财，还不见得找得回来……"

听到这儿，乾隆思前想后，气不打一处来，怒吼：

"住口！什么诗意的情怀，人间的佳话！发生在你们身上的事，就是诗意的情怀、人间的佳话？你们不是口口声声说，身在帝王家，就有责任有义务要牺牲自我吗？连朕尚且如此，你们却可以这样任性而为？你们气死朕了！朕一定要把他们抓回来……"

尔康一听要追捕，急忙挺身而出：

"那么！儿臣立刻带人去追捕……"

"儿臣也一起去。"永琪跟着说。

两人转身就走。乾隆一声暴喝：

"你们两个滚回来！站住！"

尔康、永琪一起停住脚步。乾隆指着他们说：

"你们和那个箫剑，像兄弟一样，都是一个鼻孔出气，让你们两个去追捕……你们以为朕已经昏庸糊涂了，变成白痴了，是不是？依朕看来，你们当初帮含香，现在帮箫剑，全是串通好的！含香会变蝴蝶，现在他们两个会变鱼变鸟……"越说越气，气得直拍桌子，"朕气死了！气死了！朕应该把你们全体关起来……"

"皇阿玛！您真的冤枉我们了！尔康的话，不是这个意思……"紫薇喊着。"您又要把我们关起来？"小燕子情绪激动，就口不择言起来，"怪不得我哥哥要走，在皇宫里待下去，迟早会莫名其妙被关的……""你还敢说话！还敢说……"乾隆气得跳脚。这时，外面一阵脚步声，侍卫大声地通报："孟大人到！田大人到！李大人到！朱大人到！"只见四个大臣，急匆匆入内，甩袖行礼。"臣叩见皇上！叩见老佛爷！"乾隆看看大臣们，就对永琪等四人，厉声吩咐："你们四个人，回到你们的船上去，好好在船上待着！没有朕的命令，谁也不许离开！去去去！这儿的事，不需要你们插手！去！"永琪、尔康面面相觑，完全无可奈何，只得带着小燕子和紫薇，退出了船舱。

乾隆见四人离去了，这才对大臣们说："朕要你们立刻集合所有的武功高手，去追捕萧剑和晴格格！"想了想，毕竟不忍，又说，"别伤了他们的性命，活着带回来！""臣遵旨！只是，杭州四通八达，皇上可有线索，他们会往哪个方向走？"孟大人没有把握地问。"萧剑心心念念要去的地方是大理，往西南方向去追准没错！""喳！臣领旨！""慢着！"乾隆深思地皱皱眉，"那个萧剑，心思细密，他一定知道我们会往西南追，他不会那么笨。北边，是他想逃开的地方，他不会去，所以，他多半是往西边跑……可是，朕会这样分析，萧剑也会这样分析吧！"再想想，对大臣们招手，"过来，孟大人，你画一张地图给朕看看，朕要和那个萧剑斗斗法！"

永琪等四人，回到画舫上。小燕子伤心得不得了，四个人走进船舱内，个个垂头丧气。小燕子跌坐在椅子里，不敢相信地说：

"哥哥找了我这么多年才找到我，相聚不过几年，他说走就走！也不知道走到哪儿去了，以后还会不会再见面？就算和晴儿相爱，也不必丢下我呀！这下子，老佛爷怪我，皇阿玛怪我，知画又来了……"想到知画，更是恐惧嫉妒，用手抱住头，无助地低喊，"还有一个知画，我怎么办？"

永琪俯下身子，握住她的手，诚心诚意地安慰着：

"你就不要再想知画了，十个知画、一百个知画、一千个知画、一万个知画都构不成你的威胁。把知画的烦恼抛开，听到没有？至于你哥哥和晴儿，你先把个人感情放一边，仔细为他想一想，你就会想通了！你哥哥一定非常非常受不了北京，受不了做官，他太痛苦了，这才舍得离开你。现在，他身边有他深爱的晴儿，两人自由自在，像我们常唱的那首歌，'让我们红尘做伴，活得潇潇洒洒！'多美呀！我们现在要祈求的，只是皇阿玛追不到他们！"

"对呀！"紫薇接口，"永琪分析得一点也不错！小燕子，别伤心了，让箫剑无牵无挂地离去，那才是他真正的幸福。如果勉强他去了北京，他一定会变成那两句诗，'冠盖满京华，斯人独憔悴'。你不希望箫剑这样一个侠客，在官场和宫闱中，磨光了他的生命力和他的豪情壮志吧！如果那样，他到老死的那一天，会怨恨绊住他的晴儿和你！晴儿一定是想通了这一点，才愿意跟他一起走的！"

小燕子深思地看着紫薇和永琪，逐渐醒悟过来。

"说得也是！"她擦擦眼泪，振作了一下，"只要他和晴儿，幸福快乐地在一起，像我们当初集体大逃亡，虽然生活里充满了危险，我们还是好快乐。"想想，就乐观起来了，"我想明白了，我不哭了！"忽然又紧张起来，说，"可是，皇阿玛把杭州的大臣都找来了，铁定会展开搜捕行动……箫剑只有一个人，还带着不会武功的晴儿，他们逃得掉吗？"

尔康一直在思索，箫剑留的那首诗，好像有玄机。他沉思着，忽然抬头。

"小燕子，箫剑给你的那封信，给我看看！"

小燕子递上信，尔康开始念信：

> 小燕子！我非常非常舍不得地告诉你，往今往后，南北东西，我要和你分开了。愿你幸福快乐，和永琪好好地过日子！你要痛下决心改变自己，相夫教子，会很难吗？在皇宫里，大事小事，理该退让就不要出头。留得青山在，不怕没柴烧，再见！珍重！

紫薇也凑过来看信。尔康和紫薇看完，两人互看，都若有所悟。尔康就看看船舱门口，永琪看两人，心领神会，赶紧伸头看看，再把船舱的门窗关上。"怎样？是不是有线索？"尔康对小燕子招招手，"过来！我们研究一下！"小燕子赶紧过来，四人紧密地凑在一起。尔康指着信，低声解释："你们看，我们不算这封信的称呼，每句话只念头一个字，是这样一句话：'我往南，我愿和你相会在大理。'后面几句，是普通的叮嘱了！"小燕子眼睛一亮，恍然大悟，满脸发光，大眼一转，喜悦地说："哦！原来如此！我就说，他走就走，还写封信教我这个那个，婆婆妈妈什么！原来他给了我方向，他还是要去……"永琪一把捂住小燕子的嘴，四人紧张地互视。紫薇急忙叮嘱：

"嘘！不要说！我们最好把这张信笺毁掉。我们猜得出来，别人也会猜出来……"正说着，船舱外有响声，小燕子一急，把信纸赶紧放进嘴里，就大嚼起来。永琪迅速地推开窗子，只见一只水鸟，扑棱棱飞去。他松口气，惊看小燕子：

"你又把信纸吃了？赶快吐出来！只是一只水鸟而已！"小燕子脸红脖子粗，用力一咽，就把纸咽进肚子里。"算了算了！我这个吃纸的毛病，是改不掉了！现在，肚里文章，越来越多了！哈哈！"小燕子说着，竟然笑了。

众人相视，在紧张中，也不禁失笑。小燕子看着大家，问："我们现在怎么办呢？""以不变应万变！我想，要追捕到箫剑，不是那么容易！"永琪摸摸小燕子的头发。

"我答应你，将来有机会，一定陪你去大理找他们！"小燕子点点头，依偎着永琪。尔康研究出来箫剑留给小燕子的信，另有所指。再想到箫剑留给他的那首诗，一定也另有文章，大概箫剑怕小燕子口风不紧，才单独留给他们吧！他拉着紫薇回到自己的画舫上，把船舱的门一关，尔康就急忙对紫薇说：

"紫薇，箫剑留的那首诗呢？""在我口袋里！"紫薇明白了，掏了出来，就摊开信笺，两人急急研究。紫薇念着诗句：

"六年萧瑟飘零久，一剑十年磨在手。杏花头上一枝横，恐泄天机莫露口。一点累累大如斗，壮士掩半何所有？完名直待挂冠归，本来面目君知否？"她顿时恍然大悟，"我知道了！这首诗，虽然暗嵌了箫剑的名字，说出了他的心态，也明示了对我们的警告：'恐泄天机莫露口'。不止这样，这还是字谜，我们常常玩的！每两句话，是一个字，你看！'六'字加上一再加十，是个'辛'字！'杏'字不露口字是木，木字上面一枝横，是个'未'字……"

紫薇话没说完，尔康一击掌，说了下去："'壮'字掩掉一半，就是去掉士，加上大字加一点，是个'状'字，'完'字去掉帽子，是个'元'字！""对了，这几句话，是四个字'辛未状元'！""辛未状元？"尔康纳闷，"这又是什么意思？难道谜语里还有哑谜吗？说不通呀！辛未状元？""箫剑是个非常聪明的人，这个谜底应该还是一个谜，我猜不透，他一定暗示了什么。他没有把去向告诉我们，却大费周章地留信留诗，给小燕子的信，是告诉她最终的目标，给我们的……"她低声问，"会不会是告诉我们他目前的去向？他不敢告诉小燕子和永琪，特别告诉我们，让我们心里有数，以备不时之需！""就是这样！"尔康点头，"他布了很多步棋，如果我们看不懂，这只是一首告别诗，我们看懂了，或者可以在急难时，帮助他！""这附近有没有什么地名，里面嵌着'状元'或者'辛未'这些字？"尔康深思，突然眼睛一亮："我明白了！辛未状元，我要去查一查这个状元的名字！"想了想，再算了算，"如果我记得不错，那年的状元好像是杜承恩！"

第
二
十
章

　　萧剑和晴儿，草草地休息了一下，不敢久留，又继续赶路。马蹄飞踹，狂奔天涯，他们不断地策马疾驰。马儿越过荒野，越过草原，越过小溪，越过无数的小村庄……晴儿靠在萧剑怀里，神态越来越疲惫。

　　"累了吗？要不要下马休息？"萧剑问。"不累不累，我们一路都在休息，还是赶路比较好！"晴儿急忙说。"我们再赶三十里路，就可以到一个地方，名叫'承恩寺'，承恩寺是个小镇，并不是一座庙。到了那儿，我们就可以找一家客栈，吃点热汤热菜，好好地休息一下。"

　　萧剑说着，想着他给尔康的诗，不知道尔康了解了没有？晴儿点头，一阵风吹来，她就咳嗽起来。

　　"你的咳嗽一直没好，我不能带着你这样没日没夜地跑！你受不了！""我没事，别管我，我很好……为了我，已经耽误好多时间，我觉得我们都没有跑多远。"两人说着，马儿跑进了一片树林。箫剑四面一看，树林非常幽静，地上绿草如茵，是个休息的好地方。就在一棵树下，勒住了马。他翻身下马，再抱下晴儿，觉得晴儿的手冰冰冷。心里掠过一阵心痛和着急，自己浪迹天涯已久，风吹日晒，都是常事。晴儿一向娇生惯养，再折腾下去，非生病不可。

"这个树林很好，可以避风。你在这儿等一等，那边有一条小溪，我去提一点水，再去找些干树枝，起一个火，烧点热汤给你喝。从这儿到承恩寺，一路都是荒凉的山路，起码还要走两个时辰，也需要吃点东西！补充体力！我马上就来！"

箫剑从马背上的行囊中，取出水壶，就飞奔到溪边去提水。晴儿赶紧把行囊中的毯子拿出来，铺在地上，再把锅子准备好，以便煮汤。箫剑没想到小溪那么远，奔着奔着，有些不放心，突然收住脚步，侧耳倾听。只听到一阵马蹄声传来，他不禁神色大变。

晴儿正忙着布置休息的环境，忽然，身边的马儿一声长嘶。她一惊抬头，只见几个武士，不知从何处飞蹿而出。其中一个武功高强，快如电，疾如风，飞快地扑了过来。她还没有看清是什么人，已经被一把抓住，她狂喊了一声"箫剑"，就觉得自己腾空而起，那个武士把她扛在肩上，撒腿就跑。晴儿拼命挣扎，狂叫：

"箫剑……箫剑……"

箫剑听到喊声，手里的水壶落地，他飞身而起，三下两下，蹿进了树林，纵身一跃，落在那个武士面前，大喝：

"放下！你敢碰晴儿，我要你的命！"

"箫大侠！看剑！"

忽然有人一剑刺向箫剑，他急忙应战，抬头一看，四面八方都是武士，对他围攻而来。他只得和那群武士大打起来，一面打，一面心急如焚地对着晴儿看过去，只见那个武士扛着晴儿，头也不回，奔出了树林。他又惊又悔，怎么会这么糊涂，让晴儿一个人落单？他不敢恋战，剑和箫齐出，左右开弓，连踢带踹，锐不可当。一阵乒乒乓乓，打得武士们节节后退。

箫剑抓住空隙，一飞身就上了树梢。从树梢上看过去，晴儿在那个武士的肩上拼死挣扎，手舞足蹈，惨烈地喊着："箫剑……箫剑……赶快来救我啊……"她捶着武士，"放开我！求求你……"

箫剑从树梢一跃，落在马背上，一拉马缰，马儿狂奔。转眼间奔出树林，追上了那个武士。他就从马背上飞身扑向武士，像只大老鹰一般。那个武士听到耳边风声，已然看到眼前人影，大惊失色之下，把晴儿往地上抛去。

箫剑生怕晴儿有闪失，顾不得武士，就飞蹿过去接晴儿。这一接，还接了一个正着，晴儿倒在他怀里，吓得脸色苍白，眼中泪光闪闪，一眨也不眨地看着他。箫剑一翻身，跳起身子，把晴儿紧紧拥住。抬头一看，已经被四面八方的武士团团围住。在这些武士的身后，还有一队马队，层层包围。杭州的李大人，就骑在一匹马背上，对箫剑喊话："箫大侠！咱们不要动武了，您武功再好，也斗不过这么多人！还是投降，跟我们回去见皇上吧！"箫剑拥着晴儿，看看情势，知道插翅难飞，就仰首大笑起来，说：

"哈哈！我们两个，居然劳动这么多高手，也算三生有幸了！

好吧！看样子，我们是走不掉了！"笑容一收，疾言厉色地瞪着李大人，"但是，晴格格好歹是个格格，谁要是再碰她一根寒毛，我就告诉皇上，你们对格格无礼！到时候，你们全部的脑袋都不够砍！"

众武士面面相觑，确实有所顾忌。萧剑看看晴儿，问：

"你怎样？能走吗？"就拥着晴儿，走向那匹马。众武士亦步亦趋，全都跟着二人移动。萧剑对武士们说：

"反正我逃不掉了，我跟你们回去见皇上！我带晴格格骑马，你们护送就好！"萧剑说着，把晴儿送上马背，在晴儿耳边飞快地说："你抱紧马脖子，快跑！我马上追来！"萧剑说完，猛然一拍马屁股。晴儿大惊，赶紧抱住马脖子，马儿像箭一般直射而去。萧剑就一阵旋风般扫向众武士，给马儿开路，武士们急忙应战，各种武器全部出手，围攻萧剑，果然给萧剑杀出一条血路，马儿就冲出重围，奔向大路。

"快去追马！"李大人疾呼。一队马队，就追着晴儿而去。萧剑身陷重围，打得天翻地覆，日月无光。心里记挂晴儿，越打越急，不住回头察看。

这样一分心，难免疏忽，何况寡不敌众。忽然间，就有一剑划过他的左手臂，当下衣袖破裂，鲜血四溅。李大人急喊："不要伤他性命！"萧剑打得眼睛都红了，大叫："伤我性命，也没那么容易！"众武士缠住萧剑，打得密不透风，萧剑无法突围，衣袖早已被鲜血染红。一声马嘶，萧剑一回头，发现晴儿的马，已经被骑马的武士带回来了。晴儿看到萧剑在浴血苦战，肝胆俱裂，激动地大喊："萧剑！我们认输吧！皇上不会要我们的命，不要打了！"

晴儿说着，从马背上滚落于地，哭着向萧剑爬来。萧剑边打边喊："不要过来！当心刀剑……""可是，你受伤了，你在流血呀……"

萧剑奋力苦战，着急地嚷着：

"晴儿！退后……不要过来……"

武士们不敢伤两人性命，不住缩小范围，萧剑一面打，鲜血一面飞溅，越打越吃力。就在这狼狈的时刻，忽然前面烟尘滚滚，有一匹黑色快马，疾奔而来。马上，尔康的声音传来：

"李大人！皇上有旨……皇上有旨……"李大人一惊，放眼看去，尔康骑在马背上，手里高举着乾隆的金牌令箭赶到。

"李大人手下留情！皇阿玛金牌令箭到！"尔康喊着。李大人赶紧示意大家不要再打，武士们全部放下兵器，停止打斗，惊看尔康。尔康勒住马，高举金牌，气势凛然地说：

"皇阿玛有令，见到金牌令箭，就如见到皇上！"李大人眼看金牌在前，一跪落地。所有的武士，武器乒乒乓乓掉落地，全部跪下。晴儿愕然地坐在地上，惊看着。萧剑握住受伤的手臂，也惊看着。尔康下马，手里仍然高举着金牌令箭，走向李大人：

"李大人！皇阿玛有令，让萧大侠和晴格格自由离开！追捕行动停止！""额驸！这是真的吗？"李大人狐疑不止。尔康眉头一皱，语气铿然，掷地有声：

"我敢拿皇上的金牌令箭开玩笑吗？我也只有一颗脑袋！如果李大人不信，尽管捉拿萧剑和晴格格吧！"指着众武士道，"谁敢违抗圣旨，你们一个个都是死罪！难道这金牌是假的吗？你们看看清楚！"

李大人见尔康如此义正词严，吓得惶恐不已，赶紧答道："卑职不敢！卑职遵旨！"尔康这才看箫剑，两人目光一接。"箫剑！皇阿玛说，晴儿交给你了！从此，天涯海角随你去！"尔康拍了拍骑来的那匹快马。"这匹马，脚程很快，你和晴儿骑去吧！"再一抱拳。"咱们后会有期！"箫剑有些犹豫，看着尔康。"尔康……你……"尔康大声一吼：

"还不快去！什么时候变得这么婆婆妈妈？你给小燕子的留言，大家都看了！小燕子要我带话给你，会听你的话，'大事小事，理该退让绝不出头'！你没有什么可牵挂的了，快走吧！"

箫剑不再犹豫，就奔去扶起晴儿。晴儿惊魂未定，惶恐地注视着尔康说："尔康……如果你会为我们……"尔康怒声打断：

"你们还不走？难道也要抗旨吗？快走！"箫剑抱着晴儿，两人飞身上马。箫剑大喊着：

"尔康！后……会……有……期！"箫剑一拉马缰，马儿昂首长嘶，撒开四蹄，带着两人飞驰而去了。尔康昂然地站着，目送他们的身影，越奔越小，越奔越小，越奔越小……终于消失在路的尽头，他的唇边，不禁浮起了微笑。晴儿，当初辜负美人心，今天，还你一份侠士情！他回身，跃上箫剑那匹马，他该回去，面对乾隆了！

马不停蹄，尔康跟着李大人，赶回了杭州。没有片刻的耽搁，尔康立刻到了乾隆的龙船上，向乾隆请罪。太后带着知画，匆匆赶到，要了解晴儿的去向。李大人讷讷地说了经过，呈上那面金牌。乾隆听完经过，真是怒不可遏，把金牌令箭摔在桌上，盯着站在身前的尔康，咬牙切齿地嚷：

"你居然用朕的金牌令箭，放走了箫剑和晴儿？尔康！你好大的胆子！难道你忘了，你是朕的驸马，是朕的御前侍卫，你统领着整个御林军！你简直是叛变，是谋逆！朕可以把你立地斩首！"

尔康垂手而立，一副待罪的样子：

"皇阿玛请息怒……"乾隆厉声打断他：

"不要叫朕'皇阿玛'！朕没有像你们这样胆大包天的小辈！假传圣旨，放掉人犯……"他越说越气，盯着尔康，不可思议地问，"尔康，你怎么可能做这种事？朕白白栽培你、重用你，你太让朕失望了！"

"皇阿玛，儿臣知道错了，特地回来领罪。"尔康惭愧却诚恳地说，"箫剑和晴儿，没有犯罪，没有杀人放火，没有干下任何滔天大罪，他们只是两情相悦，忍不住'情奔天涯'而已。'相爱'不是罪过，为了'相爱'，变成'钦犯'，儿臣实在不忍……"

乾隆还没说话，太后已经忍无可忍地插口：

"皇帝！这件事绝对不能不了了之！什么'情奔天涯'？宫里自从来了两位民间格格，这个也'情奔'，那个也'情奔'，好像'情奔'是一种美德！含香的事，还在眼前，如果皇帝再放纵他们，只怕整个皇宫里的女子，会全部效法，跑得一个也不剩！"

乾隆听到"含香"两字，余痛未消，果然怒上加怒，指着尔康大吼："这一次，朕再也不会放过你，再也不会原谅你！朕要重重地办你……"就在这时，得到消息的永琪、小燕子和紫薇，急忙地冲上船来。侍卫急忙大声通报："五阿哥到！还珠格格到！紫薇格格到！"侍卫还没喊完，三人已经飞也似的来到乾隆面前。小燕子手里，居然高举着另外一面金牌令箭，嘴里急喊着：

"皇阿玛！我有金牌令箭……不管你要对尔康做什么，我用金牌令箭帮他免罪！请皇阿玛手下留情……"

乾隆看到小燕子的金牌也出现了，真是气得一佛出世、二佛升天。

"好哇！又一面金牌！你们真会利用朕的金牌！你们以为有了这两块金牌，你们就可以骑到朕的头顶上去了吗？气死朕了！你们把朕当初给金牌的好意全辜负了！"他对小燕子一伸手，"把金牌还来！"

小燕子一退，大声地、着急地、振振有词地说：

"皇阿玛当初说过，金牌的力量最大，见到金牌就是见到皇阿玛，有'免死'的特权！我现在不要'免死'，只要为尔康'免罪'，已经是打折在用了……"

"你给朕闭口！"乾隆大喊，"还打折呢？朕要打死你！"乾隆一面喊，一面上前，一把就抢下了小燕子的金牌。

紫薇急忙上前，满眼含泪，在乾隆脚下跪倒，哀声地说：

"皇阿玛！请高抬贵手，原谅尔康吧！我不敢再为尔康辩解什么，我知道现在说什么都没用。但是，如果尔康定罪，我和小燕子、五阿哥都会痛不欲生。皇阿玛当初亲自到南阳，接我们几个回家，给了我们'金牌令箭'，就是知道我们是一群'性情中人'，难免会做'性情中事'，这些事，又往往会给我们招来杀身之祸，这才用金牌令箭来安我们的心，赦免我们未来可能会犯的错！我们感动得痛哭流涕才跟着皇阿玛回家。此时此刻，金牌充分发挥了它应有的效果，做了一件'性情中事'，为什么皇阿玛不赦免我们、不原谅我们呢？"

紫薇神态哀戚诚恳，说得合情合理，乾隆竟被堵得无话可说。

太后一急，挺身而出：

"皇帝！你不要再被他们几个耍得团团转了！这事，实在太离谱了！就算皇帝不追究，我也要追究，萧剑拐跑的，是晴儿呀！我身边的晴儿呀！"

乾隆一拍桌子，大吼：

"来人呀！把福尔康押下去，先在杭州大牢里关起来！"

侍卫一拥而入：

"喳！奴才遵旨！"

永琪急忙一拦：

"慢着！"他拉着小燕子，双双跪倒在乾隆面前，急促而感性地说，"皇阿玛！两面金牌，还换不回尔康的罪吗？紫薇已经说了，如果尔康定罪，我们几个会痛不欲生的！在'痛不欲生'的情况下，说不定再犯下更大的错！请皇阿玛不要让旧事重演，逼得我们走投无路！当初集体大逃亡，皇阿玛忘了吗？"

"永琪！"乾隆痛心地喊，"朕一直觉得，你在这几年里，大大进步了，成熟了，懂事了！你的心思，早就该从儿女私情上，转到国家大事上！谁知，你还是这样迷糊！'集体大逃亡'！哼！自从朕把你们从南阳带回来，你们非但不知感恩，反而处处要挟朕……"乾隆话没说完，小燕子见怎样说都不行，一急，老毛病就犯了，冲口而出："我知道了！皇阿玛都是为了夏姑娘，皇阿玛失去了夏姑娘，就无法接受晴儿和我哥的'情奔'，自己得不到的，也不许别人得到……"小燕子犯了乾隆的大忌，此时，千不该万不该，就是不该提到夏盈盈。果然，这一下，乾隆暴跳如雷，大吼："李大人，孟大人！""臣在！"两个大臣赶紧躬身回答，吓得脸色发青。"立刻把福尔康带去关起来！要加派人手，严防越狱！等到朕回宫的时候，再押解回京问罪！""喳！臣遵旨！来人呀！把人犯抓起来！"几个武功高手入内就去抓尔康。小燕子伸手摸腰间的鞭子，喊："尔康！快跑……"永琪一把扣住小燕子，不许她动弹，沉痛地说："小燕子！皇阿玛在这儿，老佛爷在这儿，皇阿玛说得对，我们应该成熟了、懂事了！你不许动手！跪好！给皇阿玛磕头，是我们错，请求皇阿玛原谅吧！"紫薇一急，就膝行到乾隆面前，抱住了乾隆的腿，痛哭起来：

"皇阿玛……不要关尔康……皇阿玛……您是我的爹呀！尔康是我儿子的爹呀……这样的家庭相残，一定要发生吗？皇阿玛……"

紫薇一哭，小燕子也跟着放声痛哭了，边哭边说："皇阿玛，您好狠心……""皇阿玛！"永琪哀恳接口，"晴儿跟着箫剑，以后会过着幸福的日子，为什么我们不能祝福他们，却要因为他们的'幸福'，制造我们的'不幸'呢？"大家哭的哭，求的求，武士抓着尔康的肩，暂时不动，看着乾隆。尔康见乾隆脸色铁青，不为所动，喟然长叹，身子一挺说：

"紫薇，小燕子，五阿哥！你们不要为我求情了，我放走了箫剑和晴儿，我来坐牢服刑！日子长得很，我总有出狱的一天！紫薇，你要为东儿珍重！"尔康这样一说，紫薇更是痛哭不已。

小燕子边哭边嚷：

"皇阿玛言而无信！给了金牌又收回，我们就是有了金牌撑腰，才会这样做！结果反而被这个金牌陷害了……一国之君可以这样吗？"乾隆一听，还是他的金牌"陷害"了他们，心上更怒，挥手大喊："带下去！带下去！朕一个字都不要听！"几个武士，就拉着尔康下船去。紫薇忍不住站起身，跟着追出去。小燕子跳起身，也追出去。于是，永琪也跟着追出去了。转眼间，船舱里跑得一个也不剩。乾隆被闹得筋疲力尽，心灰意冷地往椅子里一倒，萧索地说："一场南巡，弄成这样……朕一点心情都没有了！咱们打道回宫吧！"太后和知画站在那儿，太后满脸的恼怒和沮丧，知画满脸的震动和愕然。

乾隆的南巡，就这样结束了。第二天一早，大队人马，浩浩荡荡地动身回北京。照样的旗帜飞扬，照样的马蹄杂沓，照样的仪队、卫队、官兵簇拥着马车，照样的百姓夹道欢呼……只是，皇家的每一个人，情绪都和来时不一样了。

车队中，有一辆刺目的囚车，是个结实的木栅笼子。

尔康脖子上戴着大大的木枷，双手用铁链和木枷锁在一起，双脚的脚踝上，绑着粗粗的铁链，没戴帽子，身穿囚衣，形容憔悴地坐在笼子里，被马拉着向前走。囚车后面，紫薇和小燕子都荆钗布裙，跟着囚车跑。永琪满脸沉重，也不骑马，跟在小燕子身边一起走。卫队马队严密地走在后面，于是，这辆囚车，形成另一种风景。

百姓们拥挤在路边，欢呼声中，也议论纷纷，指着囚车，讨论着这个"驸马钦犯"。乾隆和令妃坐在一车，令妃不安地从后面的车窗看出去，看到囚车的情形，再回头不安地看看乾隆，说：

"皇上，您把尔康放了吧！您想，紫薇那么柔弱，这样一路跑到北京，她会送命的！还有五阿哥和小燕子，也陪着跑，您忍心吗？让老百姓看着，也很奇怪呀！无论如何，五阿哥是皇子啊！"

"不要理他们！"乾隆余怒未消，"他们就看准朕不忍心，才会这么嚣张！现在，又故意追着囚车跑，明摆着就是要让朕难堪，朕不会再上当了！不管他们是苦肉计也好，是真情流露也好，朕不闻不问！"

"这天气，一会儿冷，一会儿热，几个孩子，弄病了怎么办？""你不要帮他们说情了！朕就当他们不存在！"乾隆说着，就若无其事地对外面挥手。百姓们欢声雷动："皇上万岁！万岁万岁万万岁！"太后带着知画，几个宫女和嬷嬷坐在另外一辆马车里。知画看着车外，被夹道欢呼的人群震动着。"老佛爷！"她兴奋地说，"这杭州的百姓，对皇上真是一片忠诚，送了几条街了，让人好感动！"太后看着知画，想着晴儿，心里是充满落寞和凄凉的。

"你还没看到咱们出发的时候，离开北京，那些老百姓才多呢！一直送到城外三十里……"说着说着，伤心起来，"这是怎么一回事呢？来的时候，有皇后、晴儿、容嬷嬷……车子里坐满了人，一路唱着歌，热热闹闹！回去的时候，居然这么冷清清的！人，也越来越少了！"

知画凝视太后，就倒了一杯热茶，拿到太后面前去。

"知画明白，老佛爷又想晴格格了！我比不上晴格格，没她那么贴心，但是，老佛爷，我会尽心尽力地伺候您，您不要伤心了！我娘说，伤心会让人变老哟，还会长出皱纹哟，老佛爷看起来才四十出头，比皇上都年轻呢！千万不要让伤心，把自己变老了！"

太后握着茶杯，喝了一口茶，开心地看知画："知画啊！你这张小嘴可真甜！让人不喜欢都难呢！"知画一笑，看着车窗外，担心起来："老佛爷，五阿哥一直跟着囚车跑，不要紧吗？一天几十里，脚底都会起泡了！"太后深深看知画一眼："唔，没关系！他要表现'有福同享，有难同当'的义气，就让他去表现！等到表现不动了，他自然会上车的！"知画点点头，仍然情不自禁地看车窗后面。尔康狼狈地坐在囚车内，看着紧跟在后面的紫薇、小燕子和永琪。因为囚车是马拉的，马走得比较快，三人必须追上马儿的速度。永琪是男人还好，小燕子练过武，还是走得很吃力。至于紫薇，根本就是在小燕子的搀扶下，跌跌撞撞地跑着。尔康心痛地对紫薇挥手："不要跟着囚车了，你赶快回到车上去，一个人受罪就够了，为什么要好几个人跟着受罪呢？"他抬眼看着永琪喊，"五阿哥！你把小燕子和紫薇带去坐车吧，你们这样子，我更加难过呀！""尔康，你用脚指头想也该想明白，你戴着枷锁坐在囚车里，我们怎么可能去乘那个豪华的马车呢？你省点力气，别喊了！"永琪说。

紫薇跑得气喘吁吁。尔康哀声说："紫薇，我求求你了！你不要追囚车，你回到车上去，算你好心，那样才是心疼我呀！""我不要！我要陪着你！我追得上，你不要担心我……"紫薇话没说完，脚下一绊，就重重地摔了下去。"哎哟……哎哟……"抬头一看，后面的马儿不料前面有人跌倒，大步而来，马蹄眼看就要踩到她的面门，不禁失声大叫："哇……救命……"侍卫急忙勒马，马儿的前蹄人立而起。距离紫薇的脸孔只有几寸。尔康吓得魂飞魄散，狂叫：

"紫薇！紫……薇！紫薇……"小燕子飞身扑了过来，抱着紫薇就地一滚，滚出了马蹄之外。马队仓促停止，整个大队也停了。老百姓惊呼不断，更是议论纷纷：

"哎呀！好险呀！那是谁？格格……什么格格……为什么追囚车呢……原来囚车里就是额驸呀……"

小燕子和紫薇，在地上惊惶互视，尔康肝胆俱裂，铁链叮叮当当响，情急地扑在栏杆旁，用木枷撞着木栅，痛喊："紫薇！紫薇……你怎么样？紫薇！"永琪早已扑上前去，搀起小燕子，再搀起紫薇，也吓傻了："紫薇，小燕子……你们两个怎么样？赶快动动手脚，看看伤了哪儿？"小燕子惊魂未定，摸摸手脚，情况还好。紫薇面无人色，摸着膝盖，裤管透着血迹，显然摔得很重。小燕子惊呼："你出血了……""嘘！"紫薇急忙阻止，"别给尔康知道……我没事！""我扶着你走！我搀着你走！"小燕子把紫薇的胳臂绕在自己脖子上，紫薇就一跛一跛地走向囚车。尔康急得快死掉了，喊着："紫薇，你怎么样？小燕子！请你帮帮忙，赶快带紫薇上车去！她一定摔伤了，你带她去检查一下，赶快给她上药，我谢谢你！"小燕子一腔义愤，对尔康喊："尔康！你别谢我了，你是天下最好的人，为了我哥哥，你才会坐上囚车，我代我哥哥嫂嫂谢你！今生今世，我做你和紫薇的丫头！"

"好！是我的丫头就听我的话，赶快把紫薇带回马车上去！我求求你！""我不要！"紫薇坚定地说，"你坐囚车，我绝不坐马车！"这时，孟大人骑马奔来："皇上有令，要五阿哥、还珠格格、紫薇格格上马车，不要耽误大队人马的进度！"永琪生气地一抬头说："你去禀告皇阿玛！让额驸跟我们一起乘马车，不然，我们大家跟定了囚车走！如果进度跟不上，大可把我们扔在路上！""五阿哥！皇阿玛有令，你们就听命吧！"尔康急喊。"不听不听！了不起大家一起乘囚车！"小燕子更是义气。"五阿哥！"孟大人不忍地低声说，"皇上是好意，你们就不要坚持！"

永琪想了想，看了看囚车，拉住紫薇。"囚车外面还有很多位置，我们统统上车去！栏杆里，是尔康；栏杆外，是我们！等于大家一起坐囚车，这样总行了吧！"永琪说着，就拉着紫薇飞身上了囚车。小燕子一飞身，也上了车。于是，笼子外，紫薇、小燕子、永琪都扶着木栅。笼子内，尔康和三人面面相对。"好了！前进吧！这样，就不会赶不上进度了！"永琪大声说。孟大人摇摇头，无奈地骑马去禀告乾隆了。

大队人马继续前进，囚车也继续前进。尔康隔着栅栏，看着紫薇，戴着铁链的手，摸索着栏杆，紫薇就迫切地握住他的手指。

两人泪眼相看。"你是不是摔得很严重？有没有带药膏在身上？摔伤了哪里？"尔康问。"没有没有！只擦破了一点皮……"紫薇哀恳地说，"你别赶我去坐马车，让我这样跟着你，看着你……我们离得这么近，就算吃苦受罪，也在一起！这样，我心里是踏实的！你别赶我走，好不好？"尔康没辙了，默然不语。

小燕子看看二人，看看情绪低落的永琪，什么话都说不出来。四人隔着囚笼，默默相对，好生凄惨。车队马队，就这样蜿蜒地出城去。

　　同一时间，晴儿和箫剑，正在荒郊野外的小溪边，生了一堆火，煮东西吃。尔康送来的马背上，准备了各种干粮，连换洗衣服和药品，都应有尽有。正好箫剑受伤，药品和布条都有用，晴儿忙忙碌碌，帮箫剑换药裹伤。晴儿看到那伤口又深又长，就心痛起来，很细心地层层包扎妥当，把布条打结。

　　"怎样？有没有弄痛你？"

　　"这点小伤，根本没有什么，几天就会好！"箫剑若无其事。"不是小伤，伤口好深。我去拿紫金活血丹，赶快吃一粒！"晴儿从背包里拿出药瓶，倒了水，给箫剑吃药。箫剑吃了药，注视她说："你呢？身上的伤怎么样？要不要让我看一看？"

　　晴儿脸一红，看一看？天哪！她飞快地摇头："我身上没有伤……""还说没有伤？摔来摔去，还从马背上滚下来，怎么会没有伤？"他凝视她，"晴儿，你是我的人了，还怕我看吗？"

　　晴儿低下头去，羞涩不已，低低地说："还没成亲呢！""成亲？"箫剑愣了愣，想到晴儿的出身，想到她的"冰清玉洁"，出神了。"是啊……我总不能让你这么草率地跟了我，应该给你一个像样的婚礼……我们到桐庐去，那儿有我的朋友，我们在那儿成亲，怎样？"晴儿注视着火苗，心事重重，半晌，才答非所问地说："不知道尔康怎样了？不知道皇上会不会原谅他？"箫剑脸色一暗，眼神也透着深深的隐忧："你一直闷闷不乐……你在担心尔康！"

"不只尔康，我担心他们每一个！紫薇、五阿哥、小燕子！"晴儿一叹，抬眼深深看箫剑，"我们走了，他们四个肯定都受牵连……我们就这样一走了之吗？我们可以这样……把自己的快乐，建筑在别人的牺牲上吗？我们不管到什么地方去，他们四个，都是我们的牵挂！带着这样的牵挂，我们还能够毫无顾忌地成亲，享受生活吗？"

箫剑迎视着晴儿的眼光，在那样澄澈的注视下，不禁额汗涔涔了。

乾隆的车队、马队、仪队、卫队和囚车逶迤前进。到了郊外，只见一片绿野平畴，柳树夹道摇曳。乾隆看着车窗外，西湖种种，已经被抛在身后。他心里酸酸涩涩，说不出来是什么感觉。正在此时，忽然听到一阵美妙的琴声响起。那么熟悉的琴声！乾隆大震，伸头向车窗外看去，一眼看到，盈盈穿着一身艳红色的衣服，坐在一棵大柳树下，正在弹琴，身后，几个美妙的女子，在为她奏乐。春风吹起了她的红裳，衣袂飘飘，柳枝掩映在她的身后，绿影婆娑。人如画，景如画，乾隆呆住了！一伸手，整个队伍都停了下来。盈盈抬头，看着车窗里的乾隆，开始扣弦而歌：

　　　　山一程，水一程，柳外楼高空断魂！马萧萧，车辚
　　辚，落花和泥碾作尘！
　　　　风轻轻，水盈盈，人生聚散如浮萍！梦难寻，梦难

平，但见长亭连短亭！

　　山无凭，水无凭，萋萋芳草别王孙！云淡淡，柳青
青，杜鹃声声不忍闻！

　　歌声在，酒杯倾，往事悠悠笑语频！迎彩霞，送黄
昏，且记西湖月一轮！

　　盈盈这一曲，唱得乾隆心碎，唱得太后惊心，唱得紫薇震
撼，唱得尔康、永琪、小燕子等个个凄然，也唱得送行的杭州官
员，人人动容了。盈盈一曲既终，就站起身来，对着车窗里的乾
隆深深一福：“盈盈知道皇上今天起程，特地前来送行！皇上，
祝您一路平安！”乾隆打开车门，对盈盈招手，她就走到车门前
面来。“孟大人有没有安排你的住家？翠云阁的问题是不是都解
决了？你干爹的病有没有治？”盈盈笑看乾隆说：

　　“谢皇上！所有的事情都帮盈盈解决了。我已经离开了翠云
阁，也搬了家。皇上放心地去吧！从此，盈盈会怀着一颗感恩的
心，过平淡而平凡的生活！我还是会泛舟西湖，纵情高歌，为皇
上唱！希望风儿云儿，会把我的歌声带给您！”

　　乾隆一眨也不眨地注视着她，想着她的歌词：“一朝离别，
叮咛嘱咐，香车系在梨花树！泪眼相看，马蹄扬尘，转眼人去花
无主！”心里就猛然涌上一阵怆恻的情绪，喃喃地说：“风儿云
儿……只怕风无情，云也无情！”他突然伸手，一把就把她拉进
了车里，命令地说：“你上车！”盈盈一声惊呼，已经进了马车。
令妃大震，瞠目结舌地看着盈盈。然后，就匆匆跳下车去，抛下
一句：“我下车走走，去看看老佛爷！”

宫女嬷嬷，也赶快跟着跳下车。马车里，剩下了乾隆和盈盈两个人，乾隆把车门一关，深深地看着她，说："既然家里都安排好了，你跟朕回宫吧！我们就这样走，什么事都别管了！"盈盈也深深地看着乾隆，眼中的流波，是西湖的水，是西湖的月，是西湖的星辰，是西湖的云，是西湖的醉，也是西湖的梦。

　　"有皇上这份知遇之恩，我已经满足了！"她轻声说，对乾隆摇摇头，"上次，我们把该说的话都说了，今天，盈盈在这儿为皇上唱一曲，就和皇上告别了！如果有缘，或者还会相见；如果无缘再见，我也会时时刻刻，记着皇上！这一段相遇，会永远活在我们的记忆里，历久弥新……我们保留这份美好的记忆吧！不要轻易地破坏它！'离别'唯一的好处，会让记忆里最美的时光，都变成'永恒'。原谅我的自私，我要这份永恒。让我下车吧！"

　　乾隆握着她的手，不忍放手。她凝视着乾隆，慢慢地抽出手来。她走到车门前面，打开车门，临行前，再回首，说："皇上珍重！盈盈告辞了！"乾隆几乎瘫在那儿，只能目送她下车去。再目送她带着女伴们，收拾乐器，翩然地隐没在柳荫深处。他知道，从此，这份"离别"，会像她说的一样，变成他生命里的"永恒"！好半天，乾隆坐在那儿动也不动。半晌，令妃轻手轻脚上车来，一语不发地看着他。宫女嬷嬷跟上车，大家静悄悄的。

　　大臣来到车窗外，小心翼翼地问：

　　"皇上！要不要继续赶路了？"乾隆无力地挥了挥手。大臣这才喊出声："出发！出……发！"

　　大队人马，继续向前。乾隆看着车窗外面，车行辘辘，柳树柳枝一缕缕地从车窗外掠过，飞快地被抛在后面了。别了，西湖的水，西湖的月，西湖的醉，西湖的梦……还有西湖的歌："风轻轻，水盈盈，人生聚散如浮萍！梦难寻，梦难平，但见长亭连短亭！"

第二十一章

　　天气忽然就热了起来，烈日当空。乾隆浩大的队伍，继续行行复行行。囚车依旧醒目地跟随着队伍，囚车外，紫薇、小燕子和永琪也依旧守着。紫薇经过风吹日晒，已经憔悴不堪。手里捧着一碗水，想喂给尔康喝。尔康脖子上有枷，双手有链条拴着，拼命伸头，水碗隔着栅栏进不去，怎样也喝不到水。

　　"过来一点，再过来一点，喝得到吗？"紫薇着急地问。尔康拼命够杯子，就是喝不到。"用水壶！我这儿有水壶！"小燕子说。

　　小燕子把水壶递给尔康，尔康接过水壶，却无法把水壶送到唇边。铁链丁零当啷一阵响，木枷挡着，够来够去够不着，手一滑，水壶落地，水全洒了。尔康又渴又急又沮丧。

　　"哎呀！算了算了，一天不喝水，也不会死！你们三个，赶快回到马车上去吧！假若你们病了，谁来照顾我呢？这样虐待自己，不是太不理智了吗？"他看着紫薇，哀求地说，"紫薇，听话，好不好？我不能答应让你再陪我了，看到你这样，比我自己受苦还难过！"紫薇拼命摇头："我要想办法让你喝水……"

紫薇把水倒在手掌心，伸手进栅栏，尔康就着她的手，想喝水，无奈水已从指缝中流光了。紫薇缩回手，再倒了水，小心地送进去，尔康急急地一低头，木枷碰到紫薇的手，手一偏，水又没有了。

紫薇急得快哭了。尔康急忙喊："我不渴！我不渴！不要再试了！"永琪忍无可忍，激动地大喊："停车！停车！"他敲着前方的栏杆，"赶快停车！"

囚车停下，卫队围了过来，高手四布，严阵以待。"五阿哥有什么吩咐？"侍卫恭敬地问。"打开这个囚笼，额驸要喝水！"永琪命令地说，气冲冲地瞪着侍卫，这些混账东西，他们一个个还是尔康的手下，居然这样待尔康，连一点通融都没有！他生气地嚷："你们只是奉命押解额驸回北京，不是奉命刑讯额驸、谋杀额驸吧？为什么要脚链手铐，还不给喝水吃东西？太过分了！赶快把栅栏打开！"

侍卫们面面相觑。毕竟是五阿哥和额驸，他们也不敢怠慢，恭敬却无奈地说："奴才奉皇上命令，除非五阿哥和两位格格上马车，不然，就不给额驸喝水！"永琪一听，实在按捺不住了，暴怒起来："我去问皇阿玛！"永琪飞身下车，急奔到乾隆的马车前，大喊大叫："皇阿玛！皇阿玛！"

乾隆的马车停下，整个队伍也停了。乾隆从车窗里看向永琪，问："你有什么事？""皇阿玛！"永琪大声说，"您真的要置尔康于死地吗？那些该死的侍卫，整天没有给他喝水吃东西！这是虐待！您明明知道，尔康罪不至死，却让他戴着脚链、手铐和枷锁，坐在囚笼里，一路从杭州出城，等于游街示众！您这样羞辱他、折磨他，是存心要让我们痛苦、让我们难堪吗？"

"现在，你们知道什么是羞辱、什么是难堪了？"乾隆瞪大眼睛，也是气冲冲地回答，"你们有没有想过，用朕的金牌令箭去假传圣旨，是给朕的羞辱和难堪？何况，朕已经命令你们几个上马车，你们不要！义气既然比性命还重要，喝不喝水又有什么关系！"永琪重重地呼吸，不敢相信地看着乾隆。他再也无法控制自己，大声说："皇阿玛！您可以虐待我们，但是，您不能虐待自己！我不相信在大家的痛苦之中，皇阿玛能够得到丝毫的快乐！为什么您一定要做损人不利己的事呢？紫薇身子不好，您还给她吉祥制钱，希望她长命百岁！现在看她风吹日晒，跌跌撞撞追囚车，您于心何忍？我们大家有千错万错，也应该回宫去算，让尔康戴上木枷坐囚车，还不给水喝，是要逼我们几个忍受'椎心之痛'！士可杀不可辱，您比杀了我们还残忍！您怎么做得出来？"乾隆大怒，推开车门，跳下车子，挥手就给了永琪一耳光。永琪脸上一阵灼热，整个人都怔住了。从小到大，他是乾隆捧在手心里的阿哥，何曾被乾隆打过耳光？何况在众目睽睽下？他大受打击，定定地看着乾隆。乾隆也定定地看着永琪。小燕子、紫薇、尔康等人，看到永琪挨打，个个大震。令妃、太后、知画等人，在马车里目睹这一幕，也个个大惊。父子二人，就这样在风中僵立了片刻，整个队伍，鸦雀无声。半晌，永琪背脊一挺，喉咙哑着，却语气铿然地说：

"儿臣告退！从现在起，我们和尔康同生死、共患难！我们也不喝水，也不吃东西，大家绝食抗议！"永琪说完，大步走回囚车。乾隆愣了片刻才上车，令妃看着他，了解他心里的痛，伸出手来，握住他的手。

"臣妾听说，老牛和小牛一生气就头顶头，老牛常常忘了自己有犄角，把小牛顶到受伤。"令妃温柔地说。

乾隆觉得心中一抽，什么叫"心痛"，这才深深体会了。"小牛的犄角长出来以后，也会忘了自己有犄角，把老牛顶伤！"他暗哑地回答。"皇上！"令妃哀求地看着他，"为什么要弄得这么严重呢？失去他们，皇上也会心痛呀！放掉尔康吧！"

"不要再帮他们说话了！"乾隆沉痛地嚷，"他们在要挟朕！朕恨死了他们的要挟！哪有这样的儿女，利用朕的爱心，来和朕作对！他们要集体绝食，朕倒要看一看，他们能支持多久！"

"不要这样，最起码，赶快下令，给尔康喝水吃东西吧！您就算不在乎尔康，您也要在乎福伦呀！现在，福伦不在，尔康有个三长两短，我们怎么跟福伦交代？""尔康放走人犯，假传圣旨，朕才要问，福伦怎么向朕交代？"乾隆色厉内荏。整个队伍停止不前，永琪又在众人的视线下，挨了乾隆一耳光，太后看得胆战心惊，赶紧派遣桂嬷嬷前去探听，到底是怎么回事？桂嬷嬷带回了永琪那番话。"啊？五阿哥说，要一起绝食？"太后惊喊。知画听了，整个人一震，睁大眼睛看着太后，急忙说："老佛爷，恐怕您要想想办法！皇上只听您的！这样下去，会出人命！老佛爷高高兴兴出门来，不要弄得凄凄凉凉回家去！如果五阿哥、还珠格格他们，真的出事，恐怕老佛爷也会很难过的！"太后默然不语，心里也在暗暗着急。知画附在她耳边，说了几句悄悄话。

太后听了，不禁点点头。知画就拿了茶壶，宫女们赶快捧着茶杯，下车去。知画带着宫女，捧着茶壶茶杯，一直走到囚车前面，笑嘻嘻地对侍卫说："老佛爷有令，要给额驸喝水！请打开栅门！"侍卫愣在那儿。尔康、紫薇、小燕子、永琪都有些惊讶。"如果你们不相信，尽管去请示老佛爷！老佛爷说，一家人总是一家人！"知画盯着狱卒，口气里带着威胁，"别忘了囚车里，关的是额驸哟！"侍卫早已心软了，岂止额驸？尔康还是人人敬爱的御前侍卫呢！就大声说：

"奴才谨遵老佛爷吩咐！"侍卫拿出钥匙，把铁锁打开，再打开囚笼。紫薇赶紧倒了一杯茶，双手捧着，送到尔康唇边去。尔康早已渴得头昏眼花，喉中像烧火一样，看到这杯茶，就像看到生命之泉一样，如获甘霖，急迫地低头，就着杯子，狼吞虎咽地喝水。正喝着，乾隆的声音骤然响起：

"不是要一起绝食吗？原来'一口水'也能逼死英雄汉！"众人大惊抬头，只见乾隆直挺挺地站在面前。紫薇看到乾隆，生怕不给水喝，就双膝一软，对着乾隆跪下，哀声地喊：

"皇阿玛！请开恩……"

紫薇一跪之下，膝盖碰到坚硬的地，伤口剧痛，"哎哟"一声，就整个人摔倒下去，杯子也落地打碎了。尔康本能地要去扶，忘了自己戴着脚镣手铐还有木枷铁链，扑到紫薇身边，一阵"钦钦……"那厚重的木枷，把刚刚起身的紫薇，又撞倒在地。小燕子和永琪急得手忙脚乱，都扑过去扶，好不容易，四人才狼狈地起立，看着乾隆。个个经过风吹日晒，焦虑伤心，折腾得憔悴如死。永琪更是一股倔强受伤的样子，眼里闪着沉默的抗议。

乾隆瞪着如此狼狈的四个人，此时此刻，真是又爱又恨又怜又气。尤其面对永琪，心里更是难过，简直不知道把他们四人如何处置才好。正在这时，忽然看到队伍后面，烟尘滚滚，马蹄嗒嗒。众人一惊，全部抬头，只见一匹快马，飞也似的疾奔而来。萧剑的声音，随着快马，一路传来：

　　"皇上！萧剑和晴儿前来领罪……请释放尔康……"所有的人，全部陷进震惊里。大家目瞪口呆地看着那匹马。转眼间，马儿已奔至眼前。萧剑扶着晴儿滚鞍下马，萧剑对乾隆一抱拳，说：

　　"萧剑在此！要关要杀随皇上，请放了尔康！"晴儿满脸风尘，对乾隆下跪，含泪说："皇上！晴儿回来了！千错万错，都是晴儿的错，我和萧剑，回来领罪！请皇上饶恕尔康他们！如果尔康为了我们获罪，我们也是生不如死！皇上要罚，就罚我们两个吧！"

　　乾隆太震惊了，怔在那儿，一时之间，简直弄不清楚状况。而小燕子，却已经爆发了。她看到萧剑，什么形象都顾不得了，眼泪一掉，激动地冲向萧剑，举起拳头，就对他拳打脚踢，哭着喊：

　　"我恨死你，恨死你，恨死你，恨死你，恨死你……皇阿玛已经答应指婚了，你还要逃跑，你是哪根筋不对？害尔康变成这样，害紫薇摔跤受伤，害永琪挨皇阿玛的耳光，害我们快要死掉……我恨死你，恨死你……你算什么哥哥？这样对我们……"

　　小燕子一阵拳打脚踢，萧剑眼睛湿漉漉，伸手去抓住激动的小燕子，哑声地说：

　　"对不起……我错了……"忽然脱口喊出，"哎哟！"原来，小燕子一踢，重重地踢在萧剑的伤口上，萧剑痛得弯下身子。晴儿大惊，急喊：

"小燕子！他手臂上有伤啊……不要打，不要打……"小燕子一呆，立刻停住，抓起萧剑的手看去，只见鲜血浸透衣袖。小燕子一急，把他的衣袖一捋，看到鲜血正在沿着手臂滴落。小燕子顿时泪如雨下，痛哭失声："哇！哇哇……你怎么伤成这样？谁把你伤成这样……"乾隆到了这时，才惊醒过来，想也没想，就着急地，扯着喉咙喊："太医！太医在哪里？赶快叫太医过来！"

"喳！"侍卫们哄然答应。紫薇、尔康、永琪、小燕子、晴儿、萧剑全部看向乾隆。在乾隆眼底，看到的只有心痛、着急和不忍，大家就全体崩溃了。尔康情绪激动地喊："皇阿玛……"紫薇立刻热泪盈眶，跟着痛喊出声："皇阿玛……"小燕子泪落如雨，也痛喊：

"皇阿玛……"只有永琪，僵硬地站着，一语不发。乾隆看着眼前这一群小辈，眼眶一热，眼里全是泪水，激动地喊：

"把枷锁拿掉！拿掉！铁链也拿掉！""喳！"侍卫急忙七手八脚，为尔康除去枷锁铁链。太医提着药箱，急急奔来。乾隆疾呼："赶快把他们几个送进马车，每个人都检查一下，该怎么治就怎么治！快！再准备一些吃的喝的，给他们送过去！""喳！臣遵旨！"太医大声应着。紫薇、尔康、永琪、小燕子、萧剑和晴儿看到乾隆这样，知道乾隆的心，已经柔软了，就个个眼中含泪。乾隆伸手，拍在永琪的肩上："永琪，我们父子两个，到路边去走走！"永琪一怔，就默默地跟着乾隆走去。尔康急忙给侍卫一个眼光，侍卫们就跟了过去，站在远远的地方，静静保护着。

父子二人，走到路边的树林里，乾隆站定了，看着永琪，心里涌动着千言万语，想对永琪说，却不知从何说起。看到永琪那负伤的神情，那对酷似自己的眼眸，他终于长长一叹，充满感情地、坦率地、柔声地说：

"令妃说，朕是老牛，你是小牛，大家都忘了头上有犄角，使起性子来就头撞头……如果朕把你撞伤了，你也把朕给撞伤了！"永琪震动着，听到乾隆这番发自肺腑的话，他顿时热泪盈眶，哑声地喊了一句："皇阿玛！"乾隆也含泪了，宠爱地看着他：

"俗语说'打人别打痛处，说人别说重处！'这次南巡，朕打了紫薇，又打了你，儿女挨打，其实最痛的都是父母！你知道吗？你那句'椎心之痛'，让朕也感到'椎心之痛'呀！"

永琪不由得诚挚地说：

"儿臣明白了！这次南巡，我们几个做了许多'放肆'的事，让皇阿玛痛在心里！皇阿玛割舍了我们所无法割舍的，在您面前，我们真的没有权利追求自己的感情，再大谈我们所受的痛苦……不能'将心比心，将情比情'，皇阿玛，儿臣知错了！"

乾隆深深刻刻地看着永琪，他身边有好多儿子，哪一个能像永琪这样了解他呢？

"将心比心，将情比情，永琪，你话中有话，朕也明白了！"他再拍拍永琪的肩，忍不住，又长长一叹，"我们父子，都试着去'将心比心，将情比情'吧！什么话都别说了，朕不希望你心里带着怨恨，一路带回北京……"

永琪的委屈受伤，都已烟消云散，感动地看着乾隆："皇阿玛，您过虑了！我不会！"父子二人，又对视了片刻，从来没有一个时候，两人间交流了这么深厚的心声。半晌，乾隆才如释重负地说："那么，我们别让大队人马等我们，回去吧！"父子二人，就充满感性地一笑，误会冰释，相偕走回马队去。

　　在尔康的马车里，几个年轻人都聚在一起，太医已经给大家诊治过了。萧剑的手臂包扎了，整只手用三角巾吊在脖子上。紫薇的膝盖上，也缠着厚厚的布巾，一跛一跛的。尔康喝了好多水，洗了脸，总算有点"人样"了。

　　永琪大步回来，上了车，众人都看着他。小燕子急忙走到他身边，关心地问："皇阿玛是不是把你痛骂了一顿？教训了你一顿？没有再跟你动手吧？"说着，又伤心起来，"皇阿玛变了，这个也打，那个也打！"永琪抓住小燕子的手，一笑：

　　"没有！皇阿玛跟我讲了一些心里的话，我们父子，已经没有任何芥蒂……"他抬头看着大家，真挚地说，"你们大家，也不要为这个难过了！或者，经过了这次的事，我和皇阿玛之间的了解，反而更深一层，我不在意了，你们也不要在意吧！最重要的，是尔康获得释放，大家都可安安心心地回北京……"

　　大家听到永琪这样说，看到他的神色，都松了一口气。尔康一笑说："打是疼，骂是爱，我们这次，总算享受了普通儿女的生活了！""什么'普通儿女的生活'？"小燕子嚷，"普通儿女，会动不动就拴上铁链坐囚车吗？不过，我也不恨皇阿玛，看到他着急地喊太医，我什么气都没有了！"紫薇端了一碗热汤，一跛一跛地送到尔康面前。尔康急忙接过热汤，哀求地说："紫薇，你坐着不要动好不好？膝盖上有伤，最不容易好，你动来动去，它怎么结疤呢？现在，我不在囚车上，你不用照顾我了！""可是，你一天都没吃东西了！你快吃呀！"紫薇心痛地说。"好好好！我快吃，我马上吃！"

紫薇这才坐下。尔康赶紧去吃，太烫，紫薇又凑过去吹，两人目光一对，尔康情不自禁把碗一放，双手握住紫薇的手。两人就恍如隔世般，深深对视着。小燕子虽然形容憔悴，这时，心情已经转好，就笑着捧起那碗汤，嚷着："来来来！你们两个就手握着手，眼睛对着眼睛，你看着我，我看着你，享受你们的'幸福'，谁都别动！汤汤水水，当然是丫头服务！谁教我倒霉，有那样的哥哥，害我好不容易当了格格，又降级成丫头……喝呀……"小燕子说着，就把汤碗凑到尔康唇边去，尔康赶紧去接："不敢当不敢当！给我！"尔康放开紫薇，去拿小燕子手里的碗。小燕子手一躲，固执地说："你就让我伺候伺候呗！"

两人这样一抢，碗翻了，一碗热汤，全倒翻在尔康身上。尔康烫得直跳起来，小燕子也烫了手，跳脚的跳脚，甩手的甩手。紫薇摇头，箫剑瞪眼，永琪大叹，赶紧过来拉住小燕子说：

"我看，你这个丫头，就安安静静地坐在这儿，让我们说说话！"他按住了好动的小燕子，这才掉头看着箫剑和晴儿，满脸困惑不解地问，"你和晴儿，到底是怎么一回事？你想害死大家吗？"

尔康也顾不得喝汤了，紧紧地盯着箫剑，遗憾得不得了，跟着说：

"你干吗回来呢？好不容易逃走了，就该什么都抛下，走得干干净净！""对不起，"晴儿自责地说，"知道尔康被囚，押解回宫，我们就快马加鞭赶回来，还是晚了一步，害你们大家受苦。"“你们怎么知道我被囚禁了？”尔康疑惑地问。"老百姓的传言快得很，额驸成了囚犯，比皇后送回去的新闻还大！"箫剑看看晴儿。

"其实，我们已经快要到桐庐了，晴儿想来想去不对，生怕你们几个受牵连，我们就决定折回杭州去探听一下情势，还没到杭州，一路上就听到老百姓议论纷纷，说皇上起程回宫，和尔康被囚禁的事！你们想，我们两个还走得成吗？"说着，就潇洒地一笑，"算了，我们这几个人，还是有福同享，有难同当吧！"

尔康看着两人，惋惜不已："其实，皇阿玛虽然把我关起来，是一时气愤，顶多两天三天，他就会不忍心的！你们只要坚持下去，一定会成功！"他瞪着箫剑说，"功亏一篑！"“别骂我了，易地而处，大概你们也会做同样的事！"箫剑苦笑。永琪很不放心地看着箫剑："那么，你想通了吗？不要过两天，又想逃走，那才给我们找麻烦呢！如果决定跟大家一起回宫，就要下定决心做宫里的女婿，你到底想明白没有？"“是！我知道！"箫剑脸色一暗，"我保证，这种事情不再发生了！"

"箫剑……既然这样决定，就要把'苦衷'彻底抛掉！"尔康语重心长。"是！"箫剑简单地回答，声音里带着痛楚。晴儿不禁伸手，去握住箫剑没受伤的手。两人四目相对，眼中有千言万语。半晌，晴儿吸了口气说："我还要去老佛爷的车上，跟老佛爷认错道歉。我先下车……"箫剑一凛抬头，"宫廷"的压力，顿时又当头罩下，问："这是不是表示，我们从此，又得过'可望而不可即'的生活？"晴儿眼神愁苦，祈谅地看着箫剑。紫薇叹了口气，担心地说："晴儿，老佛爷这一关，恐怕不好过！"小燕子跳起身子，一拍胸口："我陪你过去！"永琪赶紧拉住小燕子："算了！你成事不足，败事有余！你千万别去！"

不管太后那一关好过不好过，不管和箫剑之间是不是又要回到当初，晴儿是逃不掉面对太后的。她上了太后的车，对太后屈了屈膝，惭愧地说："老佛爷，晴儿回来领罪了！"

太后用一种又气又悲又怒的眼神，直视着她，冷冰冰地说："晴儿，我真没想到，咱们这次南巡，你成了主要的角色，演出一出又一出的好戏！让我看得眼花缭乱，简直应接不暇！"晴儿一听，就身不由己地跪下了，不敢看太后，低垂着双眼说：

"晴儿错了。辜负了老佛爷的教诲，也辜负了老佛爷的期望，让您生气，又让您伤心，晴儿自知理亏，不敢辩解。只希望老佛爷不要为了我，气坏身子！对我种种不可思议的行为，多多包容。"

太后瞪着晴儿，深深一叹。还没说话，旁边的知画就走了过来，挨着太后说：

"老佛爷别生气了，刚刚太医不是送了药过来吗？您瞧，晴格格脸色那么苍白，在外面一定吃了好多苦，上次着凉，还没好呢！还是让她先吃了药休息吧！总之，老佛爷念着想着盼着，还是把晴格格给盼回来了，不是吗？"

知画这样一说，太后情不自禁，又叹了一口气。晴儿更加惭愧了，说："谢谢知画帮我求情，我知道，我犯的错，不是任何人求情可以了事的……老佛爷，您要怎样惩罚，晴儿甘心受罚。"

太后伸手把晴儿一拉，拉了起来，仔细看她："就这么两天，怎么瘦了一大圈？"太后这样一句关心的话，让晴儿顿时满眼充泪，低喊着：

"老佛爷，晴儿不值得您心疼，都是我自找的！"

"唉！"太后又叹气了，"晴儿……我想，我永远无法了解你那个箫剑，也无法了解你们为什么要逃走？但是，我也不想追究了。你好歹是我身边的格格，要成亲，也该从宫里嫁出去！这些年来，我也帮你准备了一些嫁妆，总想给你一个风风光光的婚礼。现在，我对你唯一的要求，就是别再出问题，让我们平平安安地回宫去，我会在最短的时间内，让你们两个成亲！我不敢……再留你了！"

晴儿满脸通红，低低地应着：

"是！晴儿知道了！"太后凝视她，除了叹气，只能叹气。晴儿低着头，除了惭愧，还是惭愧。这样一闹，就闹到黄昏了。当车队、马队继续前进的时候，天空正挂着一轮又圆又大的落日。满天的彩霞，把整个队伍都染红了。车车马马就在满天的彩霞下，迤逦向前行去。

第二十二章

　　乾隆三十年四月十九日，乾隆结束了他的第四次南巡，带着浩浩荡荡的队伍，回到了北京。对小燕子来说，这趟南巡，发生了很多惊心动魄的事，除了皇后被打入冷宫这一件以外，其他的事，总算都有惊无险地度过了。尤其箫剑和晴儿这一段，能够"化暗为明"，还得到乾隆和太后的许婚，小燕子真是"快乐得像老鼠"。离开了三个多月，又回到了景阳宫，再见到小邓子、小卓子、明月、彩霞，小燕子手舞足蹈，恨不得拥抱他们每一个。明月、彩霞带着许多宫女，小邓子、小卓子带着许多太监，请安的请安，磕头的磕头，激动地喊着：

　　"欢迎五阿哥和格格回家！五阿哥吉祥！还珠格格吉祥！"

　　小燕子笑着，嚷着："打打打！又磕头了！一人五十大板！"

　　"都起来吧！"永琪高兴地笑着。

　　太监和宫女们起身，大家忙忙碌碌，接行李，拿箱子，送进房里去。

永琪忍不住问："你们知不知道皇后娘娘的消息？她是不是平安回宫了？现在住在哪儿？还在坤宁宫吗？""娘娘早就回来了，没住在坤宁宫！"小邓子说。"一回来，就搬到后面那个'冷宫'里去了！"小卓子低声回答。"什么'冷宫'？哪个'冷宫'？"小燕子急急地问。"别提了，好可怜呀！就是'静心苑'。那儿以前专门关一些犯罪的娘娘，听说先皇帝有个娘娘在那儿上吊死了，从此就关闭了！不知怎的，现在居然给皇后娘娘住了！那儿好冷清，除了老鼠，一个人影都没有！听说还闹鬼呢！"明月摇摇头说。"皇上还没回宫，是谁做主，把她送进那儿去的呢？"永琪皱皱眉头，不解地问。"我听魏公公说，是皇后娘娘自己要搬去住的！"小邓子说。"我记得，皇额娘剪发那天，皇阿玛确实提过要她搬到'静心苑'去！可是，她也不必那么着急呀！等到我们回来再搬不好吗？说不定大家求求情，就不用搬了！老佛爷不是也说，回来再想办法吗？"小燕子看着永琪。"我想，皇额娘是铁了心，再不留恋皇后的位子了！'哀莫大于心死'，就是这个意思。"永琪想到"宫里的女人，都是悲剧"那句话，不禁恻然。小燕子呆了呆，忽然往外就跑。

　　"我到那个'静心苑'去看看！"永琪一把拉住了她："刚刚回来，你好歹也喝杯茶，休息一下！现在急急跑去看皇额娘，传到皇阿玛那儿，又是一场不高兴。我们惹的麻烦不少，暂时安分一下，好不好？""是呀是呀！格格先喝茶吃点心吧！"彩霞笑着拍拍手。只见无数宫女，穿花蝴蝶般上茶上点心上水果。小燕子睁大眼睛，看到这么多爱吃的小点心，就食指大动，垂涎欲滴了，一面抓点心吃，一面叫着："哇！我早就'肠子咕噜咕噜'了！"永琪又是摇头又是笑，更正着她："这有一个现成的成语，是'饥肠辘辘'，以后饿了就说'饥肠辘辘'。什么'肠子咕噜咕噜'！'咕噜咕噜'是咽口水的声音！""那我口水'咕噜咕噜'，肠子也'咕噜咕噜'，可以吧？反正饿了嘛！何况，我又不是'鸡肠'我是'燕子肠'！怎么可以说'鸡肠辘辘'呢？"永琪忍不住笑了，宫女和太监们也跟着笑了，一时间，满屋子都是笑声。温馨的气氛，笼罩在整个景阳宫里。几个宫女和太监笑着，开心地嚷着："格格回宫，咱们又有笑话可以听了！"

尔康和紫薇，也回到了学士府。两人在丫头嬷嬷的簇拥下进了大厅，尔康喊着："阿玛！额娘！我们平安回家啦！"福晋和福伦开心地迎上前来，紫薇赶紧向二老请安："阿玛额娘辛苦了！"紫薇请完安，一眼看到奶娘牵着东儿，站在旁边，就忘形地大喊一声："东儿！"她奔上前去，蹲下身子，一把抱过东儿，激动地看着、摸着、亲着，喊着："东儿！我的宝贝，我的心肝……我想死你了！想死你了！"东儿被紫薇亲得痒痒，就咯咯地笑着。紫薇觉得这是人世间最动听的笑声了，她满眼发光地、宠爱地看着东儿，充满了惊叹地喊："哇！他一看到我就笑！"她摸着东儿的手和脸庞说，"额娘，他长大了！变得好漂亮啊！额娘，谢谢您，把他照顾得这么好！"尔康也凑过来看。"好像胖了一点！长大好多！"他笑着看紫薇，忍不住说，"紫薇，你也兴奋得有点过分了吧？""没办法，就是好想他嘛！东儿……东儿……有没有想额娘？有没有？！""东儿想额娘，一直一直想额娘！""哇！"紫薇再度惊喜地喊，"他想我！他还会说'一直一直'耶！"

"东儿，背《三字经》给额娘听！"福晋对东儿说。"什么？他会背《三字经》了？不会吧！"紫薇不信地说。东儿小身子一挺，就抬头挺胸，朗声地念："人之初，性本善，性相近，习相远……"紫薇大喜："哎呀……他真的会背耶！"她抬头看着尔康，明知尔康也听到了，还在那儿"献宝"，"尔康，你听到了吗？他真伟大，他真能干，他会背《三字经》了！"尔康拉着紫薇，笑着说："不得了！她简直在'崇拜'东儿！好了，先跟额娘阿玛说说话，等会儿再去研究东儿，好不好？"紫薇这才不好意思地站起身，看着福伦和福晋。

"总算回来了！"福晋拉着两人的手，仔细地看他们，"怎么看起来很累很憔悴的样子，路上没有发生什么事情吧？不瞒你们说，我这个眼皮一直跳一直跳，老是觉得你们会出事！跳着跳着，你们阿玛就回来了，说是皇后出了事！可是，皇后回来以后，我的眼皮还是跳！"

"哎！额娘就是额娘……您看，我们不是好好的吗？"尔康打着哈哈。被乾隆关在牢笼里游街这一段，千万不能让福晋知道，否则，会被念叨不完。"真的很好吗？有些传言已经到北京了！你们又惹事了，是不是？"福伦追问。

"说来话长，慢慢再说吧！总之，现在没事了！"尔康赶紧说，看着福伦，关心地问，"皇额娘怎样？""你想呢？搬进那个'静心苑'，半条命等于去了！"福晋叹息着。

紫薇和尔康，都神色沉重起来。紫薇想想说："我明天进宫，和小燕子、晴儿一起去看看她！看看我们能不能帮什么忙。""听说那个'静心苑'又阴又冷，好歹，送一些棉被衣裳过去！"福晋说。

紫薇点头，尔康想到什么，忽然说：

"阿玛！额娘！有件事跟两位商量，我想把萧剑接到家里来住，我们家房子大，不多他一个！老佛爷说，选个日子，就要让晴格格和他完婚，他在北京没个家，我和他情同手足，不知道能不能让他借我们的家完婚？"

"好呀！咱们跟五阿哥的关系，跟还珠格格的关系，让萧剑住进来，也是义不容辞的！他总不能在会宾楼完婚呀！"福伦爽气地回答。"那我就把翠竹苑收拾收拾，给他们住吧！"福晋说。"谢谢阿玛额娘！"尔康诚心诚意地说。

紫薇看着尔康，觉得他这个安排真是完美极了，眼底盛满了感动。这时，在一旁的东儿不耐烦了，扑进了紫薇怀里："娘……额娘……额娘……你们一直说话，都不跟东儿说话……"

紫薇的注意力，立刻完全被东儿吸引住了，一把抱起东儿，兴奋得不得了："他要我！他要我跟他说话！尔康，你有没有听到？"看着东儿，狠狠地亲了一下，"东儿，东儿！额娘跟你说话，跟你说几天几夜的话，好不好？以后再也不离开你这么久！一定一定不会了！"尔康又笑又爱又摇头，对福伦夫妇说："没办法了，紫薇看到东儿，就什么都顾不得了，我把她和东儿，都带进房去！晚上再跟阿玛额娘谈！""快去吧！你们小夫妻和东儿，享受一下你们的三人时刻吧！"福晋笑着。紫薇抱着东儿，匆匆请了一个安："对不起！我失礼了！没办法……"福晋拼命笑，感动无比地说："我懂我懂！我也是做娘的人呀！"

紫薇就抱着东儿，和尔康奔进房去了。这天，尔康没有什么地位和分量，紫薇整个人都是东儿的。她眼里心里，都只有东儿！她陶醉在东儿的笑、东儿的撒娇、东儿的软语呢喃里。尔康只能微笑着旁观，连参与的机会都没有。看着这样一对母子，他体会着这种无法取代的亲情，惊叹着人间怎会有这样的幸福！

　　第二天，紫薇、小燕子、晴儿三个格格，抱着棉被、衣服、食篮、用具等，走进了"静心苑"。抬眼一看，荒凉的庭院里杂草丛生，荆棘攀着几棵没有修剪的大树，任意攀爬，连"静心苑"的牌子，都掩映在藤萝茑蔓中，几张石桌石椅，半埋在茂盛的草堆里。两个卫兵无精打采地坐在屋檐下守卫，靠着墙打瞌睡。小燕子东张西望，不敢相信地说："我还不知道，宫里有这样一个地方，我从来没有来过。难道没有人把杂草清除一下吗？"

　　卫兵看到三人，赶紧行礼："三位格格吉祥！""我们过来探视皇额娘！你们要不要通报一声？"紫薇说。"皇上有令，这'静心苑'不给任何人探视！"

　　小燕子一挑眉，大声嚷："不可能！皇阿玛昨天才回来，还没时间管'静心苑'的事，你不要假传圣令啊？是皇上亲自跟你说的吗？'令'在哪儿，拿给我们看看！"卫兵一呆，晴儿赶紧接口："老佛爷派我来，要给皇后娘娘送点东西，难道老佛爷也要得到皇上许可，才能送东西过来吗？"卫兵不敢坚持了，赶快让路：

　　"三位格格进去吧！通报也不必了！"

　　三人急忙进去。只见大厅里，布置得像个佛堂，供着观音菩萨和香烛，烛烟袅袅。佛案前，赫然看到皇后穿着袈裟，戴着佛珠，头发完全剃光了，用尼姑巾扎着。她正跪在佛案前，虔诚礼佛，口中喃喃诵经：

"观自在菩萨，行深般若波罗蜜多时，照见五蕴皆空，度一切苦厄，舍利子，色不异空，空不异色，色即是空……"紫薇、小燕子、晴儿三人，看到这种情形，都大惊失色了。小燕子忍不住惊呼："皇额娘！你怎么把头发完全剃掉了？还穿成这样？"皇后继续念经，头也不回。容嬷嬷赶紧走过来行礼，低声说："三位格格吉祥！你们平安回来了？阿弥陀佛……声音小一点，让娘娘念完这段！"

三人面面相觑。紫薇睁大眼睛看着容嬷嬷，压低声音问："皇额娘剃度了？是哪位师父帮她剃度的？""哪有什么师父呢？"容嬷嬷叹气说，"住进这儿，就只有我和娘娘两个。娘娘要剃头，没人帮忙，是奴才帮娘娘剃光的！娘娘说，心诚就好，不在乎形式！袈裟也是我们用旧衣服改的，马马虎虎穿。"紫薇和晴儿互视，三人看得又是震惊，又是凄凉。"这样好吗？"晴儿担心地说，"虽然这'静心苑'很冷清，到底还是皇宫，不是尼姑庵，给皇上知道，可能又会生气！""皇额娘也太急了，说不定还能转圜呀！"紫薇扼腕。"就是！就是！"小燕子急切地接口，"我们已经回来了，等皇阿玛心情好的时候，我们说话，他还是会听的，为什么这么急，就把头剃光了？容嬷嬷，你怎么不拦着呢？"容嬷嬷一副逆来顺受的样子，说："三位格格，这是娘娘的命，是容嬷嬷的命，咱们都认命了！"这时，皇后念佛已毕，双手合十，走了过来，见到三人，只淡淡地说了一句："你们来了！"

三人看着皇后，只见她形销骨立，穿着宽松的袈裟，好像一个晒衣架子。她眼眶凹陷，双颊如削，再加上脂粉不施，嘴唇和脸色都苍白成一个颜色。三人看到皇后如此消瘦憔悴，几乎不能相认，都十分震惊。晴儿递上衣物食篮，安慰地说：

"皇后娘娘，老佛爷要我代她问候你，她说，过两天就会过来看你！""我们送了一些穿的、用的和吃的来！"紫薇检点着东西，"这是棉被，这是几件干净的新衣服，这儿还有许多点心，都是素的，可以放心吃！""谢谢你们的好心！这些东西，我也用不着了！"皇后安静地说。小燕子顿时激动起来："怎么用不着呢？你就算剃光了头发，你还是一个'人'，只要是人，你就逃不掉'吃喝拉撒睡'，在你成佛成仙以前，你总是要过人的生活！拿去，好好地吃点东西，已经瘦成这样，再不吃，怎么办呢？"皇后听了，就出神地看着虚空，几乎是"遗憾"地说："是啊！这一身人的臭皮囊，不知几时才能解脱？"紫薇一个寒战，忍不住放下东西，冲上前去，握住皇后的双臂摇了摇，说："皇额娘！不要钻牛角尖了！佛家是度苦度难度众生，并不是要你把生命都'度掉'！人生没有解不开的结，你振作一点，好不好？"

皇后凝视紫薇，忽然问："当初，那些针刺下去，你很疼吧！""当初……"紫薇一愣，"我忘了！""好一个'忘了'！你能忘，我不能忘……"皇后就拿起佛珠，低下头去，"你们走吧！我不苦，我在这儿很平静，很安详！你们放心吧！容嬷嬷，送她们出去！""是！"容嬷嬷推了推晴儿，"走吧！谢谢你们跑这一趟，东西留在这儿，以后也别来了！给皇上知道，会不高兴的！到了今天，已经没有必要为了娘娘，再让皇上生气了！"三人还不舍得走，容嬷嬷就把三人推出门去，"去吧！去吧！"三人迫不得已，只得出门去。晴儿回头喊：

"皇后娘娘！千万想开一点啊！"皇后用安安静静的声音回答："没有'皇后'，没有'娘娘'，没有'想开'，没有'想不开'，没有'你'，没有'我'！没有'得'，也没有'失'。活了一辈子，现在最干净！"三人被推出房间，容嬷嬷在门内跪下，含泪给三人磕头，说道：

"娘娘什么都'没有'了，只有'忏悔'！奴才没什么学问，做不到什么都没有，心里还有'娘娘'！你们送东西来，奴才充满感激，在宫里，大概只有你们，还会给我们送东西来。你们送来的，不只是东西，还有温暖和宽容。奴才看到你们，想到当初，感动得不知如何是好，给三位格格磕头谢恩了！奴才还有一事相求……"

"什么事？你尽管说！我一定帮你去办！"小燕子热情奔放地说。"有时间的时候，去看看十二阿哥！他缺什么，才是比较重要的！"容嬷嬷轻声地、哽咽地说。晴儿、紫薇和小燕子都拼命点头。容嬷嬷再磕了头起身，就把房门关上了。三个格格站在门外，都是一脸的怆恻。在这一瞬间，三人都领悟了很多的东西。身为皇后，下场如此！过去的嚣张，过去的繁华，过去的一呼百应，过去的锦衣玉食……到现在，真的是什么都没有了！人生，追求的到底应该是什么呢？

当小燕子在静心苑为皇后烦恼时，永琪正在景阳宫的书房里，帮乾隆做一些事。他坐在书桌前，桌上堆满奏折，他一面细读，一面忙碌地写着什么。明月、彩霞在一边磨墨伺候。桌上燃着一炉熏香，香气缭绕，永琪握笔疾书，他那么专心，两个丫头大气都不敢出，房里静悄悄。外面忽然传来小邓子的大声通报：

"知画姑娘到！"

永琪一惊，从工作上抬起头来。"知画姑娘？就是老佛爷带回来的那个小姐吗？"明月惊奇地问。"可不是！咱们赶快去招呼吧！"彩霞放下了墨。

明月、彩霞还来不及出去，知画带着两个宫女，提着一篮水果，笑吟吟地进来了。她初次穿了宫里的衣裳，梳着旗头，打扮得像个格格，看来真是美丽无比。走到书桌前，她对永琪屈屈膝，从容不迫地说：

"老佛爷要把这篮水果送到您这儿来，说是南边快马送来的果子，老佛爷说您爱吃新鲜水果……我呢，也要熟悉一下宫里的环境，就自告奋勇给您送来了！"说着，就忍不住去看桌上的奏折，"您在忙什么？"

永琪赶快搁笔起身，说："是给皇阿玛的奏折！一趟南巡，这些奏折全体耽搁了！我就跟皇阿玛说，我先过目，做一个筛选，也做一个摘录，重要的他再批，不重要的，看了摘录就知道说些什么。这样他就比较省力一点，也不会误事了！"知画睁大眼睛，看着永琪，不禁佩服起来，坦率地说：

"哇！我在南边，看到您和还珠格格，发生好多惊心动魄的事，一直认为您是个带点江湖气息的皇子，好像有点不务正业呢！现在，看到您整理奏折，才知道皇上为什么那么重视您！原来，您是文武全才啊！"

"什么文武全才？'蠢材'的'材'吧！"永琪接了一句。

知画就笑了起来，一面笑，一面说："蠢材是你说的，可不是我说的啊！"四面看看，问，"还珠格格呢？""和紫薇她们去看皇后……你要不要去外面坐？"永琪有点不安起来。"我不坐，我马上要走！"知画转身要走，忽然对墙上悬挂的一副对联感兴趣。"这是您的字吗？""哎！随便写写！"永琪急忙回答。"好字！原来您学颜字！"知画赞叹着。"你一看就知道了？"永琪非常惊讶，"你呢？你学什么字？""我不用心，什么都学一点皮毛。"知画笑着，"苏、黄、米、蔡、欧、柳、颜、赵，都学过一点。有一段时期，还迷王羲之。我爹说，只有柳字，我写起来有两分味道。"

　　什么？好像她什么字都会嘛！永琪听得发愣，心里可有些不服气，一个十七八岁的姑娘，哪里可能学会那么多种字？吹牛也不能这样吹呀！他实在按捺不住好奇，把笔筒往前一搬，说：

　　"正好，我这儿笔墨俱全，你帮我写一副对联如何？""五阿哥要考我哇！不行！想要让我出丑，我要逃了！"知画笑容可掬。"彩霞，铺纸！明月，磨墨！"永琪不由分说地喊。

　　两个丫头赶紧铺纸磨墨。知画就笑嘻嘻地、大大方方地走向前。"逃不掉，就只好写啰！"知画提笔，看了看永琪，就低下头去，握着笔，一挥而就写了两句话："得成比目何辞死，愿作鸳鸯不羡仙"。

　　永琪见到这样两句话，不禁呆住了，惊看知画。只见知画转动着一双美丽的大眼睛，笑吟吟地迎视着他。那眼里，说是有情，又似无意，黑白分明的眸子，坦荡荡中，还带着一股天真无邪的纯真。

　　正在这时，小燕子满脸凄惶冲进房，一面进门一面喊："永琪！我告诉你，皇额娘好惨……"她忽然站住，蓦然住口，呆看着坐在书桌前写字的知画，当然也看到肃立在知画身后的永琪。永琪一看到小燕子冲进门来，顿时紧张起来，没有做贼也心虚，有些手足失措。

"哎！小燕子，老佛爷让知画送东西来！"他赶紧解释。知画大方地笑着，放下笔起身，对小燕子屈屈膝："还珠格格吉祥！"她看看那张字，笑着说，"五阿哥要考我写字，没办法，只好写两句！写得不好，给阿哥格格笑话了！"写字？永琪考她写字？好端端的，为什么考她写字？明知道那个知画念了许多书，什么"通见""死记"全都会！难道还不会写字吗？小燕子脸色一变，走过去看着那张字。知画的字迹龙飞凤舞，小燕子好多字都不认识，看得糊里糊涂。念着："得成比目什么死，愿作……什么东西？这么多笔画？""鸳鸯"两个字，对小燕子来说，实在太深了。知画微笑起来，心无城府地说：

"五阿哥要我写对联，临时哪儿写得出对子呢？没办法，就把唐诗搬出来了！这是卢照邻的诗，'得成比目何辞死，愿作鸳鸯不羡仙'！我觉得，你们两位，就是这样！让人好羡慕呢！好了！我还要到各位娘娘那儿去转转，我走了！"

知画说着，就带着两个宫女，翩然而去。明月、彩霞赶紧跟着送出去。小燕子呆着发愣，连送也没送，拿起那张字，左看右看，上看下看。永琪也顾不得知画，心神不定地看着小燕子。小燕子看了半天，才抬眼看永琪："这两句话是什么意思？'鸳鸯'两个字我不会念，我懂。就是宫里养的那种漂亮的鸟儿嘛！'比目'我会念，不懂，是什么？"永琪硬着头皮解释："'比目'是一种鱼，两只眼睛长在一块儿，大家用它来形容恩爱。"

原来是很恩爱的鱼啊！鸳鸯是恩爱的鸟，比目是恩爱的鱼！这根本是两句"情诗"嘛！跟当初紫薇要她背的"你侬我侬"差不了多少！那个知画和永琪，关在书房里写情诗，欺负她不认得几个字！小燕子这样想着，心里的醋意，立刻翻江倒海般汹涌着。她眼眶一红，把字一丢，转身就冲出书房。永琪一看她这种样子，分明有误会，大急，追了过去。

"你去哪里？小燕子……你不要误会！"小燕子冲进卧室，气呼呼地开抽屉，东翻西找。永琪追了进来，不知道她在找什么，着急地看着她："你在干什么？"小燕子不说话，乒乒乓乓，乱翻一气。永琪叹了口气，说：

"你的鞭子，挂在墙上呢！每次你都随便放，然后就找不到，我在墙角钉了一个挂钩……"他走过去拿下鞭子，递给她："你心里有气，最好用讲出来的方法，练武打拳挥鞭子，都不是办法。"

小燕子抢过鞭子，用力一摔，把鞭子摔在地上。她头也不回，继续翻找，永琪呆呆地看。只见她终于找到了，在抽屉里拿出一本《唐诗三百首》来，嘴里自言自语：

"有什么难？白纸印着黑字，我也会念！"小燕子一屁股坐在床上，打开《唐诗三百首》，就开始念诗："妾发初……"一连两个字，不会念，"什么什么，折花门前……"什么东西？那么多笔画，又不会念了。永琪看她闹了半天，竟然是要念诗，心里涌上一阵怜惜和不忍，听到她念得乱七八糟，忍不住解释："妾发初覆额，折花门前剧。意思是说，当我还小，头发才盖到额前的时候，采了一朵花在门口玩……"

小燕子咬着嘴唇，吐出一口长气，再费力地念："郎骑竹马来，绕床弄青梅。同居长干里，两小无什么猜？""嫌猜！两小无嫌猜！这个'嫌'字，就是我嫌你不好、你嫌我不好的那个'嫌'字，'无嫌猜'就是一点都不会嫌弃猜疑的意思！"永琪再解释。

小燕子憋着气念下去："十四为君妇，羞颜木当开……""是'羞颜未尝开'，不是'木当'，'未尝'就是还没有的意思。"

小燕子瞪着《唐诗三百首》，顿时悲从中来，坐在床沿上，看着那些白纸黑字生气："我永远学不会的！我连一首都念不出来，我笨死了，笨死了……"

永琪扑上前去，拿开了那本唐诗，把她一拥入怀。这样自怨自艾的小燕子，勉强念诗的小燕子，牵扯着他的心，使他有说不出的负疚，说不出的心痛。他急急地说：

"不要这样子，不会念唐诗，一点关系都没有！刚刚是我不好，明知道你心里有疙瘩，我就不该让知画写字，我就应该提高警觉，保持距离……是我不好！你生气，我宁愿你挥鞭子打拳，不要这样……那个《唐诗三百首》跟我们一点关系都没有，别让它们跑来破坏我们的生活！"

"不不！有关系，有好大的关系！"小燕子伤心地说，"我知道……有一天，你会不喜欢我，你喜欢拿起笔来，就能写唐诗，什么鱼什么鸟的唐诗……我要念，我答应过皇阿玛，有一天背《唐诗三百首》，像背菜单一样……可是……可是……这个比菜单难了一千倍，一万倍……可是……可是……人家知画比我小了好多岁，她都会……我不会……"说着说着眼眶就湿了。

永琪紧搂着她，拍着她的肩："可是，你会打架，会武功，会说笑话，知画也不会！为什么要去跟知画比嘛？"他的嘴唇贴着她的耳朵，他在她耳边悄悄说，"我跟你保证过好多次了，我不会变心的。""那……她为什么会跑到你的书桌上去写字？""哎……是这样……"永琪答得期期艾艾，"知画送东西来，我正在写字，谈到练字，她好像什么体都练过，我一时好奇，就让她露一手看看……"

永琪话没说完，小燕子推开他，奔去拾起鞭子，就往门外跑。"你到哪里去？要干什么？"永琪追在后面喊。"我去找那个知画，比写字念诗我都比不过，我跟她比鞭子，我先抽她几鞭子再说！看她还敢不敢再跑到你的书桌上来，写什么鸳鸯什么鱼，来挑逗你！"永琪大惊，飞奔向前，拦门而立。"她哪有'挑逗'我，你误会了！不能去不能去！你去了会闯大祸，她是老佛爷的'新宠'，你不要惹麻烦，一个搞不好，你就会吃大亏……"永琪说到一半，小燕子气不打一处来，拿起鞭子，就一鞭抽向永琪："你是心疼我，怕我吃亏，还是心疼知画，怕她挨打？"不料永琪不闪不躲，这一鞭就打在永琪身上，噼啪一声，好响。永琪赶紧用手捂着脸，弯下腰去，狼狈地喊："哎哟！你好狠……打伤了我，要我怎么去上朝？""你怎么不躲？"小燕子呆住了。

永琪捂着脸呻吟："躲了，你的气没地方出，会跑出去闯祸，让你打一鞭，你大概可以消气……但是，你怎么打这么重？"小燕子手里的鞭子，掉在地上，她又急又悔，扑上前来，伸手去拉永琪的手，着急地喊：

"给我看！伤成怎样？赶快去擦九毒化瘀膏，也许不会肿起来……"

永琪抓住了她的手，把她一拉，就拉进了怀里。他露出一点伤痕都没有的脸庞来，笑着说："骗你的！怎么会让你打到脸上呢？"

小燕子一听，扬起拳头，就想给他一拳。骗我？是啊，他功夫那么好，怎么会闪不过一鞭？明知道她会着急，才会骗到她！简直吃定了她嘛！她扬起拳头，就接触到永琪那对深情的眼光，他站在那儿，带着一脸的歉意，居然又没有躲，一副宁愿挨打的样子。她的拳头停在半空中，打不下去。然后，她扑进了他的怀里，用手勾住他的脖子，充满感情地痛喊出声：

"永琪，永琪！你教我念诗，我学我学……不管多难，我都学，你不要去爱别人，我会哭死的！什么鸳鸯，什么鱼，你都不可以要，你有'小燕子'啊！"永琪心里一酸，连鼻子里都酸楚起来，一迭声地回答："是，是，是，是！我有小燕子，一只小燕子，抵几千几万只鸳鸯，几千几万条比目鱼！我只要小燕子……什么鸳鸯什么鱼，让他们都闪一边去！"

永琪说完，就凝视着小燕子，见她那明亮的大眼睛里，盛着泪珠，就再也忍不住，低头深深地吻住她。这一吻，婉转缠绵，刻骨铭心，吻得二人心动神驰，别说什么鸳鸯什么鱼，就连天地万物，都化为灰，化为尘，化为烟……从他们身边飞去。大地静悄悄，只留下了他们两个，拥有着彼此，聆听着对方的呼吸和心跳。

几天之后，永琪、小燕子、紫薇和尔康四个人，联袂来到乾隆的书房。

"永琪，你的奏折整理得很好，让朕轻松了不少，积压的奏折，总算忙完了！尔康，你写的那篇《缅甸以夷制夷论》，朕已经看过了，剖析得很好，朕也认为，缅甸是个心腹之患，这个'以夷制夷'恐怕有问题！"乾隆站起身子，宠爱地看两人，"你们两个，确实是朕的好帮手！"再看看小燕子和紫薇，"不过，你们四个人一起来，不是要和朕谈公事，是要和朕谈私事的吧？"

小燕子笑着，对乾隆佩服地、夸张地喊：

"皇阿玛！您真是天下最聪明的人，一看就知道了！""别给朕灌迷汤了！你这样说话，就是'有所求'！什么事？你直说吧！"

永琪生怕小燕子说错话，接口：

"还是我来说吧！有两件事！第一件，是关于箫剑和晴儿……"

"告诉你们一个好消息，"乾隆打断了永琪，"关于箫剑和晴儿，老佛爷已经选了日子，六月二十，是黄道吉日！朕知道你们大家都急，就定了这个日子，给他们两个完婚！"皇阿玛！六月二十吗？那只有一个多月了！"紫薇大喜，看尔康，"我们要赶快把新房给他们布置起来！皇阿玛！谢谢您，谢谢您！一定是您在老佛爷面前美言，才促成的！""听说你们把箫剑搬到学士府去了！"乾隆笑着问尔康。"是！箫剑是小燕子的哥哥，和我也情同手足，晴儿和紫薇，更是姊妹一般，这样是最好的安排！会宾楼无论如何不能让晴儿住，那儿客人多，实在太杂乱了！"

乾隆心情良好地看着四人，想起金琐来了："金琐和柳青怎样？""金琐生了两个孩子，忙得不得了，柳红嫁到天津去了，会宾楼弄得挺好的。但是，柳青已经是个'住家'的男人，整天忙生意，不再跑江湖了！"尔康回答。"依朕看来，下一个'住家男人'，就轮到箫剑了！"乾隆沉吟着。"我哥哥不会，我看，他不管到了哪里，不管成亲不成亲，都不会改变的！"小燕子斩钉截铁地预言。"那可说不定！"乾隆笑了笑，忽然笑容一收，"好！你们的第二件事呢？"四人面面相觑，紫薇就上前一步，委婉地说："皇阿玛，是这样的，我和小燕子研究了一下，自从我们两个成亲以后，明月、彩霞、小邓子、小卓子都调到景阳宫去了，那个'漱芳斋'就空在那儿，挺可惜的。我们想，不知道皇阿玛肯不肯把它拨给皇额娘住？""那个'静心苑'真的不能住人，那儿又阴又冷还闹鬼！"小燕子接口。乾隆霍地回头，看着四人，眼神顿时变得凌厉起来，沉声说："让朕跟你们四个人讲讲清楚！朕听说皇后已经把头发全部剃光，成了尼姑了！她把静心苑当成了尼姑庵，存心跟朕过不去！朕不要听有关她的任何消息！你们心里如果还有我这个皇阿玛，从今天开始，也不要再提起那个皇后！朕早已决定，跟她老死不相往来！"

"皇阿玛，她虽然有很多错，但是，看在她也是一片忠心的分上，能不能搬到漱芳斋？您还是可以和她老死不相往来！"永琪诚恳地说。乾隆抬头，看着四人，眼神里忽然充满了感情，声音也变得柔和了，在柔和中，却有一股说不出来的苍凉。

"在杭州，紫薇对我说过，你们是一群'性情中人'，会做许多'性情中事'，你们做得已经够多了！朕和皇后之间，恩恩怨怨，不是你们能够了解的。朕不愿意为了她，来破坏朕对你们的感情，希望你们，也不要再在朕面前，提到皇后！搬进漱芳斋，是不可能的，她要当尼姑，就在那个静心苑当！你们，也不要太过分了！不该管的事，不要再管！让朕和你们，保持良好的父子、父女之情吧！"

乾隆说得如此诚恳，四人全部呆住了。为了不再破坏这种良好的气氛，为了不再让箫剑和晴儿的事生出变化，四个人就不再说话了。

这晚，在景阳宫里，真是一团喜气。箫剑来了，晴儿也被小燕子拉了过来。太后明知箫剑在，虽然心里还是不以为然，但是，婚期都定了，她也只好睁一眼、闭一眼，总之，斗不过这些孩子！紫薇和尔康特地进宫，六个身经百战的年轻人，又聚在一起了。再一次的苦尽甘来，再一次的绝处逢生，大家快乐得不得了，把晴儿和箫剑围在中间，推着挤着喊着闹着。小燕子兴奋无比，环绕着两人，又跑又跳又笑又叫：

"哇！有情人终成眷属！六月二十，只剩一个多月！你们总算熬到这一天！这就叫'精诚所至，金石为开'……哇！万岁！万岁！""小燕子，你这'四个字四个字'的词，练出来了耶！"紫薇惊喊。"四个字四个字有什么难，我还在背唐诗呢！"小燕子顿时得意起来，就开始背诵：

"妾发初覆额，折花门前剧。郎骑竹马来，绕床弄青梅。同居长干里，两小无嫌猜。十四为君妇，羞颜未尝开。低头向暗壁，千唤不一回。十五始展眉，愿同尘与灰。常存抱柱信，岂上望夫台……"

小燕子还没念完，众人一个个都惊喜莫名。尔康忍不住称赞："小燕子！不错哟！让人刮目相看！"

"怎么学会的？"箫剑佩服的不是这个妹妹，是永琪！他看着永琪说，"永琪，你真有一套！我这个做哥哥的，要好好谢你！"

小燕子想到知画的鸳鸯知画的鱼，嘴一噘，说："是啊！他用一种'怪方法'来教我！""什么怪方法？看样子很有效啊！"晴儿看永琪。

紫薇大感兴趣，急忙追问永琪："你怎么教会她的，我一定要学一学！我看，东儿就要学念诗了，这教学的方法，好像也是一门学问……""紫薇！"尔康惊喊，"东儿才三岁多，你就急着要教他念诗，你也太早了吧！你这个'东儿迷恋症'，不知道有没有药可以治？"

尔康这样一说，大家都有同感，全部笑得嘻嘻哈哈，笑完了，又追着永琪问方法。永琪被问急了，脸也红了，想着知画那段，是打死也不能说的，说出来一个箫剑，再带一个紫薇，非把他骂死不可，自己有理也说不清！就打起哈哈来：

"哈哈！哪有什么'怪方法'，是她自己学的……不关我的事！"赶快改变话题，看箫剑和晴儿，"你们不要研究念诗方法了，研究一下'婚后计划'吧！箫剑，皇阿玛说，想封一个'骑都尉'给你，算是个四品武官，不知道你的意思如何？"

箫剑脸色一沉，快乐立即消失无踪。晴儿有点惊惶地看箫剑说："如果你不想接受，就不要接受。成亲以后，我还是可以跟你去大理。那时，走得心安理得一点，也不会有追兵来追我们了！"小燕子脸色一沉，愕然地喊："你们折腾了一大场，害得我和紫薇，用掉了两块免死金牌，结果，你们还是要去大理呀？"她盯着箫剑说，"那个什么'都尉'有牙齿，会咬你吗？"尔康赶紧打岔："我们不要研究那个四品官了，五阿哥，酒菜还没好吗？这次南巡，我们六个又经历了一次'劫后余生'，好不容易，熬到箫剑和晴儿也要成亲了！我真的很想喝几杯酒！""是啊！想到这次南巡，我还余悸犹存呢！我们真该庆祝一下，而且，我饿了！"紫薇知道尔康的意思，就附和着喊。一听到"吃"，小燕子就忘了"骑都尉"了，开心起来，欢呼着："明月！彩霞！晚餐好了没有？我也要好好地喝几杯！"摸着肚子，"你们一喊饿，我才觉得我也'饥肠辘辘'了！"众人不约而同地惊喊："小燕子！不错哟！"小燕子被大家一夸，顿时轻飘飘起来，得意扬扬地抬头说：

"从今天起，说话四字，明月彩霞，快摆酒席！红烧鸳鸯，还有鱼翅，外带点心，颜字柳字！"居然还押韵呢！大家大笑，晴儿好奇地边笑边问："这个'外带点心，颜字柳字'是什么意思呀？你已经到达'煮字疗饥'的地步吗？"一提"颜字柳字"，永琪就背脊发麻，赶快打岔："哎呀哎呀，小燕子的'四字词'，诌到哪儿是哪儿，管她什么意思？不要研究了！咱们去吃饭吧！"小燕子的眼珠对永琪一转，永琪讨饶地一笑，小燕子也就笑了。紫薇看看二人，笑着也用"四字词"接口："依我看来，中有玄机，古怪古怪，稀奇稀奇！"箫剑看看小燕子，看看永琪，问："小燕子，你和永琪有什么秘密吗？"小燕子清清喉咙，再用"四字词"念："听我说来，大家评理，永琪气人，燕子委屈……"永琪一听，简直没完没了，生怕再说下去，小燕子就会泄底了，就一步上前，对小燕子深深一揖，也用"四字词"接话："娘子娘子，这厢有礼，深深一揖，到此为止！"

小燕子受了永琪一揖，笑得东倒西歪。大家看他们这样恩爱，也分享着快乐，何况晴儿和箫剑，好事将近，个个情绪高昂，嘻嘻哈哈地笑着，气氛好得不得了。正在这一片温馨的时候，明月、彩霞笑嘻嘻奔进来，嚷着报告：

"五阿哥，格格……咱们的酒席白准备了，老佛爷那儿的桂嬷嬷来了，老佛爷说，知道你们大家都在这儿，要你们一起去慈宁宫吃饭，说是要商量一下箫大侠和晴格格婚礼的事！"众人脸色一喜，明月、小邓子、小卓子早就对晴儿和箫剑请下安去，大声嚷着："箫大侠大喜了，晴格格大喜了！恭喜恭喜！恭喜恭喜……"晴儿脸一红，眼里洋溢着幸福，看了箫剑一眼。箫剑平时天不怕地不怕，这时，却有些不知所措，讪讪地笑着。永琪不禁大笑："哈哈！这一下，是名正言顺了！看样子，我们几个的婚姻大事，都要经过一波三折、轰轰烈烈才能成功！"

小燕子想起一个成语，就得意忘形地大声接口："是！就是这样，不成功，便成仁！""小燕子！"箫剑笑着嚷，"你也说点好听的嘛！""哎哎，你不是学了半天'吉祥话'吗？"永琪笑着敲了敲她的脑袋。

小燕子大眼一瞪，振振有词地嚷："我哪有说什么不吉祥的话？现在已经成功，就不用成仁啦！"

"那么，我们就赶快去，别让老佛爷等我们！"尔康说。"跟老佛爷吃饭，一餐饭又要吃好久，我还要赶回去陪东儿……"紫薇嘀咕着，"你们去，我就不去了！"小燕子打断紫薇说："为了我哥哥，你就暂时把东儿忘掉一个时辰，好不好？快走快走……"小燕子拉着紫薇，向门外冲去。众人笑吟吟相随。六个人，就欢天喜地地到了慈宁宫。他们谁也没有料到，迎接他们的，不是"喜剧"，而是一场"浩劫"！

原来，高庸留在杭州，经过多日的打听，已经有了最确实的消息，这晚赶回了北京，马不停蹄地到慈宁宫见太后："奴才高庸给老佛爷请安！"

太后神色一凛，给了宫女们一个眼色："你们统统下去！""喳！"宫女们全部退下。

太后四顾无人，这才说："高庸，起来说话！在杭州打听的事，是不是有眉目了？"高庸起身，神情一敛，上前，在太后耳边低低地说：

"这事恐怕大有问题。奴才连天打听，把杭州的老官员都找了……老佛爷，您说的那位'方准'是怎么也打听不出来！杭州姓方的人家不多，但是，杭州出过一个名人，就是方之航！老佛爷一定不知道这个人，他当过杭州的巡抚，因为谋逆罪，被砍了头！"

"这个……和箫剑有什么关系？你别拉拉扯扯，讲重点吧！"

"重点是……"高庸神秘地说，"这个方之航，二十几年前就死了，全家也散了，他们家本来有花园楼房，后来，一把火烧掉了。现在，原地盖了一座观音庙。庙里的师父告诉奴才，在皇上南巡的时候，五阿哥、还珠格格、额驸、紫薇格格、箫大侠和晴格格六个人，曾经一起去那儿祭祀亡魂！"

太后大震，霍地站起身子。

"你说那个人叫什么名字？方之航？谋逆罪？砍头？那么，是皇上下令，砍了方之航的头？"

高庸拼命点头。

"这么说，小燕子和箫剑，可能是方之航的儿女？"

高庸再点头。

太后睁大眼睛，震动得无以复加。

"这太离奇了！太意外了！你没有任何实际的证据，是不是？这只是揣测！"

"是！只是揣测！"高庸语气郑重地说，"奴才想，他们六个人一起去方家旧址祭拜，实在有些不寻常！"

太后沉思，越想就越害怕，越想就越心惊胆战，口气顿时严肃起来：

"高庸！你给我咬紧牙关，死守秘密，这事千万不能传到万岁爷耳朵里去，更不能打草惊蛇。如果你泄露了，脑袋就别想要了！这事……咱们必须彻底调查！"

"喳！奴才知道了！"

高庸请安下去。

太后太震惊了，在室内兜着圈子，低头走来走去，嘴里念念有词：

"这要怎么办才好？如果萧剑和小燕子的杀父仇人是皇帝，那么他们兄妹一路混进宫，都是有计划的了？是来报仇吗？"不禁打了一个冷战，"不知情的永琪是中了美人计，那个紫薇和尔康又是怎么回事？夏雨荷的故事不是捏造的，这之中，什么是真？什么是假？以前还可以和晴儿商量，现在我要和谁商量？连晴儿都被萧剑诱惑了……要不要赶紧告诉皇帝？他会不会大受打击？会不会根本不相信？永琪又是唯一的太子人选，受了这个牵连，还能当太子吗？……投鼠忌器，投鼠忌器呀……"

太后正在心烦意乱，埋头沉思，冷不防撞在一个人身上，太后一抬头，看到知画站在那儿，正静静地看着她。太后大惊失色地问：

"知画！你站在这儿多久了？"

知画深深地看着太后，沉重而坦白地说：

"老佛爷，高公公的话我都听到了！""什么？"太后惊喊。知画一把握住太后的手腕，镇定地说：

"老佛爷别慌，我一个字都不会说，我知道这有多严重。我想，这事牵连太大，皇上的感觉不能不顾，五阿哥的身份也不能不顾，要顾虑福伦家的感情，还要救晴格格……最重要的，是事情的真相要弄清楚，不能冤枉了他们……"她凝视着太后，低声说，"老佛爷，恐怕我们必须仔细地讨论分析一下。如果要采取行动，就要快！"

太后在惊惧中，不禁凝视着知画，眼中燃起希望的光彩。

小燕子等六个人，陶醉在幸福的感觉里，毫无戒心，欢天喜地地到了慈宁宫。太后早已摆了酒席，大家就围着圆桌而坐，知画作陪，个个笑嘻嘻。桂嬷嬷带着众嬷嬷和贴心宫女，在一旁忙着斟酒上菜。大家都吃得酒酣耳热，一幅祖孙和乐图。太后一个眼光，桂嬷嬷把每人的酒杯都斟满了。太后笑吟吟地，对大家举杯说："总算，我和你们大家，都站在同一个立场上了！为了晴儿和箫剑，为了你们大家的义气和热情，我要跟你们干一杯！"大家全部举杯，小燕子尤其兴奋，已经喝得有些醉了，笑着，嚷着："干杯！干杯！敬我们大家的奶奶！"

每个人都兴高采烈地干了杯，跟着嚷："敬奶奶！敬奶奶！干杯！"箫剑到了此时此刻，不能不把那深刻在心灵深处的仇恨，都一起抛下。他诚挚已极地举杯对太后说："老佛爷！箫剑敬您，谢谢您的了解，谢谢您的成全！"晴儿也跟着举杯，满怀感激地凝视太后，热情奔放地喊："老佛爷！您对我的好，我一生一世都不会忘……"太后眼眶一热，心里多少有些不安，就打岔说："不说了，不说了！喝酒喝酒！"大家又干了杯，彼此笑着，其乐融融。知画站起身子，接过桂嬷嬷的酒壶，为大家斟酒，含笑看着大家："什么叫作'人间佳话'，我总算见识了！我来为大家服务，表达我的敬意！"晴儿慌忙跳起身子，要去抢酒壶："我来我来！慈宁宫的事，本该我来做！知画，你坐！"知画对晴儿绽开一个含有深意的笑，说："晴格格别跟我客气了，眼看你马上就是夫人了。出了宫门，还能忙慈宁宫的事吗？让我学着做吧！"

晴儿被知画说得脸红，羞涩而愧疚地低下头去。小燕子已有酒意，眉毛一抬，对知画话中有话地说："哈哈！知画小姐，你真忙！唐诗对子，写字题词，鸳鸯比目，颜字柳字……你都学得顶尖儿，这会儿还要学斟酒上菜！全天下的活，都让你一个人包了嘛！"知画似乎没听出小燕子的"酸"，坦荡荡地笑着，双手举杯："还珠格格在取笑我了！来，我敬大家！"永琪生怕小燕子再说不合适的话，破坏了这美好的气氛，急忙举杯喊："干杯！干杯！不管谁敬谁，为了萧剑和晴儿的喜事，大家干杯！"真是"人逢喜事精神爽"，大家就酒到杯干，喝得不亦乐乎。谁也没有注意到，服侍的嬷嬷和宫女们，已经在太后的眼光下，悄然退去。这时，知画放下酒杯，看了太后一眼。太后的笑容忽然隐去，酒杯在桌上重重一放，抬头盯着萧剑，正色地说：

"萧剑，你娶了晴儿，就等于是我的家人了！家人和家人之间，是没有距离、没有仇恨、没有秘密的！你认为你是不是一个这样的人呢？"萧剑大大一震，惊看太后："老佛爷，您的意思是……"太后一字一字地、清清楚楚地、义正词严地说：

"我的意思是，你和小燕子，带着一身的秘密，混进皇宫，勾引阿哥和格格，到底所为何来？"太后此话一出，众人全部变色，小燕子跳起身子喊："老佛爷！这是什么话？"太后不理小燕子，继续盯着萧剑，有力地说：

"萧剑！是男子汉大丈夫，就用真实的面目来面对我！遮遮掩掩，算什么好汉？什么叫大丈夫，你知道吗？大丈夫坐不改名，立不改姓！"她提高了声音，厉声再问，"我问你，方之航是你的什么人？我要你亲口说出来！快说！"

萧剑睁大了眼睛，震动无比。小燕子一脸糊涂，永琪莫名其妙，晴儿的脸色，蓦然苍白如死，紧张地盯着萧剑，尔康和紫薇交换了一个眼神，双双变色了。尔康生怕萧剑说出秘密，霍地站起身子，激昂地说：

"老佛爷，您听到了什么传言？又有人在您面前说东说西，搬弄是非了？这个皇宫，难道永远改不掉斗争的恶习？萧剑待晴儿的心，您一路看来，还看不清楚吗？他是萧剑也好，他是方严也好，最重要的，他是个堂堂正正的人……"

太后仔细听着，怒看尔康，厉声打断："你住口！我明白了，原来你什么都知道！"她指着六人，气极地喊，"你们六个，狼狈为奸！你们全部知道这个秘密，把皇上和我蒙在鼓里，你们的目的，到底是什么？要为他们兄妹两个报仇吗？"她用不可思议的眼光，看着永琪说，"永琪，你也在内？你是皇上的亲生儿子呀！"永琪困惑极了，惊讶地喊："秘密？什么秘密？老佛爷，您说的话，我一个字也不懂！"他转头看萧剑，问："萧剑，老佛爷在说什么，你懂还是不懂？你和小燕子，真有秘密吗？"萧剑沉重地呼吸，双手暗中握拳，抬眼迎视着太后的眼光。太后也正视萧剑，语气铿然："萧剑！你是英雄，你是江湖侠客，难道还不敢认祖归宗吗？方之航这个名字，让你蒙羞了吗？"太后这样一激，萧剑哪儿还忍受得了，埋藏已久的秘密，再也藏不住了，他的身子一挺，豁出去了，大声说：

"好！好！显然老佛爷把我的身家背景，都调查清楚了！原来这是一场鸿门宴呀！哈哈！真是聚无好聚，宴无好宴！宫中的生活，我也明白了！"他掉头看小燕子，有力地说，"小燕子！你听着……"

"萧剑！"尔康和紫薇同时大叫，还想阻止。小燕子早已熬不住，急切地喊："哥！这到底是怎么一回事？你告诉我！告诉我……"萧剑盯着小燕子，知道今晚，他和小燕子都别想好好脱身，这个秘密，已经不再是"秘密"了，就沉痛地说："我告诉你，方之航是我们的爹，他因为一首剃头诗，被你的皇阿玛下令立地斩首，二十四年前，死在杭州庙市口！所以，你的皇阿玛，就是我们的杀父仇人！"萧剑话一出口，众人个个神色大震，太后脸色一惨，真相果然如此！小燕子大惊之下，手里的酒杯砰然落地。她脸色雪白，瞪大眼睛，完全无法置信，颤声问："什么方之航？你不是说，我们的爹名叫方准……""那是骗你的！因为你爱上了全天下最不该爱的人，爱新觉罗·永琪，你非嫁他不可，我除了骗你，还能怎样？"萧剑沉痛地说。小燕子如遭雷击，怔在那儿，目瞪口呆。永琪直到此时，才知道萧剑和小燕子的身世，竟然如此惊人，他无法招架，也无法思考了，瞪着萧剑，也目瞪口呆。

变生仓促，众人全部失色了。连机智的尔康和聪明的紫薇，也都方寸大乱，不知所措。晴儿看着萧剑，知道都是为了自己，才弄到今天这个地步，如今大难临头，不禁心碎肠断。六个年轻人，一时之间全部傻了。

萧剑招了，真相大白，太后和知画也陷进震撼里。半晌，室内静悄悄，居然没有人说话。最后，开口的是永琪，他是皇子，他知道这个"真相"的意义,他目不转睛地盯着箫剑,脸色是铁青的,眼神里充满了抗拒,他哑声地、挣扎地说:"箫剑,你撒谎!""是!我自从遇到你们,就一直在撒谎!"箫剑苍凉地回答,"今天,才说了真话!现在,你应该明白,我为什么不愿接受功名,为什么要带晴儿一走了之了!"永琪震动已极,逐渐明白,箫剑说的是实话了。他看看箫剑,又看看小燕子。小燕子像是中邪一般,站在那儿,眼睛睁得大大的,动也不动。太后终于振作了自己,她看了知画一眼,再看众人,沉痛而悲愤地说:

"这样,我们之间没有秘密了!箫剑和小燕子的身份,终于真相大白,你们彼此之间,是真不知道,还是装不知道,我也会调查出来!现在……"她回头大声喊,"来人呀!"侍卫在外轰然响应:

"喳!奴才在!"只见高庸带着亲信的侍卫,全副武装,一拥而入。箫剑四看,一声长笑:

"哈哈哈哈,这个皇宫,我进得来,就出得去!"抬头大喊,"小燕子,跟我走!这儿再也没有你的容身之地!"

箫剑一边说着,一边把餐桌一掀,整桌酒席,乒乒乓乓砸了一地,知画拉着太后赶紧躲开。高庸和侍卫忙着保护太后,场面一团乱,箫剑就趁机拉着小燕子,一个空翻,就越过侍卫,翻到了门口。岂料,门口有更多的侍卫拦门而立。

高庸喊着:

"拦住他!不要让他跑了!"箫剑只得放开小燕子,拳打脚踢,和侍卫动起手来。小燕子平日身手灵活,今日,却像个雕像般,杵在那儿,被侍卫和箫剑的掌风,撞得东倒西歪,摇摇晃晃。她也不动手，也不闪躲，眼光跟着萧剑转，神思迷失在"杀父之仇"的事实里。几个侍卫，见萧剑抵死反抗，就长剑出手，纷纷刺向小燕子。小燕子站在那儿，一副逆来顺受的样子，眼看就要被长剑刺中。永琪大骇，飞蹿过来，抢过侍卫的长剑，对着众侍卫一剑扫去，大喊：

"不许动手！放下武器，谁敢伤到还珠格格，我要他的命！"尔康一看如此，理智也飞了，一跺脚，飞蹿过去，大喊："在劫难逃！要死，大家一起死！"对侍卫们大吼，"你们都是我的手下，看清楚，你们对付的是谁？连五阿哥都敢动手，你们不要脑袋了吗？"

奈何，这些武士都是太后和高庸的心腹，没有人理会尔康的警告。大家手持武器，拼命拦住门，和萧剑、永琪交手。尔康迫不得已，也加入了战争，保护着魂不守舍的小燕子，大家立刻打得稀里哗啦。

在一片混乱中，只有紫薇还保持着几分冷静，这时，急忙伸手大喊："尔康！永琪，萧剑……不要打，你们打不赢的！既然老佛爷都知道了，我们就把前因后果，都对老佛爷招了，把我们的苦衷，我们的无可奈何，我们保密的原因，都告诉老佛爷……老佛爷是菩萨心肠，她会了解的，不要打……"无奈，一片兵器声中，没有人注意紫薇在说什么。萧剑打着打着，突然觉得使不上力，长剑握不牢，砰然落地。他一脸的错愕，身子摇摇欲坠，只觉得天旋地转，终于不支倒地。永琪正在惊讶，萧剑怎么倒了？忽然一个眼花，手里的长剑竟被侍卫挑去，飞落在地。他的身子晃了晃，惊愕地自问：

"怎么手没力气？怎么腿麻麻的？怎么……"话没说完，他的双腿一软，眼前一黑，就跟着倒在地。尔康还在奋战，但是，已经战得东倒西歪。他拼命睁大眼睛，视线却越来越模糊。眼看萧剑和永琪倒地，他骤然明白了，挣扎地喊：

"酒……里……有……毒……"尔康喊完就倒地了，几个侍卫向前一扑，把尔康压在地上。晴儿、紫薇面面相觑，紫薇又惊又悲，回头看太后，眼神里，燃烧着痛楚、不敢相信、受伤的火焰，问："老佛爷……您下了药？您把我们叫到这儿来，我们充满了感恩，充满了欢喜，诚心诚意地跟您干杯，跟您道谢，我们对您爱到心坎儿里，一点防备都没有。您居然给我们下了药，把我们一网打尽……奶奶，奶奶……您怎能这样做？不管萧剑和小燕子出身如何，我们没有害人之心呀……奶奶……您……好……狠……"紫薇话没说完，眼前一片模糊，也晕倒在地。晴儿到了这个时候，完全崩溃了，大喊出声：

"都是因为我……我该死！"她扑到太后面前，一跪落地，痛喊，"老佛爷……您杀了我吧！我一死也不能回报萧剑，一死也不能回报大家，我害了大家，我不想活了……"说着，她转身爬向萧剑。

"萧剑，萧剑……我来了！"

她拾起萧剑落在地上的长剑，就往自己的脖子上抹去。太后惊喊："晴儿！""晴格格！"知画大喊，"快救晴格格！"

一个侍卫冲上前来，去抢晴儿的剑。晴儿的剑才碰到脖子，手已经握不牢了，手一松，人和剑一起倒地。转眼间，众人倒了一地。太后睁大眼睛，吓得和知画抱在一起。只有小燕子，药性还没有完全发作，她迷迷糊糊地站着，茫然不解地看着倒在地上的每个人。然后，她摇摇晃晃地走向箫剑，蹲下身子，伸手去推他，轻声地、怯怯地、祈求地、温柔地说：

"哥！你起来，你躺在地上干什么？你跟我说清楚，我是谁？我们的爹是谁？我没有嫁给杀父仇人的儿子，是不是？皇阿玛没有杀我们的爹……没有……没有……"她见箫剑不动，又去推永琪，"永琪，不要睡，你也起来，你们这样联合起来骗我，这样开玩笑，我会生气的，生很大很大的气……"她越说越惨，看着永琪，哀声地承诺："永琪，我背成语，我念唐诗，我写字画画，什么都可以……只要你起来，告诉我，这是一场戏……你们在骗我，在跟我开玩笑，你起来，只要你告诉我，这都是假的，我也不敢生气了，我不生气，只要你们说清楚……"

小燕子呢呢喃喃中，再也看不清楚永琪的脸，也不知道自己在说什么，眼前的一切，箫剑、永琪、晴儿、尔康、紫薇、太后、知画……大家的脸孔从四面八方聚拢，汇合在一起，重叠在一起，像个呼啸直立的大浪，对她排山倒海般扑了过来。她被淹没了，她被打倒了……她晃了晃，砰的一声，倒在永琪和箫剑之间。

顿时间，满屋静悄悄。一屋子的侍卫和高庸，都呆呆地站着。

太后偎着知画在发抖，尽管她这一生见过无数阵仗，这场"鸿门宴"，如此惊心动魄，还是她从来没有经历过的。知画更是吓得面无人色，两人紧拥着，怔怔地看着倒了一地的六个人。

（未完待续）

（京权）图字：01-2025-0195

图书在版编目（CIP）数据

还珠格格．第三部．天上人间．1 / 琼瑶著．--北京：作家出版社，2025.1．--（琼瑶作品大全集）．-- ISBN 978-7-5212-3236-3

Ⅰ. I247.5

中国国家版本馆 CIP 数据核字第 2025MS5754 号

还珠格格　第三部　天上人间1（琼瑶作品大全集）

作　　者：琼　瑶
责任编辑：张　平
装帧设计：棱角视觉　纸方程·于文妍
责任印制：李大庆　金志宏
出版发行：作家出版社有限公司
社　　址：北京农展馆南里10号　　邮　　编：100125
电话传真：86-10-65067186（发行中心）
　　　　　86-10-65004079（总编室）
E-mail: zuojia@zuojia. net. cn
http: // www. zuojiachubanshe.com
印　　刷：北京盛通印刷股份有限公司
成品尺寸：142×210
字　　数：230千
印　　张：10.25
版　　次：2025年1月第1版
印　　次：2025年1月第1次印刷
ISBN　978-7-5212-3236-3
定　　价：2754.00元（全71册）

品 琼 瑶 经 典

忆 匆 匆 那 年

琼瑶作品大全集